AMERICAN
LITERARY NATURALISM

いま読み直す
アメリカ自然主義文学

視線と探究

大浦暁生 監修 *Oura Akio*
アメリカ自然主義文学研究会 編

中央大学出版部

扉写真：豪邸「ウルフ・ハウス」の廃墟。ロンドンが「コテージ」に代わるものとして建設したが、完成直後、入居目前に火事で焼失した。「夢のあと」の感が強い。（撮影：森孝晴）

まえがき

文学が人間に関わる考察であり、その考察の言語による芸術的表現であるとすれば、自然主義文学は人間を自然的存在と見なし、その実態をありのまま、あからさまに表現するものと言えよう。人間は「考える葦」でもなければ「われ思うゆえにわれ在る」存在でもない。この地球の自然界に生きる自然物、つまり生物の一つだというのだ。

したがって人間は、一九世紀に発達してきていた自然科学の対象となりうる。自然主義文学の基本理論を述べたエッセイ「実験小説論」で、ゾラが医学者ベルナールの『実験医学研究序説』を小説作法の規範として出したのはけっして偶然ではない。観察し実験する医学の方法が文学にも適用できるわけで、その根底には人間が「遺伝」と「環境」によって決定されるという「決定論」の考え方がある。自然主義小説はある遺伝子を持った人間をある環境の中に置いて実験を試み、観察したままを記録する「実験小説」なのだ。理念は「決定論」で方法は「リアリズム」だと言うこともできよう。

自然主義文学は一八六五年頃フランスで起こったと考えられる。一九世紀前半から半ばにかけてフランスではバルザックやフロベールのようなリアリズムの巨匠が輩出し、それを引き継いで、ゴンクール兄弟やゾラが自然主義を発展させた。

特にゾラは、理論でも実作でも大きな足跡を残し、自然主義を完成させた。とりわけ『居酒屋』をはじめ代表作の大部分を含む二〇冊の小説群『ルーゴン＝マッカール叢書』は、神経症の女性アデライドが農夫ルーゴンと結婚し、その死後アルコール依存症のマッカールを愛人として、その間に生まれた子や孫たちがそれぞれ環境の異なるフランス各地で生活してゆくさまを描いている。たとえば『居酒屋』の女主人公ジェルヴェーズはアデライドとマッカールの孫なのだ。「実験小説」を自ら実践してみせたと言えよう。

自然主義文学、特にゾラは、フランスだけでなく世界文学に大きな衝撃を与えた。各国の文学に影響を与えたが、影響の程度や性格はその国の文化や時代の特質と深く関わっているように思われる。たとえば日本では明治時代後期、二〇世紀に入ってまもない頃から強い影響を受け始めたが、島崎藤村の『破戒』や田山花袋の『蒲団』に見られるように、封建的思想を脱し近代的自我を確立することが当時の大きな課題だったことを反映して、自己をありのままに告白することが重要なテーマとなり、私小説に道を開いた。

では、アメリカはどうか。同じ英語国のイギリスではギッシングやハーディが一八九〇年前後から自然主義的な作品を書き始めたが、悲劇的な人生を生きる精神とモラルのあり方が問われ、表現のリアリズムはそれなりに実践されたものの「決定論」の理念はまともには受け入れられず、自然主義文学はあまり発展しなかった。

アメリカでもほぼ同じ頃から、地方色文学の流れをくむガーランドの『本街道』のような自然主義的作品が出始め、一八九三年、クレインがアメリカ自然主義文学の記念碑的作品『街の女マギー』を出す。これは自費出版で目立たなかったが、二年後の『赤い武功章』は大成功で、自然主義は脚光を浴びることとなった。その頃にはノリスもゾラの影響を受けて作品を書き始めており、九九年に大作『マクティーグ』を発表した。続いて一九〇〇年にはドライサーの『シスター・キャリー』、翌年にはノリスの『オクトパス』と、大作が続く。

やがて『野性の呼び声』などのロンドンが加わり、ジャーナリズムの立場で社会不正をあばくマックレイキング運動への広がりもあって、自然主義はアメリカ文学の中でますます重要な位置を占めてゆく。一九一〇年代のモダニズム勃興の中でも生き続け、一九二五年にドライサーの『アメリカの悲劇』で頂点に達したが、それ以降も三〇年代のプロレタリア文学やもっと幅広いリアリズム文学に受け継がれている。

このように一世を風靡したアメリカ自然主義文学の特質や背景を一口で言い表すのは極めて困難で、不可能に近い。だが、非力をも顧みずあえて一言すれば、理念的には「決定論」よりもむしろ「二元論」の色彩が濃く、本能（遺伝の変形）や環境の力に支配される人間も描くが、世界をさまざまな二者対立の総合体として捉え、その中で力をふりしぼって闘う人間の姿を描き出すことが多い。また、方法的には日常生活をありのままに描きはするが、ともすれば日常を超えた非日常や象徴の世界に飛躍する傾向も見られる。

こうした特質の背景には、アメリカ合衆国という国の本質的な性格が関わっていると思われる。すべて人は自由平等で幸福追求の権利があると独立宣言で高らかに謳《うた》ったものの、現実には厳しい資本主義制度のもと、金銭の獲得に励む苛酷な自由競争の社会なのだ。特に、自然主義文学が勃興し隆盛を極めた一八九〇年代から一九一〇年頃までの時代は、フロンティアが消滅して機会が狭められ、弱肉強食の競争がますます熾烈になっていた。弱者からの反撃も目につくようになってくる。

本書は、その時代から百年あまりを経たいま、あらためて現在の観点で独自の視線を投げかけ、アメリカ自然主義文学を読み直そうという試みにほかならない。全体を三部に分け、第Ⅰ部ではゾラの影が感じられる初期自然主義をクレインとノリスを中心に扱い、ハーンもゾラとの関連で論じた。第Ⅱ部はロンドンをユニークな角度から多面的に取り上げて、必ずしも研究が十分とは言えないこの作家に新たな光を当てた。アメリカ自然主義の最大作家ドライサーに関しては、代表作『シスター・キャリー』と『アメリカの悲劇』について、同類の研究会でそれぞれに読解を試み、その成果をすでに発表しているが、本書でも第Ⅲ部として、新しい角度の研究を二点加えた。

本書は専門の研究者による本格的な研究書ではあるが、一般読者にも読みやすい内容とし、文章表現も口語体でわかりやすい表現を心がけた。理解の助けとするために、関連事項の年表も付けた。また、五年にわたる共同研究の成果だが、個々の論文は各執筆者の問題意識と責任で書かれていることを申し添えたい。

二〇一四年二月

監修者として　大浦暁生

いま読み直すアメリカ自然主義文学　視線と探究

目次

第Ⅱ部　ジャック・ロンドンを読み直す

第Ⅰ部

ゾラの影

1

死に結びつく恐ろしい「環境」
――スティーヴン・クレインの世界

齋藤忠志
Saito Tadashi

1 「遺伝」よりも「環境」を絵画的に描く

クレインについて、これまでの研究を二つに大別すると、一つは自然主義作家としての研究、もう一つはフランスの印象派画家の影響を受けた印象主義的作家としての研究ということになろう。最近の研究ではどちらかというと後者のほうが顕著に見られると言えるかもしれない。実際にクレイン自身自然主義作家としての自覚があったのか疑わしいところもなくはない。たとえば、アメリカの自然主義は、フランスのエミール・ゾラの影響下で育ったことを否定する人はいないだろうが、そのゾラは、クロード・ベルナールの『実験医学研究序説』の理論をそのまま小説に適用させた『実験小説論』の中で、自然主義の本質について次のように言う。

小説家も同様に観察者と実験者から成り立っているのがわかる。小説家中の観察者は、見たままの事実を呈示し、出発点を定め、やがて諸人物が歩き出し、諸現象が展開する堅固な地盤を築く。ついで実験者が現れて、実験を設定する。つまり、ある特定の物語の中で、諸人物を活動させ、そこにおいて継続して起こる諸事実は研究課題である諸現象の決定性の要求する通りの結果になることを示すのである。（ゾラ、七九六）

つまり、作家は作品の中に個人的感情を交えることなく、客観的な観察と実験とにより物語は進み、実験そのものが、作者の代わりにその作品の結果を出してくれると言うのである。したがって、『居酒屋』に実験的に投げ入れられた女性主人公ジェルヴェーズが酒に溺れ、仕事もせず、怠惰な生活に慣れ、破滅に至る姿を、ゾラは作家としての個人的感情を交えず、冷酷なまでの客観的手法で描写することになる。

ある朝、廊下に臭いにおいがするので、みんなは二日前から彼女の姿が見えなかったことを思い出した。で、ねぐらへ行ってみると、もう土色になっている彼女が見つかった。（ゾラ、三九九）

しかし、クレインは、『街の女マギー』のマギーが、恋人に捨てられ、行き着く場所を失い、街の女としてバワリー地区をさまよう様子をマギーという固有名前を出さずに「おしろいをぬった街の女たちの一人」（六六）(1)と描き、また、最後には、家族にも見捨てられ、川に身を投げ投身自殺するのだが、その直接描写もなく、読者の想像にゆだねる暗示的な方法を用いている。クレインはゾラや他のフランス自然主義作家のように「人間の屍体に見られるものを記述するだけの解剖家」（河内、一七二）ではないと言えよう。
また、ゾラは『実験小説論』の中で、次のようにも述べている。

無生物に対する実験では、ただ一つの環境しか顧慮する必要はない。すなわち外的宇宙的環境である。しかし、高等生物を対象とすれば、少なくとも考察しなければならぬ二つの環境がある。すなわち外界と内界、つまり、生物外の環境と、生物内の環境である。（ゾラ、七九七－九八）

しかも、「生物外の環境」つまり「環境」と、「生物内の環境」である「遺伝」という二大因子によりすべての人間の生き方が決定してしまうという「決定論」の思想が、「観察」と「実験」によるゾラの小説の背後にある。クレインも前述の『街の女マギー』ではゾラのような「決定論」の立場に立ってはいるが、クレインの場合、人間のすべてを決定するのは、「遺伝」ではなく「環境」である。しかし、この点については、クレインだけに限らず、当時のアメリカ自然主義に属する作家たちも、「遺伝」をあまり問題にしなかった。なぜなら、フランス自然主義がアメリカに移入された当時のアメリカの社会的、経済的背景が影響しているからだ。アメリカは南北戦争後、西欧より急激で無秩序な産業発展を遂げ、人口が大都市に集中し、一九〇〇年には、都市人口は、全人口の四〇パーセントにも達した。この都市人口の急激な増加により、大都市はいろいろな社会矛盾の抱え込むことになる。そこで当時のアメリカでは、「遺伝」より「環境」を重視する傾向にあったからだ。

また、クレインとフランス印象派画家との関係についてであるが、ネイゲルはクレインと絵画とが無縁でなかったとして、次のように言う。

幼い頃から彼のまわりには絵画があった。姉のメアリー・ヘレン・クレインは画家であり、一八八〇年代から一八九〇年代の間、ニュージャジーのアズベリー・パークの学校で絵画を教える教師であった。……妻としてクレインと生活をともにしたコーラ・テイラーさえも絵画と家族との結びつきがあった。彼女の父のジョン・ホワースはボストンの画家であり、祖父のジョージ・ホワースは、画商であった。（ネイゲル、一五）

ネイゲルは、クレインと絵画との関係についてさらに続ける。

彼の生涯の中で、絵画との関わりとして、特に重要だと思われる時期は一八九二年から一八九三年にかけての若い画家たちからなる「美術学生連盟」との結びつきであった。（ネイゲル、一五）

クレインは彼らの芸術談義に参加していたようだが、話題の中心は当時アメリカに次々と紹介されるフランスの印象派の画家についてであったという。『第三のすみれ』には、若い印象派画家が同じ家に住む他の若い芸術家たちと芸術論を交わす場面もあるが、具体的にクレインの作品の中に、その影響は見られるのだろうか。「怪物」の中で、ある晩、主人公のトレスコット医師の家で火事が起こる場面がある。そのとき、この家の厩番である黒人のヘンリー・ジョンソンが、家の中に一人取り残された医師の息子のジミーを助け出すのだが、クレインは、その火事の様子を次のように描写する。

部屋は、燃える花が咲き乱れ、まるで近所の家の庭のようであった。スミレ色、真紅、緑、オレンジ色、そして紫の炎が、見渡す限りに花と開いて咲きほこっている。中に一つ、優美なサンゴ色にそっくりな炎がある。別のところには、あたかもエメラルドを積み重ねたかのように、燃え上がりもせずにただ燐光を放っているだけの炎の塊が見える。(四六四 - 六五)

鮮やかな色彩語を多用したこの炎の様子は、クレインがまるで印象主義作家であるかのようだ。

また、印象派の絵画上の方式とは、「印象というものを、もっぱら物質的に感じられた通りに表現とする」ことであり、「感覚器官に及ぼす外部の対象の働きによって生じた、多少ともはっきりした効果を表現することに専心」(モーリス、平岡・丸山訳、九)することである。彼らは対象物を知識や教養を通して知るのではなく、感覚で捉えた、つかの間に過ぎ去ってゆくその印象をキャンバスの中に表現するのである。彼らはつかの間の自然の印象を捉えるために、特に原色を用いることになる。パレットから赤、青、黄を選び、しかもそれらを混ぜ合わせるのではなく、並列的に配置させるのである。つまり、緑は、青と黄を並置させることにより暗示させるのである。緑を再構成するのは客観的に見る人の目である。クレインが、それぞれの作品の中でどのような色彩語を何回使用したのかについては、研究者によってすでに調べられているが、たとえば、クレインは、『赤い武功章』での戦闘場面で、銃弾の飛び交う様子を「黄色と赤の火の弾」(三〇八)と描写している。しかし別のところで「オレンジの大きな火焔」(二八六)と述べていることから、明らかにこれは、印象派の画家が、赤と黄で描いたものを、見る人に橙色に再構成させるのと同じ描き方である。また、印象派の画家たちは、並置させることで、より色彩を際立たせるために、赤と緑、青と橙、黄と紫といった補色関係にある色をよく用いて絵を描いている。後述するが、クレインもこの補色関係の色を作品の中で意識的に用いている。

しかし、筆者は、今まで述べてきたことから、クレインがフランスの印象派画家の影響を受けた印象主義的な作家であると言いたいのではない。表現技法としてそのような手法を多用する中で、クレインが一人の作家の姿勢としてたえず問題視し、訴え続けてきたものに、「環境」という問題がある。その「環境」にはスラム街、戦争、田舎町、そして自然などいろいろな姿があるが、クレインの場合、これらの「環境」を、ゾラや他のアメリカ自然主義作家とは異なり、ストーリーとしてではなくシチュエーションを描写する形で描いていることに特徴があると言える。したがって、『街の女マギー』の舞台となるスラム街という暴露的なテーマを扱っている場合でも、広い社会的視野をもって描くというより、そのシチュエーションの下に置かれた人間そのものをそのシチュエーションとの関係において描くことになる。その「環境」においてクレインが告発しようとしたのは、人間の能力をはるかに超えた、または死に結びつくその「環境」そのものの恐ろしさである。これからいくつかの主要な作品を取り上げ、クレインがいかに「環境」を重視するアメリカの初期自然主義に属する作家であるのか、述べていきたい。

2　世にもすさまじい「環境」

クレインは次のような言葉を付け加えて、『街の女マギー』の初版本をハムリン・ガーランドに贈っている。

あなたはこの本によって激しい衝撃を受けることを避けることはできません。しかし、どうか可能な限り勇気を持って終わりまで読んでもらいたいのです。なぜなら環境というのは世にもすさまじいものであり、しばしば人々の生活をひどいものにしてしまうからです。この主張が立証されるなら、多くの立派な人々によってけっしてそこに入れられるとは思えないさまざまな人々、特に街の女となった人に対して、天国の席が与えられるでしょう。(二)

「世にもすさまじい」「環境」とは、この作品の舞台となっているニューヨークのバワリー地区の社会環境ということになるのだが、実は、クレインはシラキュース大学の学生時代にこの作品のほとんどを『街の女』という題名で書き上げている。言い換えると、「環境」とはニューヨークではなく、シラキュースの「環境」ということになる。学生時代のクレインは授業にはほとんど興味を示さず、町へ出かけ、近くの運河の対岸で塩の精錬に苦労するアイルランド人やその子どもたちに共感したり、人間観察と称して警察裁判所へよく出かけている。『街の女マギー』の素材はこの警察裁判所で生まれたという。クレインはここで一人の幼い娼婦に関心を持つことになる。当時すでに『ニューヨーク・トリビューン』紙のシラキュース通信員であったクレインは、編集者には受け入れられないことはわかっていたが、裁判官の前で、反抗的にふてくされた態度で判決を待つ厚化粧のこの少女についての記事を書きたいと思うのだ。なぜなら、クレインは、裁判官からの判決が下ったとたんに、その娼婦が普通の少女に戻り、肩を落とし、打ちひしがれている様子を目にしたからである。反抗的な態度とは裏腹に、この少女がいかに孤独で寂しい思いをしていたのかを記事にしたかったという。しかし、それは予測通り記事にはならず、一人の娘が醜い家庭環境により、娼婦に追いやられ、ついには川に身を投げるという小説に発展する。クレインは、この幼い娼婦を没個性的で普遍的な人間と捉え、彼女をある環境の下に置き、その環境との関係の中に一つの悲劇を描こうとしたのである。

一八九一年の九月にクレインはニューヨークへ移り住むことになるが、その年の暮れにほぼ完成するのが、舞台をシラキュースから、よく娼婦が徘徊するニューヨークのバワリー地区に設定した『街の女』である。クレインは何度もバワリー地区を訪れ、街の様子を細かく観察することで、自分が小説の中に描いた町の環境とほとんど変わらないことを確認している。また、兄のウィルの忠告などから、名前のなかった娼婦にマギーという名をつけ、一八九三年に出版されたのが『街の女マギー』である。ゾラが『居酒屋』の中で、パリの場末の環境を描いたように、クレインも結局バワリー地区の環境を描くことになる。しかし、マギーという娘の描写については、彼女を自殺にまで追い込む「環境」の恐ろしさを描くために、ゾラとは異なる手法で描いている。娼婦となったマギーを、前述のように、匿名で「おしろいをぬった街の女たちの一人」として描き、投身自殺の場面でさえ直接描写ではなく読者の想像にゆだねた暗示的な手法を用いているからだ。マギーらしい女性が、客を探しながら、アメリカの急激な産業発展を象徴するような高層建築ビルの下を流れる真っ黒な色合いの河のところまでやってくる。次の次の章（一九章）で兄のジミーがマギーの死を告げることで、彼女がその河に投身自殺したことを暗示的に語っているからだ。「血管の中にはラム通りの汚らしさがまったく混じっていないような」（二〇）マギーの純真無垢なイメージを崩すことなく、行き着かざるを得なかった死に向かわせた効果的な手法と言えよう。しかもこのマギーのイメージは、クレインが記者として実際にシラキュースで見た娼婦の、反抗的でふてくされた態度の奥にあった孤独でさみしがりやの幼い少女のイメージとも重なっていくようだ。また、「どぶ泥に咲いた一輪の花」（二〇）として、つまりこの街の環境にはそぐわない可憐な娘として、マギーの描写に筆を抑えていることが、悲劇性を高める結果ともなり、より「環境」の恐ろしさを高める効果を示していると言えよう。しかも、この作品の最後の言葉として、マギーを死に追い詰めた張本人である母親のメアリーが、隣人たちから同情を受けることになり、食事を終え、コーヒーを飲み終えると、悲しさのあまり、涙を流しながら金切り声で次のように言う。

ええ、許してやりますとも！　あの娘を許してやりますとも！（七四）

この言葉は、クレインが「世にもすさまじい環境」を痛烈なアイロニーを通して「立証」していると言えよう。なぜなら、バワリーの「環境」にけっして染まることなく、ついには死に追いやられたマギーの側だけでなく、この偏狭な倫理観が支配する「環境」に順応し、したたかに生き続ける母親メリーの側から、恐ろしい「環境」を「立証」しようとしているからである。

『ジョージの母』も、『街の女マギー』と同様、舞台はニューヨークのバワリー地区である。しかし、「環境」の恐ろしさと、説明を加えぬ直接描写で場面を断片的につなぎ合わせる映画的構成を除くと、この二つの作品には表面上の共通点はあまりない。たとえば、マギーを含むジョンソン一家はこのバワリー地区の環境にどっぷり浸かった家族だが、ジョージと彼の母親は、最近この町に引っ越してきたのであり、意識のうえでは中産階級気取りである。また、マギーの母親はアルコール中毒症の女性であるが、ジョージの母親は酒を飲むどころか、キリスト教婦人禁酒同盟に所属している女性だ。

ところが、『ジョージの母』の中（七章）に、マギーが突然登場する。ジョージは長屋の階段で初めてマギーに会うと、彼がかつて理想のヒロインとして心に描いていた女性をそのマギーの中に見る。しかし、実際のマギーは、ジョージに対してまったく冷淡で無関心であった。なぜなら、マギーにとってジョージは単なる隣人に過ぎず、しかもこのときマギーには彼女が夢に描いていた理想のヒーローがすでに存在していたからだ。名前は出てこないが、ある夕方、ジョージが廊下で会うジョンソン家を訪ねる若者とは、明らかに『街の女マギー』に登場するマギーの恋人ピートである。ところが、実際には、ピートは、マギーが理想の恋人として心に描いていた人間とは程遠い人物であった。最後にはマギーはピートに弄ばれ、街の女となり、果ては投身自殺という結果を迎えることになるからだ。しかし、夢打ち砕かれ被害者となったマギーは、『ジョージの母』の中では、本人の意思とは関係なく、ジョージの夢を打ち砕く加害者となる。

ジョージは幻想の中で見た理想の恋人マギーに、女性に対して自分よりも魅力的に見える恋人らしい男の存在を知る。そこで、彼はマギーを恋人にすることがむずかしいことを知る。そのことが、被害者ジョージを酒に走らせる要因の一つともなってしまう。信用していた飲み仲間が、彼が金を借りる段階になって、実は真の親友ではなかったことを知ることで、ジョージはさらに酒に依存し、ついには職を失うほどのアル中患者となってしまう。ジョージの将来に夢を託し、アルコールを嫌い、キリスト教婦人禁酒同盟に所属していた母親との究極的な戦いも、当然、アルコールをめぐるものであった。母親は死ぬ。しかし、ジョージは喧嘩とアルコールが支配するバワリー地区の中で生き続ける。マギーは街の女になりきれず、投身自殺した。マギーは死ぬが、酒を飲んでは喧嘩の絶えない母親やピート、それに兄のジミーは生き続ける。純真無垢で存在性の薄いマギーは、このアルコールが支配する厳しい環境に順応できずはじき出されてしまった。クレインは『街の女マギー』のマギーや、『ジョージの母』のジョージの母親だけではなく、マギーの母親やジョージのように、厳しいバワリー地区の環境に順応し、したたかに生き延びていくことを通して恐ろしい「環境」を語ろうともしているのである。マギーとジョージを通してこの二つの作品が訴えているのは、まさに「世にもすさまじい」バワリー地区というスラム街の「環境」の恐ろしさである。

3 戦争という恐ろしい「環境」

『赤い武功章』の題材となっているのは、アメリカの南北戦争であり、一八六三年の四月から五月にかけてのチャンセラーズヴィル（ヴァージニア州北部の村）の戦闘であると言われるが、クレイン自身はこの作品を書き終えた時点で、まったく戦争の経験はない。当然のことながら、戦闘描写より、ヘンリー・フレミングという若者の兵士としての心理描写に重点が置かれることになる。しかも、クレインは、自然描写を巧みに使い、この若者の戦場という死に接近した特殊な状況における心の浮き沈みを微細に解剖することで「環境」の恐ろしさを語っている。それはこの青年が戦場で初めての戦闘を経験するときに始まる。若者は、戦闘のない長い野営生活にうんざりしていた。しかし、その戦闘がこれから始まる。

夜明け前の薄明かりの中で、彼らの軍服は、深い紫色に光って見えた。川の対岸で赤い目がまだじっと見つめていた。東の空には、昇る朝日の足元に広げた敷物のような黄色い一画が見え、その部分を背景にして、巨大な馬にまたがった連隊長の巨大な姿が黒く模様のように浮かび上がっていた。（二〇三）

軍服の「紫」と補色関係にある「黄」で東の空を描写することにより、いっそう鮮やかな効果を示し、夜明け前の薄暗闇の中で、兵士たちが出発を待っている姿は印象的である。やがて戦いが始まる。敵兵（南軍）が進撃してくる。若者は無意識に持っていた銃で一発撃つ。その後は自動的に撃ち続けるが、激戦の末、敵兵を撃退させることに成功する。ところがそれもつかの間で、敵軍は隊を立て直し、再び総攻撃を仕掛けてくる。すると味方の兵は度を失い、何人かの兵士がその場から逃げ去る。若者も逃げ出してしまう。しかし、若者は、本人がその場から逃走した理由を次のように言う。

全滅が近づいていたから逃げたのだ。……ああいう場合、できれば自分を守ることがすべての個人の義務であった。あとで将校が編成し直し、戦列を立て直すのだ。そんな場合、死の嵐から身を守れるような、賢い者が一人もいなかったら軍はどうなるのだ。（二三三）

ところが、味方の軍は、若者が前述のような理由で逃亡した後、皮肉にもその戦いで勝利を収めてしまう。若者が戦術にかなっていると思っていた理由づけは、根本的に覆されてしまうことになるのだ。若者は『街の女マギー』のバワリー地区の環境よりもはるかに特殊な「環境」に投げ込まれたことになる。クレインは、「巨大な恐ろしい機械」（二三八）、「赤い野獣」（二五七）と喩えられる戦争という「環境」が、特別なシチュエーションであることを言っている。この若者は、味方の軍が勝ったことから、自分のとった行動にたいして罪の意識を持つことになる。

足にからみつくつる草は、その小枝が親木の皮から剝ぎ取られるとき、大きな声を出して泣いた。若木が、ヒュッヒュッと音を立て、彼の存在を世界中に知らせようとした。彼は森をなだめることができなかった。彼が進んでいくとき、森はいつも大声で抗議していた。抱擁し合っている木とつる草を彼が押し分けると、邪魔をされた葉の群れは、腕を震わせ、彼のほうに葉の表を向けた。（二三四）

薄暗い密林の中で、「小枝」が「大きな声を出して泣いた」り、「葉の群れ」が「腕を震わせ」たり、「彼のほうに葉の表を向け」るのは、戦士が乱入してきたことに対する、自然の抵抗を示す行為である。しかし、このときの若者の心理状態を考えると、自然が発する音（実は若者自らの行為によって発せられる音なのだが）に対して、彼も自然に抗議しているといえる。彼は、「若木がヒュッヒュッと音を立て」ることで、自然が、罪の意識を持ちながら逃走している「彼の存在を世界中に知らせ」ているように思うからだ。上述の引用文は、単なる自然描写だけではなく、同時に若者の心象も語っている。

ところが、薄暗い場所から、「太陽が突然姿を現す」（二三四）明るい場所に出てくると、若者の持っている罪の意識は一時的に消えてしまう。木にとまっていたリスに松毬《まつかさ》を投げると、危険に気づいたそのリスがなんのためらいもなく逃げ出したからだ。リスの取った行動が、戦場で取った自分の行動と同じであることから、若者は、「自然は太陽が輝くところに存在するという証拠をもって、彼の主張を補ってくれた」（二三五）と思うのである。クレインは、平凡な若者の死に接近した「戦争」という特殊な状況にある平凡な若者の心の浮き沈みを、風景描写を「暗」と「明」に使い分けることで巧みに描いているといえよう。

若者が、再び訪れる「暗」の場所となる薄暗い森の中をさまよっていると、次のような描写がある。

ついに彼は高い枝がアーチ形に交差して、礼拝堂を形作っているところへやってきた。彼は緑の扉をそっと押し開き、中へ入った。松の葉はやわらかい褐色の絨毯であった。神々しい薄明かりが射していた。（二三五）

これは色彩語を用いた風景描写であるが、やはり若者の不安な心理状態を示すところである。若者はここで偶然、死後数日経っている無残な同胞の死体と遭遇することになる。すると、若者は激しい死の恐怖に襲われ、身動きさえできず、死者の視線に引きつけられ、視線を返すだけ、というより、視線を離すことができない。やっとのことで、彼をその場に釘づけていた呪詛を断ち切り、無我夢中で逃げ出す。しばらく走って立ち止まると、かつての同胞のふりしぼるような声が聞こえてくる錯覚に陥る。ここで恐怖に戦く若者の精神状態を通して、上述の引用文を読み直すと、クレインが何かを意図して描写していることに気づく。「高い枝がアーチ型に交差して礼拝堂の形」をなし、「緑の扉」（これは緑の葉が生い繁る木の枝であろう）が広がり、「褐色の絨毯」（これも枯葉が地面に敷きつめられているのであろう）を押し開くと、「神々しい薄明かりの射している」場所に、若者は入り込むのだが、無我夢中で死の恐怖から逃げ出すときの若者の心理状態を考慮したうえで、もう一度読み直すと、薄暗い森の中に無気味な姿で立っている礼拝堂が、その中で死んでいる同胞の姿と一緒に浮かび上がってこよう。

クレインはこの章（七章）の終わりで、かつての同胞が死んでいる場所を次のように描写する。

礼拝堂の入り口あたりの木々が、静かな風にざわざわとなびいていた。悲しげな沈黙が、この小さな守護

の殿堂を包んでいた。（二三六）

この礼拝堂の入り口は、若者にとって「生」と「死」の接点を象徴しているようだ。クレインは、この描写により、若者が受ける死の洗礼を一つの儀式にまで高めようとしているようだ。

この作品を解明するにあたって、いくつかの視点から検討することはできよう。たとえば、その後の怪我の功名によるアイロニカルな若者の成長物語や、その過程での勇気についての問題を分析することも一つの方法と言えよう。しかし、作者の関心はあくまでも戦争という「環境」で特殊な状況に投げ込まれた一人の若者の姿を描こうとしたところにある。この戦争という特殊な「環境」を問題にしているという点で、クレインの姿勢はあくまでも自然主義的であると言えよう。

4　フォート・ロンパーという新しい西部の「環境」

「青いホテル」が「純粋に自然主義的でないのは、クレインの他の主要な作品がいずれもそうでないのと同じである」（一五五）と言ったE・H・ケイディは、その大きな理由の一つとして、「スウェーデン人の死は、自然、または他の決定的な力によるものだという証拠がない」（ケイディ、一五五）からであると述べている。本当にそうなのだろうか。

この作品は、東部からやってきた主人公のスウェーデン人が、中西部ネブラスカ州のフォート・ロンパーという、吹雪の激しく吹きつける荒涼とした町で、乗ってきた列車から放り出されるところから始まる。背景は、東部が西部の領域へ進出するフロンティアの時代であり、つまりこの列車は、西部に東部の社会が入り込み、交流が進みつつある時代を象徴しているとも言える。ホテルの主人はこの街について、スウェーデン人に次のように説明する。

なあ、おまえさん、この街じゃ、来年の春には市街電車が一本付くんですぜ。……それに、ブロークン・アームからここまで新しい鉄道が敷かれるし。教会が四つもあり、煉瓦づくりのすてきな大きい学校があるのは言わずもがなのことさ。それから大きな工場もある。実際、二年もすれば、ロンパーは重要都市になるというもんだ。(四二六)

ところが、ここで問題になるのは、この物語の最初から死に対する実態のない恐怖心を持つスウェーデン人が、この地を開拓時代の無法地帯である米国西部地方(ワイルド・ウェスト)の街であると思い込んでいることだ。理由はいくつか考えられる。大草原にポツンと一つだけ立っているこのホテルの外壁の色は、東部でよく使われる色(赤褐色や暗緑色系)ではなく、彼らが「笑い混じりに屈辱や嫌悪の気持ちを表明」(四一八)するような淡青色である。また、吹雪の激しさは、ホテルの中に特別で異様な状況を作り上げることになり、その中で、スウェーデン人が最初に行うのは、ここではいまだにハイ・ファイブと呼ばれている一九世紀末に流行したトランプゲームであり、そのゲームをしている一人であるカウボーイは、その当時よく行われている、よい札がくるたびにトランプを激しく盤にたたきつける癖を持つ男であった。スウェーデン人は酒の力を借りてこの環境に順応しようと試みる。気がつくと、彼はカウボーイのお株を奪い、よい札がくるたびにその札をトランプの盤にたたきつけている。スウェーデン人は表面上、西部人になるための変身に成功したかのようだ。その後、西部人を装うスウェーデン人は、実際の西部のしきたりに従ってこのホテルの主人の息子のジョニーと決闘することになる。彼が、ジョニーをいかさま扱いしたことにより、猛吹雪という自然の中で、二人だけの西部の典型的な決闘が始まるからだ。しかし、その決闘は、そこにいる誰もが予測できなかった結果に終わる。スウェーデン人がその決闘で勝利を収めてしまうからだ。「青いホテル」での自然は、スウェーデン人に味方しているかのようだ。

この物語の最初から死に対して漠然とした恐怖感を持ち、この地に足を踏み入れて以来、ここが開拓時代同様の無法地帯であるワイルド・ウェストであると思い込み、さらに死に対する恐怖心を募らせていったスウェーデン人は、この古い西部の儀式の末、勝利を収めたことで、本当の西部人となってしまったかのようだ。西部人となったスウェーデン人は、激しい吹雪の中、ホテルを離れ、酒場に向かう。そこには、バーテンと四人の客、つまり、この土地の実業家二人と、地方検事、それに不正をしない賭博師がいる。賭博師を除くと、彼らはこの街では地位と名誉をもった有力者であり、クレインは四人の客を意図的に新しい西部に属する人間として設定しているようだ。というのも、職業として少しばかり気になる賭博師について、クレインはかなり長い説明を加えているからだ。要約すると次のようになる。「彼はまともな人たちの仲間に入っているときは、物腰は極めて上品であり、えじきとする相手の選び方が実に思慮分別に富んでおり、彼が相手にするのは、手のつけられぬほどの馬鹿さ加減で、意気揚々と自信たっぷりに街にやって来る向こう見ずな男であり、彼はこの街ではあからさまに信用され賞賛されていた。また、この賭博師は、ある郊外の小ぎれいな住宅に本当の妻と二人の本当の子どもを持っていて、その家で模範的な家庭生活を送っているという評判であった」。(四四四)

えじきとする相手をしっかり見極めることができるこの賭博師は、決闘で勝利を収め勢いづき、今ではワイルド・ウェストの一匹狼と化したスウェーデン人を、手のつけられぬほどの向こう見ずな男と見なしたことは想像に難くない。酒を飲まないバーテンを含め、そこにいたのは新しい西部に属する人間と言えよう。古い西部の儀式を終えたかに見える古い西部に属するスウェーデン人は、彼らに酒を勧める。しかし、新しい西部の男たちはまったくスウェーデン人を相手にしない。彼は賭博師に無理矢理ウイスキーを飲ませようとする。無視されたスウェーデン人は、古い開拓時代の西部の男として、新しい西部の男に喧嘩を仕掛ける。しかし、スウェーデン人はいとも簡単にナイフで刺されて死んでしまう。この喧嘩はスウェーデン人が考えていたワイルド・ウェスト流の決闘ではなく、刃物による新しい西部の簡単な決着のつけ方であった。スウェーデン人の悲劇は、東部に変わりつつある町で、古い西部の人間に変身しようとしたところにある。彼の死は、ネブラスカ州のフォート・ロンパーという古い西部の田舎町の「環境」に順応することで、新しいこの町の「環境」に皮肉にも順応できなかったところにあると言えよう。

5　死に接近した自然という「環境」

「オープン・ボート」は次のような冒頭部分から始まる。

彼らの誰もが空の色を知らなかった。彼らの目は水平に向けられ、襲いかかってくる波のほうを凝視していた。その波はスレート色で、ただ波頭だけが白く泡立っていたが、彼らは、みんな海の色は知っていた。

水平線は、狭まったり広がったり、沈んだり浮かんだりして、その線上には、いつも、岩のように突き立って見える波がギザギザと並んでいた。(三六〇)

彼らとは、船長、記者、オイル係、それにコックの四人の男たちであるが、彼らの「目は水平に向けられ」ているのに、空は見えず、水平線が「沈んだり浮かんだり」していること、また、波が「いつも岩のように突き立って見える」ことから、荒れ狂う海の只中にいることがわかり、さらに、彼らは、水平線にたえず「波がギザギザと並んで」いるのを見ていることから、彼らの視線が、波だけでなく空も捉えていることは明らかである。しかし、彼らの視線が波だけに集中しているということは、空が見えないほど海に集中せざるを得ない極限状況に置かれていることになる。『赤い武功章』で、一人の若者が、戦争という冷酷な「環境」に投げ込まれたように、この四人の男たちは、荒れ狂う海という自然環境の只中に投げ込まれるのだが、死に接近した特殊な状況にある人間の行動と心理を追求するという点は共通している。しかし、二つの作品の決定的な相違点は、『赤い武功章』が、前述のように想像の世界の産物であるのに対して、「オープン・ボート」は、副題で明らかなように、「沈没した汽船コマドア号から脱出」した「四人の男の体験に基づき、事実に従って書かれた物語」(三六〇)であることだ。船長とはコモドア号の船長であり、記者はクレイン自身である。

一八九六年一二月三一日、クレインは、スペインに対して独立運動を続けていたキューバのために、補給物資を積んだ汽船コモドア号に乗り込んでいる。しかし、このコモドア号は、フロリダ州ジャクソンビル沖で難破してしまう。原因は、途中で一度座礁し、その修理が完全でなかったとか、船があまり大きくなかったので、積み過ぎた荷のせいであるとも言われている。クレインは、前述の三人の男と無蓋ボートに乗り、その汽船から脱出すると、その後、そのときの出来事を記事にして、一八九七年一月、ニューヨーク・プレス社に送っている。しかし、その記事には無蓋ボートの中で過ごした、三〇時間にも及ぶ過酷な体験は除外されている。この死と隣り合わせの体験を短編にまとめたのが「オープン・ボート」である。

『街の女マギー』は、学生時代に通信員でもあったクレインが、警察裁判所で、幼い娼婦に出会ったことがきっかけで生まれたことは前述した。この作品は、それまでにまったく体験のない戦争について描いた『赤い武功章』や、西部で偶然立ち寄ったときの田舎町の様子を背景に描かれた「青いホテル」と比較すると、「オープン・ボート」に多くの類似点を見出すことができよう。なぜなら、これら二つの作品は、クレインが書きたい対象を、最初は記者の視点で捉えているからだ。つまり、記者として取材したある事実が、まずは一つの記事となる。それから次に作家クレインが顔を出す。物書きとしての作家クレインの前に、報道記事を書く記者クレインがいたのである。そこで、フランスや他のアメリカの自然主義作家たちとは異なり、「環境」を描こうとする場合、作家クレインは、ある一つのシチュエーションを重視して描こうとする。作家クレインは、同時に報道記者クレインでもあったのであり、作家として小説を書く場合にも、たえずどこかに記者的な視点が存在し、作品となる対象を見つめていたようだ。そこで、作家クレインは、前述したように、ストーリーを語るより、あるシチュエーションの下に置かれた人間そのもののドラマを、そのシチュエーションとの関係において描くということになる。クレインの基本的な作家としての姿勢には、いつも報道記者的な視点から物を見ようとする姿勢が同居していたと言えよう。シラキュースの警察裁判所で見た幼い娼婦についての記事が、たとえ『ニューヨーク・トリビューン』紙に掲載されていたとしても、その後「オープン・ボート」のように、その記事は、現在あるような死に結びつく「世にもすさまじい環境」を語る小説『街の女』、さらには『街の女マギー』に発展したであろう。

話を「オープン・ボート」に戻すが、この作品と、類似点のある『街の女マギー』との大きな相違点は、前述のように、クレインが傍観者ではなく、実際に記者として作品の中に登場していることである。したがって、この作品の重要な視点は、記者の視点ということになろう。少なくとも、クレインがこの作品の中で訴えたいことを記者の視点から読み取ることができるからだ。海という自然を支配している神の残酷性を激しく呪った記者も、この死に直面した海の只中で、はるか遠く離れた海岸に高くそびえる白い風車を見ると、この作品の語り手は、記者の視点から自然に対する考えを次のように代弁する。

この塔は、蟻どもの苦しみに背を向けて立っている巨人であった。記者には、それは人間が悪戦苦闘しているのを冷然と見ている自然をある程度象徴するものに見えた。……それは強風の中にある自然であり、人間の目に映る自然なのだ。そのとき記者には自然は残酷なものとも、情け深いものとも、不誠実なものとも、また賢明なものとも見えなかった。自然は無関心であり、まったく無関心なだけであった。（三八一）

ここでは、『赤い武功章』の若者のように、自然が敵になったり味方になったりすることはない。この記者の見た自然は、小さなボートの中で、死に物狂いで波と戦うクレインを通して、そのような状況に追い込まれた作家クレインが、実際の体験から導き出した「環境」に対する一つの結論である。自然は、記者に対して、「まったく無関心なだけであった」。この記者の見た自然は、体験から出てきたクレインの見た自然でもある。

ところで、『赤い武功章』で、登場人物（主人公の若者を含めて）固有名詞にあまり意味をもたせなかったように、この作品でも人物の名前や職業をほとんど重要視していない。誰が主人公であるかもはっきりしない。名前が出てくるのは、オイル係のビリーだけである。『街の女マギー』で、兄のウィルの忠告により娼婦にマギーという名をつけたように、クレインは、人物の性格や、特定の個人に関心を持つというより、どこにでもいそうな一般的な人間を、ある厳しい状況下に置き、その状況の中で起こる劇的なドラマのほうに、関心を持っていたと言えよう。にもかかわらず、読者は、死に直面した厳しい状況の中で、人間に無関心な自然に対し、激しく抵抗し続ける勇敢な行動により、記者ではなく、なぜオイル係にだけ名前が与えられたのかを理解する。記者の言う通り、自然はあくまでも人間に無関心であった。四人の男たちの中で、オイル係がどれだけ勇敢な行動を取ろうとも、自然はオイル係のビリーにも無関心だったのだ。なぜなら、記者、船長、そして料理人は生還するが、このオイル係だけが「墓穴からの、種類の違った無気味なもてなし」(三八六)を受けるからだ。記者、つまりクレインが実際に体験した人間に対する自然の無関心さとは、言い換えれば、自然の中で特殊な状況下にある「環境」が、人間の能力をはるかに超越したところで、死または死の恐怖にさらされた人間の極限状況をただ冷然と見ているだけ、ということなのである。

6 「環境」にこだわり続けた作家

今までここで検討してきたように、クレインは、表現手段として色彩語や色の明暗などを使い、また、アイロニーなどの手法を駆使しながら、『街の女マギー』や『ジョージの母』の中ではバワリー地区というスラム街の「環境」、『赤い武功章』では戦争という「環境」、また、「青いホテル」ではフォート・ロンパーという西部の田舎町の新しい「環境」、さらに、「オープン・ボート」では自然という「環境」を問題にした。しかし、クレインの描く「環境」とは、ゾラやアメリカの他の自然作家たちが描く「環境」とは異なり、先に述べたように、ストーリーというより、一つの劇的シチュエーションの下に人間を置き、その人間とシチュエーションとの関係から生まれるドラマを描いたものであると言える。その劇的状況とは、背後に死を予感させるか、または、死に接近したものであり、クレインが描く「環境」とは、人間の能力の限界をはるかに超えた恐ろしいものと言える。したがって、クレインの作家としての態度は、登場人物に対して常に冷酷なまでに客観的であり、彼らを、彼らの願いや当然の要求を受け入れず、ときには不合理で悲惨な状態へ追い込むことで、作品の多くは皮肉な結末を迎えることになる。古い家柄で、メソジスト派の牧師の子として生まれ、その厳しい宗教教育に反発し、若い頃から酒や煙草に走り、学生時代にはあまり学校には行かず、町の中を歩き回り、人生の表街道より裏街道に強い興味を持ち続けたクレインは、本人にはっきりとした自覚があったかどうかは別にして、作家の姿勢として、また作家としての資質として、常に「環境」に関心を持ち続けたという点で、アメリカの初期自然主義作家の際立った一人として位置づけることができると言えよう。

注

(1) クレインの作品からの引用は、すべてジョゼフ・カッツ編のポータブル版のページを括弧内に漢数字で示す。訳は拙訳。

引用・参考文献

Cady, Edwin H. *Stephen Crane. Twayne's United States Authors Series*. New York: College and University Press, 1962.〔ケイディ〕

Crane, Stephen. *The Portable Stephen Crane*. Ed. Joseph Kats. New York :The Viking Press, 1969.

Franchere, Rute. *Stephen Crane: The Story of an American Writer.* Thomas Y. Crowell, 1961.

Nagel, James. *Stephen Crane and Literary Impressionism*. The Pennsylvania State University Press, 1980.〔ネイゲル〕

押谷善一朗『スティーブン・クレイン――評伝と研究――』山口書店、一九八一年。

河内清『ゾラとフランス・レアリスム――自然主義形成の一考察――』東京大学出版会、一九七五年。

久我俊二『スティーブン・クレイン研究序論――抵抗と限界――』大阪教育出版、一九五五年。

モーリス、セリュラム『印象派』平岡昇・丸山尚一訳、白水社、一九六二年

ゾラ、エミール「居酒屋」「実験小説論」古賀照一訳、新潮世界文学21『ゾラ』新潮社、一九七〇年。

2

フランク・ノリスの文学修業
――初期短篇と『ヴァンドーヴァーと獣性』を読む

岡崎　清
Okazaki Kiyoshi

1　アメリカのロマンスを描く途上のノリス

一八七〇年生まれのフランク・ノリスが、エミール・ゾラの影響を受けてアメリカ合衆国に自然主義小説を導入したことは、ノリス本人もゾラを取り上げて論考を企てていることから、また画家を目指して美術学校へフランス留学をしたことからも指摘しえるかもしれない。一般的によく言われる「ゾラの弟子」と見なす捉え方だ。ただ、近年の研究では、ノリスがゾラの作品に耽溺していたのは、フランス留学時ではなく、カリフォルニア大学バークリー校在学時であったことが明らかにされている。このことからもわかる通り、ノリスが文筆で身を立てようと決心したバークリー校時代にゾラの小説が彼の眼前に立ち現れ、彼はサンフランシスコの本屋でフランス語の原書を注文し、ゾラを読んだ。つまり、ノリスはフランスに居たからゾラの影響を受けたわけではない。フランスでのノリスは、博物館に出入りし、ヨーロッパ中世の武具に興味を抱いてスケッチをしたり、武具に関する文章を綴っていた。当時のノリスの関心は「中世」騎士道の時代であったり、もっと古くヨーロッパの神話であったりと「過去」へのロマンスが中心を占めていたと思われる。その証拠に、母親の援助のおかげで一八九一年、処女出版に漕ぎ着けた長篇詩『イヴァネル』は、中世ヨーロッパのロマンスを題材としていたし、初期短篇にも作品の時代背景を同じく中世ヨーロッパとするものが見られる。

ノリスが定義したロマンスとリアリズムは『小説家の責任』にもっともよく示されている。ノリスによれば、ロマンスは「ノーマルな日常生活から逸脱／変化した」世界を描き、リアリズムは「ノーマルな日常生活に限定された」世界を描く。そこから引き出される結論は、ゾラの小説をロマンスと読み、ハウエルズの小説をリアリズム小説と読む見方だ。『居酒屋』に見られるゾラの小説世界が飲酒を媒介にして主に環境に焦点が当てられた「自然主義」小説であることは明らかだが、ノリスが「遺伝」に焦点を当てて『マクティーグ』を書いたこともまた明らかである。単純化すれば、日常世界から何か度を越した出来事が主人公の内面もしくは外界で生じるときに、ゾラも自分もリアリズムを大きく超越してロマンスの小説世界に入り込む、とノリスは考えていたように思われる。ノリスの結論は、自然主義はロマンスの一形式であるとする読みだ。

ゾラについてのノリスの読みは、ノリスのいうロマンスの内実が不明確であり、にわかに首肯できないが、ノリスの作品内に見られるロマンスは二つの観点から了解できるだろう。一つは、すでに述べたように中世騎士道物語風のロマンスを志向していた初期のノリス、二つ目は、リチャード・チェイスも指摘したように一般的に言われるアメリカ・ロマンス小説の系譜に連なる小説の結構を備えているノリス。ノリスの文学は中世ヨーロッパのロマンスからアメリカという国土を題材にしたアメリカのロマンスを描くまでの道のりにあったということができるかもしれない。本稿では、ノリスの初期短篇「ラウス」とノリスがカリフォルニア大学バークリー校英文科を修了した後、ハーヴァード大学に「特別学生」として過ごした時代に構想した『ヴァンドーヴァーと獣性』を取り上げ、初期ノリスの文学的特徴を考察してみたい。

2 自我の崩壊を描いた短篇「ラウス」

ノリスの文学修業は、一八九六年から九八年のおよそ三年間、すなわちサンフランシスコの『ウェーヴ』紙にさまざまなエッセイや記事を書いた時代を指している、と言えなくもない。ジョゼフ・R・マッケルラスとダグラス・K・バージェスは、『ウェーヴ』紙に掲載されたノリスの一五九編の記事を集めて『フランク・ノリスの文筆修業』と題して出版しているからだ。しかし、これより以前のノリスの文筆にも目を向ける必要があるだろう。ノリスの文章が初めて公にされたのは、彼のフランス遊学時代にスケッチ付きで綴った「鋼鉄の服」、すなわち中世の甲冑に関する叙述であった。それは母親の口利きで一八八九年三月三一日付けの『サンフランシスコ・クロニクル』紙に掲載された。パリから帰国してバークリーに入学したのが翌年の一八九〇年、この頃はすでに作家志望を表明している。九一年にはすでに指摘したとおり、長篇詩『イヴァネル』を豪華本として出版した。いま、ここで取り上げる短篇小説「ラウス」は、アメリカ西部の文芸誌として名を上げていた『オーヴァーランド・マンスリー』誌一八九三年三月号に掲載されている。その後一八九四年にバークリーを修了し、その年の秋から翌九五年の前期までをハーヴァードで学んだ後、サンフランシスコに戻り、サンフランシスコから南アフリカに赴いて当時の紛争を取材し[1]、帰国後『ウェーヴ』紙に就職したのが九六年だ。

　主人公の名を題名とする短篇小説「ラウス」は、短い章立てで四章からなり、中世のフランスと思われる時代と場所の設定である。城を守る正規軍と反乱軍兵士との戦いのさなか、ラウスは敵の矢に刺されて戦死する。医学生でもあったラウスは、医学校の仲間のもとに運ばれて蘇生手術を受けるものの、最終的に生き返ることはなかった。以上があらすじである。

　蘇生術は、羊を殺し、その血を抜いてラウスに輸血することにあった。医学生の希望どおりラウスは生き返ったものの「これは私ではない」（一九九[2]）と叫び、日がたつにつれて人間の姿形から徐々に四つん這いの獣へ、ついには「おぞましい、形をなくした塊」（二〇一）へと身体が崩れてゆく。もはや動物なのか植物なのか区別もつかぬほどの化け物となったラウス。いったんは蘇生したラウスであったが、化け物となって再び死んでしまう。作者ノリスは、ラウスの再度の死に至る過程を彼の身体の「分解／腐敗」（二〇一）の過程と表現した。

　そもそもラウスを蘇生させようとする仲間の医学生の動機は、二人の医学生による人間の生死をめぐる見解の相違・対立から生じていた。ラウスの肉体が損傷を受けたのであれば、その肉体を回復させることでラウスは生き返るはずだと考える医学生のシャヴァネス。一方の医学生アンセルムは、人間を規定するものは魂であり、肉体だけが元に戻っても元のラウスと同じ魂を保持しえない限り、生き返ったとは言えないと主張する。ラウスの蘇生術が失敗に終わると、「魂」派のアンセルムは「肉体」派のシャヴァネスに説教もどきを始める。肉体だけを蘇生させてもラウスは再び死んでしまったのだから、肉体と魂、それに両者を結びつけるライフのいわば「三位一体」の状態こそが人間であるとアンセルムは説く。アンセルムは「〔輸血前の〕古いラウスと

〔輸血後の〕新しいラウスの違いは、魂の有無の違い」（二〇二－三）であり、いったんは蘇生したラウスが死んでしまったのは、魂が欠けていたからだと主張する。物語は「もっとも野獣的な人間でさえ、もっとも人間に近い野獣よりもはるかに高等なんだよ。違いは何かって？　シャヴァネスよ、それは魂の有無なんだよ」（二〇三）で閉じられる。

では、いったい「魂」とは何か？　ノリスは何も説明してはいない。ノリスは当時のモラル・コードに沿って『オーヴァーランド・マンスリー』誌の読者が安心して読める短篇に仕立てたのかもしれない。であるならば、文学市場を意識し、市場に受け入れられるように書いたことになるだろう。

「ラウス」はノリスのもっとも初期のフィクションの一つであり、ラウスの肉体が「分離／腐敗」してゆくさまは、後に描かれる『ヴァンドーヴァーと獣性』の主人公ヴァンドーヴァーのそれとほぼ同質の類である。また、両作品とも主人公の男性名をタイトルに付す。注目すべきは「ラウス」結末部で開陳されたアンセルムの説教ではなく、ラウスが溶解してゆくと言ってもよいほどの描写それ自体にある。

やがて時間の経過とともに、その身体から人間の形をした部位のすべてが消えてしまった。指や脚、腕その他人間の外観をなしていた形が、ゆっくりと分解して一つの塊になっていった。その過程は言葉でどう表現してよいかわからぬほどだ。一つのおぞましい、形のない塊が床の上に横たわっていた。けれども、分解／腐敗が始まるまでは、まだ、ある種のライフがその中にあった。それは生きていたのだ。ただ、動物や植物が生息するのとは違い、原虫のような原生動物か、クラゲか、ともかくそのような奇妙で最下等の生物の類となっていた。野菜か動物かなどといった区別などつけられなかった。（二〇一）

人間を解体してゆくノリスのこの描写こそ、彼がもっとも書きたかったことではないか。もし物語の結末がこの引用部で閉じていたならば、『オーヴァーランド・マンスリー』誌に採用されていたかどうかは疑問が残る。ノリスはアンセルムの説教を加え、それを結びとすることでラウスの溶解をまるでなかったかのように、いわば過去へと葬りさることで魂を重んじる道徳の説教を前景化してカモフラージュしていたのかもしれない。おおげさに言ってしまえば、この短篇は外部から強制されたラウスの自我の崩壊を描いたホラー仕立ての物語になっている。

3

「狼憑き」になる物語『ヴァンドーヴァーと獣性』

ハーヴァード大学在籍時代にルイス・ゲイツのもとで創作英作文の課題をこなしていたノリスは、ジェームズ・ハートの調べによれば四四のスケッチを残している。一八九四年一一月一六日から翌九五年四月三〇日までの記録だ。そのうち二七編が『ヴァンドーヴァーと獣性』（以下『ヴァンドーヴァー』と略記）、一一編が『マクティーグ』の下書きやモチーフとなっている、とハートは、『小説家の生成』の中で述べている。カリフォルニア大学バークリー校でノリス・コレクションを収集した学者ハートの説に従うならば、『ヴァンドーヴァー』は「他の作品よりいち早く一八九五年に完成」し、短篇を除くノリス六作品の小説の中で処女長篇となる。

アメリカ自然主義の初期小説と言えば、スティーヴン・クレインの『街の女マギー』が一八九三年、ノリスの『マクティーグ』が九九年の出版に当たるが、『ヴァンドーヴァー』は九五年に書き上げられている。このことが事実であるならば、当時の「お上品な伝統」の文学気候の中で、たとえばクレインが自費出版でしか『街の女マギー』を出せなかったことを考えてみても、『ヴァンドーヴァー』が出版不可能であったことは想像に難くない。お蔵入りされた『ヴァンドーヴァー』はノリスの死後一九一四年、その原稿が一九〇八年のサンフランシスコ大震災を生き延びて「発見」され出版された(3)。本稿ではノリスの小説における『ヴァンドーヴァー』の位置を確認するとともに、この小説の評価を試みたい。

主人公ヴァンドーヴァーには姓が与えられていない(後の小説『マクティーグ』の主人公も同様だ)。幼少の頃、一人息子のヴァンドーヴァーが両親とともに東部ボストンから西部サンフラシスコに転居する旅のシーンで物語は始まる。旅の始まりで母親が病死し、父親と二人でサンフランシスコの邸宅に住む。ひとかどの財産を蓄積した父親の庇護のもと、ヴァンドーヴァーはやがて一八歳になるとハーヴァードでの学生生活を同郷の仲間と過ごし、地元に戻る。物語はヴァンドーヴァーがサンフランシスコに戻り、友人チャーリー・ギアリらと都会生活を送る二〇代青年の体験が中心だ。

一八八〇年、サンフランシスコに父とともに到着したヴァンドーヴァーは一八七二年生まれの設定であり、ノリスの生年と同様の扱いである。ノリスはいわば自伝的要素を加えながら描いたと言えるだろう。冒頭を読み進めると、ヴァンドーヴァーの不思議な性格描写に読者はすぐさま気がつく。八歳から一三歳までの記憶が欠落しているのだ。過去の自己を思い出すことができないヴァンドーヴァーは、物語の展開上ノリスの仕掛けどおりに行動する。ヴァンドーヴァーは自己規定を常に現在の置かれた状況の中でしか判断できず、過去とのつながりを持てない設定となっているからだ。連綿とした過去から現在に至る自己の行動・思想に基づいて未来を考察する能力に著しく欠ける人物となってゆく。そもそも姓を与えられていないヴァンドーヴァーには、過去から現在につながる家系もまた意識することができない。ノリスは『マクティーグ』で、先祖代々から受け継いだ遺伝形質が主人公マクティーグを破滅に追いやった一因と作者の声で代弁しているが、『ヴァンドーヴァー』にはそれがない。いわば真空状態に人間が置かれ、過去も未来もつながりを持たない「いま、ここ」に生きるヴァンドーヴァーをノリスは描いている。以下、ヴァンドーヴァーをめぐる周囲の人物に目を転じてみよう。

ヴァンドーヴァーの父親は、サンフランシスコに移住すると、ほどなく不動産業に進出し、土地を買い上げ住宅を建てて賃貸収入を得る。サンフランシスコのヴァンネス街に近いカリフォルニア通りにある彼の邸宅はヴィクトリア朝の造りで、当時の小資本家の暮らしを息子とともにしていた。小資本家の父親は次のように描写されている。

月初めに家賃取り立て人が賃代を持参すると、彼はいつもたいそう機嫌がよかった。銀行に預金する前に、ひとまずコインを布製の袋に入れて自宅に運び、息子にその額の大きさをわからせるのだった。そのとき必ず二〇ドル金貨二つを両目にモノクル眼鏡のようにあてがいながら、こう叫ぶのであった。「大衆よ、よくやった！」と。意味などない冗談めいたこの言葉は、その後何年も家で口にされるおなじみの言葉となった。(4)(六)

金貨のモチーフはやがて『マクティーグ』でトリーナの吝嗇《りんしょく》ぶりを通して大々的に展開されてゆくが、『ヴァンドーヴァー』にもそれがうかがえるだろう。後に述べることになるが、ノリスの目は南北戦争後の金ぴか時代を冷やかに風刺している。しかし、一方息子のヴァンドーヴァーはまったく金《かね》に執着しない。それが父親の死後、財産を食いつぶすことになってしまう。

次にヴァンドーヴァーの友人ギアリを見てみよう。ギアリはヴァンドーヴァーの破滅にもっとも深く関わる人物である。彼はヴァンドーヴァーとは対照的な人物像として描かれている。

> ギアリは〔ヴァンドーヴァーとは〕かなり違っていた。忘れることなどありえなかった。彼は、自分が何をしたか、これから何をするつもりかをしょっちゅう口にしていた。朝になると、自分は何時間寝たかとか、どんな夢を見たかをヴァンドーヴァーに伝えることが常であった。晩になると、その日の行動の一切合切をヴァンドーヴァーに話した。自分が口にした会話の内容や講義をいくつサボったかとか、講義中の教師の質問にうまく答えられたとか、〔ハーヴァード大学の〕メモリアル・ホールで何を食べたかまで話すのだった。押し出しの強い、うぬぼれ屋で、狡知に長けていた。とてつもない野心家で、他人より一歩先んじると特に満足した。ヴァンドーヴァーやハイトに対してさえそうだった。（二八）

ギアリのこのような性格は一貫して変わることがない。彼は卒業後ヴァンドーヴァーやハイトと地元サンフランシスコに戻ると、法律事務所に勤め、ヴァンドーヴァーが父親から受け継いだ財産を掠め取る挙に出るのだ。ヴァンドーヴァーは年来の友人に騙されているとも知らず、彼の助言に従うだけであった。ギアリは「みんな自分のことしか考えないんだ」「利己的かもしれんが」「それが人間性ってもんだ」（九六）と自分の生き方を口にするが、「成功」するためにはそうならざるを得ないと考えている。作者ノリスは「それが人間性ってもんだ」というギアリのせりふをよほど強調したかったのだろう。若干字句を変えてはいるが、ほぼ同じ表現が三度も登場する。一度目は第七章、二度目は第一五章、そして三度目は最終章の第一八章だ。

みんな自分のことしか考えない……それが彼〔ギアリ〕の処世訓だった。まったく利己的な処世訓かもしれないが、それが人間性というものだ。つまり最弱者が壁際に押しやられ、最強者が玄関に鎮座するということだ。（三二八）

三度目の場面は、ギアリが彼の目論見どおりヴァンドーヴァーの受け継いだ賃貸住宅を乗っ取ったあとの彼の内面描写である。勤務先の法律事務所では所長の補佐役にまで昇進し、副収入を得た彼は三〇歳にして「リッチマン」（三二六）と呼びうるほどの財を成すに至る。自意識過剰とも言えるギアリは、蓄財が成功すれば次は「政治」（三二七）の世界に進出したい欲望さえ生まれる。彼の思念はふくらんで、ゆくゆくは議員に、さらには「大統領職」（三二八）にまで登りつめることを夢想する。ここまでくるとギアリの姿にはある種の滑稽感がつきまとう。いや、滑稽と言い切るには彼が大統領になれないことを前提とした読みになる。彼は正真正銘、自分自身は真顔で「成功」をつかむスキルを身につけて王道を走っていると思っているのだ。南北戦争後のアメリカに登場したあくどい資本家たちを仮想するならば、こんにちの読者が滑稽と見るギアリの想念は、時代背景を考えた場合、あながち非現実的とは思われない。現代でも、財を成した資本家が大統領選挙に食指を動かす事実(5)があるではないか。

ギアリの世界観・人間観がはっきり示された「最弱者が壁に押しやられ、最強者が玄関に鎮座する」というこの言葉は、優勝劣敗、適者生存の世界が描かれるアメリカ自然主義小説におなじみのせりふだろう。ノリスはギアリをとおして一九世紀の終わり、上昇志向を目指す人びとの俗物性を巧みに描き、背景に多くのギアリがいることを読者に想起させている。『ヴァンドーヴァー』は、こうした伏線を備えた小説でもあることをここで強調しておきたい。

ギアリの罠にはまった主人公ヴァンドーヴァーは、すでに述べたようにあまり「記憶」をもたない、過去と未来をもたない刹那的な人物像として描かれることになるが、以下、具体的に彼の破滅の過程を見てみたい。

小説タイトルからもわかる通り、ヴァンドーヴァーは自己の内部に潜伏していた「獣性」が環境によって誘発され、自己〔セルフ〕を支える理性的な判断がやがてできなくなり、放蕩に耽る。ハーヴァードに旅立つ前の彼は、家にあった「ブリタニカ百科事典」の産科婦人科項目を覗き見し、性の神秘を垣間見ようとする。「性」に蓋をされた後期ヴィクトリア朝アメリカの保守層の子弟が、奥手ながら、その蓋をこじあけようとする。ノリス研究家のマッケルラスは、次のように指摘する。

> 彼〔ヴァンドーヴァー〕にとって不幸なことは、人間の悪はパッションの中に存在するというお上品な伝統の思想から彼が抜け出せないでいたことだ。チャーリー・ギアリが、姦計を働かせて悪行を重ねていたことが彼の目の前で示されていたけれども。彼は自分のパッションに従って生じた結果に対して罪深いことをしたと耐えていたのだ。（マッケルラス、一八一）

パッションとは性的欲望のことである。それをそもそも「悪」と捉えるキリスト教文化のヴィクトリア朝アメリカで、ヴァンドーヴァーは彼と接する女性たちとの間では、心の奥底で罪深さを感じながら若き青春／青年時代を送ることになる。ヴァンドーヴァーは妊娠事件を起こし、相手のアイダ・ウェイドが自殺してしまうが、マッケルラスに倣えば、周囲に内密で性に戯れた自分を責めることになる。責めるというよりもどうしてよいかわからないヴァンドーヴァーが見て取れる。

ところがお上品な伝統の世界からはずれて生きる「街の女」フロッシーに向けたヴァンドーヴァーの行動はどうだろうか。

彼〔ヴァンドーヴァー〕は、ギアリやハイトと連れ立って、〔サンフランシスコの〕シティーのカフェの一つによく出かけた。そこでフロッシーという名の娘と知り合った。彼はそれがしたくて機会をうかがっていた。そしてすぐに手に入れた。

今度は良心の呵責などなかった。恥や後悔もなかった。むしろ経験を積み、人生観も広がったと感じた。向上し、自分でも頼りがいのある存在になった気がした。男はみな一度はこうした世界を見るべきだ。それは周囲にころがっている。結局、男にならなければならないのだ。この悪徳に身を費やして滅ぼされてしまうような男たちは、道を踏み外したやつらだけど。（二九－三〇）

引用一段落目の「それ」とは、フロッシーとの肉体関係である。フロッシーはお上品なヴィクトリア朝文化の枠外に置かれた女性であり、そうした女性をヴァンドーヴァーは男になるための道具として利用する。マッケルラスはこの点をついており、ヴァンドーヴァーをダブル・スタンダードが植えつけられた存在と見なす。

精神的にも肉体的にも真の恋愛体験ができない男として読む。婚約者だったターナー・ラヴィスには、フロッシーに気をとられてやがて婚約を解消され、さらにアイダを酔わせて彼女とも肉体関係を結ぶ。

アイダの自殺は新聞沙汰となり、彼女の父親がヴァンドーヴァーを相手に訴訟を起こすらしいことが、ギアリから伝えられる。ギアリはアイダの父親の弁護士を務めることになるとヴァンドーヴァーにこっそり話し、ヴァンドーヴァーに有利になるように「示談」をほのめかす。ヴァンドーヴァーの破滅は、アイダが自殺した第七章から徐々に進行する。物語の中ほど第八章では、アイダとの関係を息子から知らされた父親が、自殺騒ぎのほとぼりが冷めるまでしばらくサンフランシスコから離れろと息子のヴァンドーヴァーに忠告する。第一〇章に入ると、ヴァンドーヴァーは父親の助言に忠実に従ってサンディエゴ近辺から自宅に戻るが、その直後に父親は自宅の庭で突然死を迎えてしまう。後半の第一一章から終章の第一八章までは、一人になったヴァンドーヴァーが遺産処理をめぐってギアリに騙され続け、最後には身ぐるみ剝がされて一文無しとなり、精神が病んだ状態で幕が閉じられるまでが描かれる。

ギアリがヴァンドーヴァーにもちかけた「示談」を進めるために、ヴァンドーヴァーは父親が所有する賃貸住宅群と土地の権利をギアリにそそのかされて「八〇〇〇ドル」で手渡す。実際の価値は「一万二〇〇〇ドル」であり、転売すればギアリはまんまと四〇〇〇ドルを不労所得で手にするわけだが、彼はしばらく売らずに賃貸料を稼ぐこととした。賃貸料を収入源としていたヴァンドーヴァーは生活に困り、やがてカリフォルニア通りの自宅の屋敷も手放してしまう。売って得た「一万五〇〇〇ドル」でホテル住まいをするものの、ギャンブル、酒、服飾のために湯水のように金を使い、一年も経たぬうちに使い果たしてしまう。第一六章では、「何もかも退屈（アンニュイ）となり、ヴァンドーヴァーはまた何か新しい楽しみごと、今まで試したことのない何か激しい興奮がほしくなり始めた」（二八二）。

すでに常軌を逸した精神状態にあるヴァンドーヴァーは、女友達のエリスによって次のように目撃されてしまう。エリスはその様子をヴァンドーヴァーの友人ハイトに次のように語るのだ。

「もし彼〔ヴァンドーヴァー〕が酔っているのなら、それはそれは見たこともないような奇妙な酔っ払いだったわ」とエリスは言った。「彼は四つん這いになって部屋に入ってきたのよ。（中略）部屋のドアを頭で押して、隙間から顔を覗かせてクンクンしてるの。ああ、恐ろしかった。ヴァンドーヴァーにいったい何が起こったのかしら。見ものだったわ。頭はぶらぶらして垂れ下がった感じ、左右に揺らしながらやって来るじゃないの。揺れる髪が両目にかかってた。歯をカチカチ言わせながら、ときどき喉の奥から搾りだすようにうなり声を出してたわ。『ウルフ、ウルフ、ウルフ』って言ってたみたい（中略）。『ヴァン、どうしちゃったの？　どうして床を這ってるの？』と私が訊くと、ヴァンドーヴァーは『ちくしょう、僕にもわからん。たぶんおつむがイカレチマッタんじゃないかな。酒の飲み過ぎだ』って、彼は両目をこすりながら言うのよ」（二七六）

ヴァンドーヴァーが眠りに落ちた後エリスは医者を呼ぶ。医者からヴァンドーヴァーは「ある種の精神の病」である「狼憑き」（二七七）だと診断される。人間が狼に変身する物語は、ヨーロッパ「中世怪奇譚」につながるものとしてすでに亀山照夫が明らかにしている。ノリスの文筆修業時代に培われた想像力の源泉は、パリ時代に興味を抱いた中世ヨーロッパにあったことがここでもわかるだろう。けれども本稿ではヴァンドーヴァーの破滅を考える際、ギアリの描かれ方を見てもわかる通り、ノリスの生きた時代のアメリカとの関わりからもう少し検討を加えてみたい。

4　アッパークラスからの階級下降

『ヴァンドーヴァー』を電子テキストを用いて検索すると、「マネー」〔money〕という語は実に七七箇所に登場する。それほどまでにこの小説はお金についての話でもあるのだ。ヴァンドーヴァーの父親が息子に見せる金貨のシーンがもっとも象徴的にこの小説のアメリカ性を物語っていることはすでに述べた。ヴァンドーヴァーの友人ギアリも金の猛者である。ヴァンドーヴァーがカリフォルニア通りの屋敷を売った後になると、持ち金の残高がなくなるまでノリスはその残高を記してゆく。たいていはポーカーなどのギャンブルと飲酒に費やされ、ホテル代が払えなくなると、ホテルを出て「週給五ドル七五セント」（三一九）のペンキ屋で働き、金庫に絵を施す仕事をする。宿は「一ドル七五セント」（三一九）だ。金が尽きたときヴァンドーヴァーの命も尽きることが予見できるが、ペンキ屋での絵描きの職を失って一文無しになると、職を与えてくれと友人ギアリに乞いに行く。

ヴァンドーヴァーは自分が狼憑きになったことをギアリに告白して、「一ドルくれれば吠えてみせる」（三三三）とまで言う。ギアリはヴァンドーヴァーから掠め取った、もとはヴァンドーヴァーの父親の所有していた賃貸住宅の掃除人の職を与えることにする。流し台の下にうずくまりながらパイプに詰まった汚物を取り除いていると、入居予定の工場労働者の家族がまだ清掃が終わらないのかと待ちくたびれている。予定の時間を過ぎても掃除するヴァンドーヴァーに、その一家の父親が「二五セント硬貨」を与えて労をねぎらった。ヴァンドーヴァーは自らもギアリに語っていたが、ハーヴァード卒でお金があれば周囲に気前よくばらまいていた「アッパー」(三三二)クラスの人間だった。もうかつての自分はどこにもいないということがヴァンドーヴァーにもわかっている。二五セントをもらうと「サンキュー、サー」(三三四)と「サー」をつけ、身分・立場の違いを心得るのだ。その後労働者一家の子どもがバターつきパンを口いっぱいに詰め込みながら帰り支度のヴァンドーヴァーと目を合わせて、物語が終わる。

ヴァンドーヴァーの破滅は結果としてアッパークラスからの階級下降を物語る。アメリカ社会の人びとの階級移動は、南北戦争後金ぴか時代を経て世紀転換期の移民の大量上陸とともに彼らが成功の機会を求めて上昇しようとする姿に顕著だろう。けれども同時に、階級はイギリス社会のように固定化されたものではなく、常に階級間の移動が伴うため、ヴァンドーヴァーの一家のようなアッパークラスであっても収入がなくなれば、とたんに下降してしまう。ジューン・ハワードも指摘するように、アメリカ自然主義小説にはこうした階級の上昇と下降にまつわる不安がつきまとう(6)。『ヴァンドーヴァー』のギアリは「最弱者が壁際」に「最強者が玄関」にと述べていたが、弱者と強者の違いは単に所有する金銭の多寡だけであり、立場がひっくり返ることがあることをこの物語は如実に物語る。

『ヴァンドーヴァー』が執筆されたおよそ五年後の一九〇〇年には、セオドア・ドライサーが『シスター・キャリー』を出版し、その中でハーストウッドの破滅を描く。このときもまたヴァンドーヴァーと同様にハーストウッドの所持金が徐々になくなるさまをドライサーは克明に描く。ハーストウッドが万策尽きたところで、彼はニューヨークの木賃宿でガス栓をひねり自殺に追い込まれる。

最後にヴァンドーヴァーの「獣性」について触れてみる。すでに述べたが、ヴァンドーヴァーは後期ヴィクトリア朝時代アメリカのお上品な伝統文化を身につけた人物として描かれているため、性に関する意識を「邪悪」(五二)なものとしてしか捉えられない。「フロッシーは彼〔ヴァンドーヴァー〕の内部にある動物的なもの、獣的なものにのみ訴えかけてきた。それは彼がすぐに反応してしまう邪悪でぞっとするような獣性だった」(五二)。ジャック・ロンドンなどが描くアメリカ自然主義小説が人間の「本能」を描くとき、その本能は「薄いベニヤ板一枚」の文明/理性に覆われた人間の姿をあざ笑うかのように、本能の力強さをむしろ肯定的に描く。たとえば『野性の呼び声』のバックは本能で前方にある薄氷を避けてもいる。(7)ところがノリスの描く本能や獣性は「性」にだけ結びつき、「邪悪」なものとして登場人物の認識に組み込まれ、否定的だ。性が抑圧され、見せびらかしの消費生活が流行し、ヴァンドーヴァーも「見かけ」をたいそう重んじる生活を続けた。美術の世界で身を持ち直そうと決意し、家を出てスタジオを借りる場面でも、スタジオの機能より見かけのよさ、安楽さが得られるリビングの部屋を選択したのもそのためだ。

以上見てきたように、ヴァンドーヴァーの破滅は彼の内部に宿る「獣性」因子が誘発されたと見るよりも、ヴァンドーヴァーの社会的/社交的位置によって引き起こされたものと見るべきだろう。見せびらかしの消費世界の中にあって個人は真のセルフや自我といったものを見つけることができないことは、時代時代の流行や価値観に踊らされる人びとの姿を見るだけでもわかる。そもそもセルフや自我というものがどのように形成されるのか、アメリカ自然主義小説世界はむしろセルフや自我などない、という地点まで問うているような気がする。ノリスの初期短篇「ラウス」はそのことを問題にし、処女小説『ヴァンドーヴァー』はアメリカの当時の時代背景をかぶせてそれを物語っている。

注

（1）ノリスは一八九五年、第二次ボーア戦争につながるジェイムソン襲撃事件を現地で目の当たりにした。

（2）「ラウス」からの引用は、井上謙治編の全集第一〇巻のページを括弧内に漢数字で示す。訳は拙訳。

（3）弟の作家チャールズが五千語加筆して出版にこぎつけたと言われているが、ノリス研究者のマッケルラスによれば信憑性に欠け、ノリスの完成原稿の可能性が高い。

（4）『ヴァンドーヴァー』からの引用は、井上謙治編の全集第七巻のページを括弧内に漢数字で示す。訳は拙訳。

（5）一例を挙げれば実業家のドナルド・トランプが二〇一二年の大統領選挙に立候補する噂が報道された。

（6）ハワードは作家として成功したジャック・ロンドンを例に取り上げ、ロンドンが労働者階級へ下降する不安を抱いていたと指摘している。

（7）『野性の呼び声』第五章「橇引きの労苦」では、バックが身の危険を感じて先に進むことを嫌う。ソーントンの介入によってマーシディズの橇犬から離されるが、マーシディズらは薄氷の上を進み、水没してしまう。

引用・参考文献

Howard, June. *Form and History in American Literary Naturalism.* Chapel Hill, NC: U of North Carolina P, 1985.〔ハワード〕

McElrath, Jr., Joseph R., "Frank Norris's *Vandover and the Brute.*" In *Critical Essays on Frank Norris.* Ed. Don Graham. Boston, Massachusetts: G.K. Hall & Co., 1980.〔マッケルラス〕

Norris, Frank. *Vandover and the Brute. The Works of Frank Norris, Vol. VII.* Ed. Kenji Inoue. Tokyo: Meicho Fukyu Kai, 1984.

———. *The Responsibilities of the Novelist* and *Other Literary Criticism: The Works of Frank Norris, Vol. IX.* Ed. Kenji Inoue. Tokyo: Meicho Fukyu Kai, 1984.〔『小説家の責任』〕

———. *Uncollected Short Stories: The Works of Frank Norris, Vol. X.* Ed. Kenji Inoue. Tokyo: Meicho Fukyu Kai, 1984.

———. *The Apprenticeship Writings of Frank Norris 1896–1898.* Eds. Joseph R. McElrath, Jr. and Douglas K. Burgess. Philadelphia: The American Philosophical Society, 1996.

———. *A Novelist in the Making: A Collection of Student Themes and the Novels, Blix and Vandover and the Brute.* Ed. James D. Hart. Cambridge, Massachusetts: Harvard UP, 1970.〔『小説家の生成』〕

亀山照夫「霊と獣人――フランク・ノリスの中世怪奇譚――」明治大学文学部紀要『文芸研究』43、一九八〇年三月、二一二－二二一ページ。

3

ヴァナミーから読み解く『オクトパス』

中野里美
Nakano Satomi

1 ヴァナミーのサブプロットの重要性

フランク・ノリスの『オクトパス』は、カリフォルニアで起こったマッセル・スラウ事件をモデルに、未完の小麦三部作の一作目として書かれ、一九〇一年に出版された。

物語の中心に据えられた農場主たちと鉄道会社の闘いに加え、多くの人物を登場させ、ストーリーを進めることで、当時のアメリカ西部の様子を詳らかにしている。その登場人物たちの中でもヴァナミーは、描かれている話から一六年前に恋人のアンジェレが何者かに暴行され、そのために宿した娘を出産する際に亡くなってしまい、以来さまよい続けている。それがようやくこの物語の舞台、サンウォーキン・ヴァレーに戻ってきたのだが、彼の存在は異彩を放っている。というのも彼は、恋人だったアンジェレの墓があるスペイン系の教会の庭に毎晩のように出没し、「神秘主義的な」力で彼女を蘇らせようとしているからだ。ヴァナミーのサブプロットは、メインプロットの農場主たちの物語に対置されている。農場主たちのメインプロットは、マッセル・スラウ事件のような鉄道会社との争いのみならず、物語の語り手プレスリーが語るホメロスふうで叙事詩的なアメリカの躍動感あふれる西部の世界への広がりも含んでいる。たとえばそれはプレスリーのこの言葉に集約されている。「いったい世界のほかのどこに、これほど強く正直な男たちや、またこれほどまでに強く美しい女たちがいるというのか」（九七九‐八〇）[1]。この西部の太陽の下の生の描写と対照的なのが、ヴァナミーの恋人の死からの蘇りを強く願う夜の描写である。そして、農場主たちが死を体験するのに対して、ヴァナミーは死からの再生を体験し、それぞれの描写は反転する。この両者のプロットをつなぐのが小麦だ。小麦は成長し、刈られるが、それは生死のサイクルに過ぎず、永遠に再生することの象徴となっている。

またヴァナミーのプロットのテーマであるロマンスという点においても、農場主の一人アニクスターのロマンスとは対照的に描かれる[2]。女性嫌いの農場主アニクスターが、やがてそれまでの自分は人間ではなく「機械」のようなものだったと悟る。その原因は、彼の身の回りの世話をする健康的なヒルマを受け入れ、愛情に目覚めたからだった。その後彼はメインプロットである鉄道会社との事件で犠牲となり、命を落とす。一方ヴァナミーは、母親そっくりに成長したアンジェレの娘と出会うことで、恋人を死から蘇らせたのと同然の体験をする。このアニクスターとヴァナミー両者の愛情の象徴として使われていた小麦が、収穫で刈り取られその命を終えるようでありながら、大地からまた育つことで、生の象徴にも使われている。こうした自然界の人間と小麦の生死のサイクルを描く際に、再生する命を象徴したヴァナミーのサブプロットは、『オクトパス』

の中で、小麦とともに必要不可欠だと考えられるだろう。

しかし批評家たちからは、ヴァナミーのサブプロットは「抽象的で形式化し過ぎる」（パイザー、一一）と捉えられることもある。ヴァナミーの存在を余計なものと見なすものが多く、その意義について論じているものは少ないように思われる。ドン・グラハムも、ノリスの分身ともいうべき語り手のプレスリーにヴァナミーが刺激を与えている点でしか、ヴァナミーを重要と捉えていない（グラハム、一〇八）。

だがヴァナミーの存在には、テーマに関わる問題が内包されているように思えてならない。作品の終盤で、このヴァナミーこそが作品のテーマに関わってくるような言葉を発し、ノリスが作品を通して伝えたかったことを代弁していると思えるからだ。そこで本稿では、この作品で異質に映るヴァナミーの重要性について、作品の主題となる部分、そしてヴァナミーのサブプロットからノリスのロマンスについての考え方などを検証していきたい。

2 「最大多数の最大幸福」という言葉

ヴァナミーの言葉に、印象的で、しかも物語のメインプロットに関わってくる重要なものがある。それは、「最大多数の最大幸福」（一〇八五）という言葉だ。農場主たちが土地を苦労して開拓し、小麦が豊作となって収穫をあげると、鉄道会社はそれ以前に農場主たちに提示していた土地の値段を、約一〇倍にまでつり上げる。農場主たちは支払うことを拒否し、結局土地は他に売られる。農場主たちは武器を持って強制収用を阻止しようとするが、彼らの大半が殺されてしまう事件の後に、ヴァナミーから発せられる言葉だ。この言葉をヴァナミーが発することになった理由は二つある。

ヴァナミーは長い放浪の果てにこの土地に戻ってきて、羊飼いをしたり、アニクスターの農場で働いたりして生計を立てている。ヴァナミーはそれまでアリゾナからユタやネバダなどの荒野や西部をさまよっていた。この姿は、鉄道建設時から、またときにはその完成した鉄道を利用して、仕事を転々としながら大陸を放浪する「ホーボー」と称される人たちの姿と重なる。ホーボーは、「相当に哀れな存在であり、ほかにはない煩わしさに苦しみ、魂に宿る見果てぬ夢（懐旧の思い）にさいなまれている」（オールソップ、三一-二）と見なされるが、同時にまた、「中西部から太平洋岸にかけて広がっていた資本主義の準備段階に重要となってくる肉体や精神を有していた」（オールソップ、三二）とも見られる。ヴァナミーとホーボーは、その魂に去来する過去の果たせなかった夢、過去を回顧する思いに苦しめられつつ、西部一帯をさまよっているという点で一致する。知力体力を有しながらも、現時点では社会からはじかれた立場にあれば、功利主義的な「最大多数の最大幸福」という観点から最も遠い立場にありそうに思える。しかしこのホーボーは、社会の底辺にいながらも、「耐久力を要する個人主義や適者生存といった社会進化論の基本原理を体現している存在」（オールソップ、三二）とも考えられており、厳しい環境を生き抜く力を認められている。ヴァナミーも放浪の後、辛い体験を乗り越え、土地を保有せず独立独歩で、農場主たちとは違い、鉄道に潰されることなく生き抜いている。

『オクトパス』では、ときにノリスの農場主たちへの同情心が論じられるが、リチャード・リーハンは、その説に真っ向から対立する論を展開している。ノリスは鉄道会社のみならず農場主たちにも好意的ではないと見ており、いかに彼らがお金によって腐敗していくのか、また賄賂授受といった欲深さを受け継いでいくのかといった問題を、ノリスが提起しているという（リーハン、六三）。しかしながら、農場主でなく、放浪生活を送ってきたヴァナミーは、この問題には関わらない。彼がすべてを失う農場主の立場であれば、「結局は善が残るのだ」(二〇八五)とは言えないだろう。また、当時の社会学者ウィリアム・グレアム・サムナーの社会進化論について、リチャード・ホフスタッターはこう解説している。

人間は欲望を抱えている生きもので、たいていは利己心により動いている。競争原理が自由で公平なものであれば、経済的に利己的な人間を「最大多数の最大幸福」のための行動を取るように変える。(ホフスタッター、一四六)

人間というのは欲を抱えて利己的な振舞いをするが、競争原理の条件次第で「最大多数の最大幸福」のための行動が取れるというのだ。『オクトパス』では、農場主たちが犠牲を払ったその小麦は無駄にされず、製業経営者セダーキスト夫妻が中心となり、小麦を飢えるインドの人々のために役立てようとする。また、鉄道側の代理人ベアマンが、インドに送るため船倉に積み込まれている最中の小麦の中に落下し、窒息死するが、ノリスはその場面を描くことで農場主たちの代わりとして、鉄道会社を罰している。農場主たちも鉄道側もそれぞれ利己的であったがゆえに犠牲を払うが、農場主たちの残した小麦は人の空腹を満たし、鉄道もアメリカ全土に広がり、輸送によって社会に貢献し、「最大多数の最大幸福」を果たす。

ここでいう最大幸福が享受できる立場に置かれるのは、農場主たちと鉄道関係者以外のアメリカ国民と、小麦が送られる飢饉にあえぐインドの人々である。そのため、テーマとなる「最大多数の最大幸福」という言葉が、農場主や鉄道会社の人々や、彼らと密な関係にあった人間の口から発せられることはありえない。だからこそ、半ば隠遁的な生活を送り、人々とあまり交流せず、毎夜のように神秘体験を繰り返すヴァナミーという存在に、この言葉を語らせるしかない。これがこの言葉をヴァナミーが語る理由の一つ。

もう一つの理由は、本稿の最初のほうで記述した、メインプロットとサブプロットをつなぐ小麦とヴァナミーがどう関わっているかを見ると明白だ。ヴァナミーはプレスリーやサリア神父を、声に出すことなく、心で念じて呼びだすことができる。神父はそれを際立った力〔great force〕と認めはするが、それを行使することは、「オカルトだ」（六八七）と異を唱える。ヴァナミーはその力でアンジェレを蘇えらせようとしているのだが、神父はそれに対してこう言う。「君の小麦こそ、君にとって不滅の象徴だ。君がそれを地中に埋めると、枯れても、幾度となくさらに美しく芽を出してくる」（六九一）。この言葉通りのことをヴァナミーは体験する。つまり、その後ヴァナミーは、アンジェレの産んだ娘と出会い、「死に打ち勝った。墓は消えたのだ。たえず蘇る生命だけが存在した」（八八八‐九）と心の中で叫ぶ。この体験は、直後にヴァナミーに小麦が成長していることを気づかせる。そして生あるものがこの世から消えて見ても、死に絶えたわけではなく、生命が循環し、存在し続けることを、小麦によって証明してみせているのだ。その際にヴァナミーは、「すべてのものは、邪悪なもの以外、不滅である」（八八九）と考える。この言葉がやがて、「善はけっして死なない。邪悪なものは死に絶える。残虐なもの、弾圧、利己的なもの、これらが消滅するのだ」（一〇八五）とプレスリーに向かって語るまで、ヴァナミーの中で昇華されていく。そして「最大多数の最大幸福」を発することにつながっていくのだ。

プレスリーは、『オクトパス』の語り手で詩人でもあるが、このテーマを語ることはできない。それは、彼が病気療養を兼ねてマグナス・デリックの農場に逗留しており、西部の「叙事詩」〔epic〕を書く取材をするために登場人物たち全員と付き合いがあり、農場主たちとの距離や心情が近過ぎるからではないだろうか。また、どんな詩を書いたらいいか迷うプレスリーに、叙事詩というヒントを授けるのは「生まれつきの」詩人ヴァナミーで、出来上がった叙事詩『働く人びと』も、プレスリーと親戚関係にあるセダーキスト夫人の紹介で出会った画家の絵にインスピレーションを受けて、ようやく完成させる。そんなプレスリーだからこそ、自発的に物語の主導権を握ることはなく、最後まで（インドへの船に乗り込み、小麦の行方を見守る）語り手に徹するのだ。そして船上でヴァナミーの語った「最大多数の最大幸福」を反芻し、この言葉に納得する。

だがこのヴァナミーの語った「最大多数の最大幸福」には、引用符がついている。ヴァナミーの言う「最大多数の」は、**to the greatest numbers** である。ところが、ベンサムの言葉では **of the greatest numbers** と、ほぼ同じ表現だが前置詞に違いがある。ノリスのエッセイなどを参照してもベンサムの言葉への言及は見られないため、ベンサムを引用したのかは定かではない。だがそのころ、ベンサムの言葉はすでにアメリカ社会にも浸透していたと思える。また直接ベンサムの言葉を引用したのではないとしても、別のルートから、この言葉が援用されたのではないかと想定できる。

その一つは、サムナーやスペンサー、そしてジョゼフ・ルコントを経由して取り入れたのではないかと推測できることだ。「最大多数の最大幸福」という功利主義的な考えに関して、ハーバート・スペンサーは、その功利主義的な倫理的観点は受け入れなかったが、ベンサムの功利主義的な価値基準は認めていたという（ホフスタッター、四〇）。ノリスはなぜ『オクトパス』のテーマにこうしたサムナーやスペンサーによる社会進化論的な価値観を取り入れたのだろうか。当時、こうした思索に基づく議論が活発であったことの影響もあるだろう。そしてまたノリスがカリフォルニア大学バークリー校で受けたジョゼフ・ルコントの講義の影響もあるのではないだろうか。クモが「種のために」を意図して生殖を行うことを引き合いにルコントが解説した改善〔unshakable ameliorism（sic）〕の考えに、ノリスは理解を示したという（マッケルラス、一二四）。これとヴァナミーが語った「最大多数の最大幸福」というテーマが重なって見える。

もう一つ忘れてはならないのは、ノリスの信奉する米国聖公会牧師、ウィリアム・レインズフォードの存在だ。[3] 彼に関しては、「進化論の支持者であり、個人的また社会的改善〔personal improvement and social amelioration〕を人々に求める際に、ハーバート・スペンサーのみならず、ダーウィンも引き合いに出した」（マッケルラス、三六八）と伝えられている。少なくともノリスはこの牧師の影響で、スペンサーやダーウィンに触れる機会が高まった可能性がある。この牧師の考えとルコントの考えは「改善」というキーワードでつながっており、そのうえ、サムナーも経済学者として活躍する以前には、米国聖公会の牧師をしていたという経歴がある。ここでノリスのテーマを掘り下げる前に、そのテーマと関連して気になる点を検証してみたい。

3　『オクトパス』のモチーフ

ノリスはヴァナミーに「最大多数の最大幸福」という最も重要なテーマを語らせたが、それを語るヴァナミーは、作品ではそれほど重要視されていないように見受けられる。その原因の一つに次のことが考えられる。それは、モチーフの分散である。バーバラ・ホックマン[4]やチャールズ・チャイルド・ウォルカット[5]も『オクトパス』が散漫な作品であることを指摘している。ここでは彼らの指摘していない点で、その散漫さを考慮してみたい。

『オクトパス』創作のきっかけにつながったのは、ゾラの『ルルド』、『ローマ』、『パリ』の三部作だ（もともとノリスは、ゾラの作品を大学入学前から読んでいたという）(6)。ノリスは特にその中の『ローマ』を絶賛している。ノリスは書評で、この作品は主人公ピエールがローマだけでなく、物語全体も俯瞰していると評している（マッケルラス、六二）。しかし『オクトパス』は、プレスリーが全体を見通しながらも、小説の根幹をなす概念は、前述のヴァナミー、製造業経営者のセダーキスト、そして鉄道会社社長のシェルグリムといった人々によって語られていて、それを最終的にプレスリーがまとめる。セダーキストは、一九世紀の中で特出している言葉は製造だとし、今後二〇世紀に特出する言葉は市場であると、現状も未来も見定めることができる人物だ。そして、小麦の輸送ルートをこれまでの東から西ではなく、西から東に変更すべきだと考えている。市場を開拓するには小麦の輸送の流れを、帝国の進撃したルートと同じ流れに逆らわないことが肝要だと言う（八一九）。このセダーキストの考えの根源には、後述するようにフレデリック・ジャクソン・ターナーの歴史観が潜んでいる。鉄道会社社長のシェルグリムは、机に座って、身体はいっさい動かさず、手と脳を絶え間なく動かして誰よりも働いている。手をせわしなく動かすさまは、まさしく「オクトパス」として喩えられた、全米に触手を伸ばしているように見える鉄道そのものでもある。シェルグリムは、小麦も鉄道も同じ法則——需要と供給——により、人の手を離れ、それ自体で動く force となって進み続けると語る（一〇三五）。

プレスリーがこれらを再確認していき、終章でまとめるのだが、そこに至るまで、複数の登場人物たちが作品のモチーフに触れていくために、視点が複数存在することとなる。ただし、一見すると住む世界の違う四人だが、彼らには芸術を理解しているという共通項がある（プレスリーは全員と一対一で話す機会はあるが、他の三人は互いに面識はない）。その中で『オクトパス』では、自然、人工の鉄道、人間同士の対立といった漠たる大きなテーマを扱うため、矛盾を孕み、全体的に散漫な印象を与えてしまうことが否めない。たとえば、「無関心」〔lethargy, indifference〕な人間として、セダーキストは「われわれ農場主や製造業経営者は、一般大衆の無関心さとトラストの侵略という二大指標の中でもまれる穀物同然だ」（八一八-九）と大衆の中に農場主も含めて考えている。プレスリーは鉄道会社の農場主への非道なやり方について、一般大衆の無関心さを指摘し（八二〇）、そこに農場主は含まない。無関心ということに関して、プレスリーは自然の人間に対する接し方がそれだと考えている。「自然にあるのは漠とした無関心のみであり。指定された目標にひたすら向かう。それゆえ自然は巨大なエンジンなのだ……その過程に立ちはだかる人間という微小な存在を締め出していく」（一〇三七）と、自然は無関心で人智の及ばぬ存在である。加えてプレスリーは小麦も、ただそこにあるだけに過ぎず、人間には無関心なものと考える。「だが、小麦は残った……人間の群れには無関心で、抗い難く、決められた轍を突き進む」（傍点は中野による。一〇九七）のだ。自然の制御し難い力を force や engine という言葉に置き換えて表現するノリスだが、自然そのものに関しては、まったく逆の表現を使う。それは、「大地は子宮から子を産み出し、いまや疲れて眠りについている」（五八七）と擬人的に表現され、「思いやりにあふれた大地」（六四四）や「大地、それは誠意に満ちた母」（八七〇）のように force や engine と対立するような earth や mother といった言葉で描写している。

さらに加えて言うならば、作品のイメージにダイナミズムを与える force の用い方も多岐にわたっている。鉄道のこともあれば（八三六、一〇三七）、小麦（一〇三七）、人間（六八〇）、ヴァナミーの神秘体験の能力（六八七）までもが含意されている。アニクスターがヒルマとの結婚を考えたのも「彼自身の卑しむべき感覚が突如、抗い難い力で襲いかかってきた」（八七〇）と force に押されてのことだ。そしてforce をプレスリーは、人智の及ばぬ侵されざるものとして表現する。

圧倒的な力だけが存在する――人間をこの世に押し出すのがこの力であり、後を継ぐ世代に道を譲るべく多くの命でこの世を満たすのはこの力である。また小麦を育てるのもこの力であり、次の作物のために場所をあけ、そこから小麦を生み出すのもこの力である。（二〇八四）

世の中は、自然でもなく鉄道などでもなく、ましてや人間でもない言い知れぬ力に突き動かされて進んでいるという。ノリスの言いたいことは、この言葉にある。ヴァナミーが発した「最大多数の最大幸福」という言葉の意味をプレスリーは自分なりに咀嚼し、「人間個人は苦しんでも、種は続いていくのだ」（二〇九七）と考え、物語は締めくくられることになる。

『オクトパス』の中で、ノリスの言葉の使い方や定義がこのように多様であることには、次のような意図があるのではないか。多数ある力〔force〕が多様な社会に存在しつつも、社会が分散せずにいられるのはなぜかといえば、それはより多数が幸福を享受できるからなのだろう。その幸福の享受という目的のために、多様な個々が最終的にまとまることとなる。それが「最大多数の最大幸福」なのだ。

個々は消滅しても種全体は改善、向上し、生命が続いていくという考えは、社会進化論の考え（先述した引用の「競争原理」とは、詰まるところ適者生存である）に準じ、また少し触れたルコントの「種のため」につながる。こうした矛盾を孕み、散見するテーマは、雑多なものをすべて呑み込んだアメリカ社会を反映している。製造業経営者セダーキストは小麦をインドへ自分の船で出荷することを、「アングロサクソンはすべての始まりをそこからスタートさせた。そして地球を回り、行進を始める場所に行き着いたことこそが明白な運命なのだ」（一〇九四）と、アメリカの領土拡張論で用いられた「明白な運命」〔manifest destiny〕になぞらえ、転用している。この言葉や、ノリスが表現しようとした西部の物語は、抗い難い force に小麦を載せて進み続ける様子を描出しようとしたのではないだろうか。またこの force からは、フレデリック・ジャクソン・ターナーの論を想起することができる。

4　ノリスの自然主義観

ターナーには、フロンティアや西部に関して論じた著作が多く、中でも一八九〇年代から一九〇〇年初頭にかけてのものが著名である。その中にはノリスの言葉と似た表現を見つけることがある。たとえば先ほどの force の使い方はターナーにも顕著だ。少し書き出すと、「有効な力〔force〕としての民主主義の勃興」（ターナー、五四）と、民主主義に喩え、「西部は、私たちの生活の中で最も重要な、建設的な力〔force〕である」（ターナー、三四）と、西部そのものをアメリカの国力に置き換えている。また先述の「明白な運命」に関しては、「西部の人間は自国の明白な運命を信じている」（ターナー、六八）と、西部の人と関連づけている。

さらにヴァナミーを髣髴とさせるようなフロンティアに住む人々への見方も次の通りだ。「フロンティアの人は見果てぬ夢を見、幻視した〔beheld visions〕。人間を信じ、民主主義に希望を託し、アメリカの運命を信じ、夢を実現させる自身の能力に限りない自信を持っていた」（傍点は中野による。ターナー、六九）という文章から、アンジェレを蘇らせる中でのヴァナミーの幻視や、その実現への絶対的な自信が重なって見えてくる。ヴァナミーの夢の実現は神秘主義的だが、その思いは、何もないところから国家をつくり上げていく強い意志と共通したものと見ることはできないだろうか。

また、「アメリカの社会的な発展はフロンティアの過程で、はじめから何度も繰り返される。この永続する再生により（中略）アメリカの特徴を決定づける力〔forces〕がもたらされるのだ」（ターナー、三二）は、小麦が（アンジェレがまるで墓から蘇ったように）毎年、刈り取られてもまた芽を出すという生命の円環的なサイクルとして言い換えられたかのようだ。これもヴァナミーの言葉を咀嚼して発したプレスリーの言葉、「種族は続いていく」〔the race goes on〕の変形と見ることができる。

こうした繁栄を享受するにあたってターナーは、鉄道を社会の活力となる人材や資材などを運ぶものとして好意的に見ている。ノリスも『オクトパス』では、農場主の血を吸い、命をからめとる存在として描きながらも、その力〔force〕は否定していない。毎晩のように遅くまでオフィスに残って働き、妻と三人の子を抱える従業員の昇給を命じる社長シェルグリムの姿をプレスリーに目撃させることで、鉄道を擁護しているかにも見える。執筆に当たってサザン・パシフィック鉄道会社の経営者コリス・P・ハンティントンをよく訪れていたようだ（マッケルラス、三四三）。

鉄道会社については、ウィリアム・デヴァレルによると、当時の新聞社が鉄道に敵対的な態度を取ることはほとんどなかったという。しかも、正面衝突事故などがときおり発生していたが、デイリー・ニューズ社は、ライバル他社が鉄道会社の責任を問うと、それを無知なこと、また悪意が感じられることとして、糾弾している（デヴァレル、一二六‐七）。ノリスがサンフランシスコのウェーヴ社に勤めていた際も、社をあげて広告を掲載したり、当時はあまりイメージのよくなかった鉄道旅行のキャンペーンを行ったりと好意的に扱っていたようである（マッケルラス、二〇〇）。農場主を冷酷に扱う鉄道を、結局は「最大多数の最大幸福」の一環として認めるのは、こうした背景もあり、ノリスは鉄道会社社長のシェルグリムを肯定的に描いたのではないか。また興味深いのは、鉄道とロマンスを結びつけた見方が当時、実際に流布していたことだ。

そのスタート時から鉄道はロマンスと共鳴していた。それは全米を愛で結びつけるものであった。（一四行詩のロマンスが鉄道経営者たちの言葉の中にさえ見られたのである）（オールソップ、八二）

当時の鉄道がアメリカ全土を愛で結びつける手段だというイメージが伝播していただけでなく、鉄道の経営者たちまでもが詩の言葉を自らの言葉に盛り込んでいたという意外性に驚かされる。それはプレスリーがシェルグリムに予約もなしに会いに行った際に、非常に多忙なはずのシェルグリムが、すでにプレスリーの詩を読んでいたことにも表されていた。

ノリスにとって、ロマンスは創作活動のうえで非常に重要なものだ。ノリスは自然主義について論じる際、ロマンスの定義が多くの人には捉えにくい曖昧な意味を持つものだと断ったうえで、ゾラを引き合いに出して論じている。通常は自然主義がロマン主義の対極にあるものと認識されるが、ノリスはゾラに限ってはむしろロマン主義であると言っており、ゾラの自然主義はロマン主義の一形式であると結論づけている。一方、たとえばハウエルズに代表されるようなリアリズムにはまったくロマンスの要素はないと断言している（マッケルラス、八五‐六）。ノリスは、ロマン主義（ロマンス）は、リアリズムよりもバリエーションが広く、人間の暗く、突き詰めることのできない魂の最奥部にまでわたる領域のものだと語る（ノリス、一六七‐八）。ロマンスを取り入れることで、実際の西部の表面的な姿だけでなく、そこに現れてこない、さらに奥深い部分をノリスは表出しようとしているのだ。

またターナーとロマンスも切り離せない。ターナーは、アメリカの歴史を見るには大西洋側ではなく、「大西部」〔Great West〕を見ることが真の見方だと説き（ターナー、三二）、「歴史はロマンスであり、また悲劇である」（ターナー、一五）と述べ、歴史＝ロマンスという視座を持っている。さらにスペンサーは、「アングロサクソン主義というものは現代のナショナリズムの産物であり、生物学的科学の所産というよりむしろロマン主義的な動向なのである」（ホフスタッター、一七二）と記し、民族主義的な考えが生物学的見地以上にロマン主義と結びついていると見ている。このターナーやスペンサーの、ロマンスやロマン主義に対する考えは、ノリスの目指す創作を後押ししたのではないだろうか。ヴァナミーのロマンスは、ゾラの『ローマ』のロマンスのプロットを踏襲している。[7] しかし、ゾラのようなロマン主義に則ったものでありながら、アメリカを代表するような物語、「他にはないアメリカの文学作品」を創作することをノリスは目指しており、「これこそがアメリカの叙事詩、これまでの作品の中で唯一無二のもの」（ノリス、一一七九）という、叙事詩的な作品を書こうとしていたのだ。それゆえヴァナミーのロマンスや、ヴァナミーの観点が必要不可欠となる。

『オクトパス』では、農場主たちが非業な死を遂げても、その先にアメリカの繁栄が約束されているかのような結末になっている。この結論を楽天主義と捉える向きが多いことを、ドン・グラハムは指摘する（グラハム、六八）。しかしそこにこそ、アメリカ西部らしさが垣間見えるのかもしれない。ターナーは「西部とアメリカの理想」という論で、建国当初からの希望や、信念、ユーモア、フェアプレイを愛する気持ちは、最終的に勝利すると信じている（ターナー、一五五）ことを表明している。西部を舞台に、鉄道に絡んだ事件、汚職、農場主たちの日常が繰り広げられる中、それらをヴァナミーが俯瞰しプレスリーに西部の本質を伝え、プレスリーが叙事詩にまとめ上げた。これこそが『オクトパス』、アメリカ西部の物語なのだ。

注

(1) 『オクトパス』からの引用は、The Library of America 版のページを括弧内に漢数字で示す。訳は拙訳。

(2) メインプロットと対照的な内容を有したサブプロットの使い方は、ノリスには珍しくはない。たとえば代表作の一つ『マクティーグ』では、最後は妻を死に至らしめるマクティーグの衝動的で歪んだ愛情を浮き彫りにするために、サブプロットを用意している。壁越しに愛を育む老いたカップルの、その奇妙でプラトニックな愛情と対置させることで、マクティーグの生々しい欲望をノリスは暴いて見せた。

(3) ドナルド・パイザーも *The Novels of Frank Norris* の一一五ページで、この牧師の影響について触れている。ノリスはこの牧師を出版社に紹介したり、牧師の仕事を手伝ったりしていたようだ。そうした付き合いの中で、ルコントの考え方を再確認していったと思われる。

(4) バーバラ・ホックマンは、*The Art of Frank Norris, Storyteller* の八一ページで、物語の散漫さについて、舞台背景が広がり過ぎていること、話の展開が複数にわたること、物語の形式に異質なものが絡み合っているなどの理由を挙げており、また、ヘンリー・ジェームズが『戦争と平和』で指摘した散漫さに類似するとしている。

(5) チャールズ・チャイルド・ウォルカットは、*American Literary Naturalism, A Divided Stream* の一五一ページで、ノリスは自分の取り入れた一連の概念を十分に把握していないことを指摘している。

（6）ジョゼフ・R・マッケルラスは、*Frank Norris: A life* の一五一ページと一五三ページで、ノリスの弟チャールズに行ったウォーカーのインタビューを参考にしながら、ノリスがゾラを読み始めた時期について、一八九三年初頭頃からではないかと考えている。また、ハーヴァード大学でフランス語とフランス文学を勉強したことなども確認している。

（7）ヴァナミーとアンジェレのロマンスは、ゾラの『ローマ』に登場するダリオとベネデッタのロマンスになぞらえていると思われる。ノリスのロマンス（アンジェレの蘇り）と同様、ゾラの『ローマ』でも科学的に説明できないことが起こる。ダリオが何者かに刺されて亡くなる際に、ベネデッタも後を追うように亡くなるのだが、それまで彼女はまったくの健康体であったため、心因性のショックからと思われるものの、原因は定かではなく、愛の深さを演出せんがためとも考えられる。（ゾラ、三六二）

引用・参考文献

Allsop, Kenneth. *Hard Travellin' : The Story of the Migrant Worker.* England : Penguin Books, 1967.〔オールソップ〕

Deverell, William. *Railroad Crossing : Californians and the Railroads 1850–1910.* California: U of California P, 1994.〔デヴァレル〕

Graham, Don, ed. *Critical Essays on Frank Norris.* Boston, Massachusetts : G.K.Hall & Co., 1980.

———. *The Fiction of Frank Norris: The Aesthetic Context.* Columbia & London: U of Missouri P, 1978.〔グラハム〕

Hochman, Barbara. *The Art of Frank Norris, Storyteller.* Columbia : U of Missouri P, 1988.〔ホックマン〕

Hofstadter, Richard. *Social Darwinism in American Thought.* Boston: The Beacon Press, 1964.〔ホフスタッター〕

Lehan, Richard. "The European Background." *Cambridge Companion to American Realism and Naturalism: Howells to London.* Ed. Donald Pizer. New York : Cambridge UP, 1995. 〔リーハン〕

McElrath, Jr., Joseph R. *Frank Norris: A life.* Urbana & Chicago : U of Illinois P, 2006. 〔マッケルラス〕

Norris, Frank. *Norris: Novels and Essays.* New York : The Library of America, 1986. 〔ノリス〕

———. *The Responsibilities of the Novelist.* New York : Kennikat Press, INC., 1967.

———. *The Apprenticeship Writings of Frank Norris 1896–1898.* Eds. Joseph R. McElrath, Jr. and Douglas K. Burgess. Philadelphia : The American Philosophical Society, 1996.

Pizer, Donald. *The Novels of Frank Norris.* New York : Haskell House Publishers, 1966. 〔パイザー〕

Turner, Frederick Jackson. *Reading Frederick Jackson Turner.* New Haven & London : Yale UP, 1994. 〔ターナー〕

Walcutt, Charles Child. *American Literary Naturalism, A Divided Stream.* Minneapolis : U of Minnesota P, 1956. 〔ウォルカット〕

Zola, Emile. *The Three Cities Trilogy: Rome.* Middlesex: The Echo Library, 2007. 〔ゾラ〕

4 クレインの言語とノリスの言語

大浦暁生
Oura Akio

1 「ナラティヴ」と「コメント」

遺伝と環境の影響を重視する自然主義小説には、社会小説が多い。ハウエルズの『サイラス・ラパムの向上』のような風俗小説は、日常生活や風習を表層的に描いて、個人のモラルを問題にするが、ドライサーの『シスター・キャリー』のような社会小説は、社会の現実に切り込んでその本質や矛盾をえぐり出し、その中で翻弄され努力する個人の姿を描く。そこには社会に対する作者の批判や願望などが入ってくる。作者の思想は作中人物の言葉や行動によっても示されるが、作者や語り手が人物の動きに注釈を加えたり社会の状況に説明や思索を挟んだりすることも多い。

社会小説の中で作中人物の言動を物語る要素を「ナラティヴ」、作者あるいは語り手が人物の動きや社会の状況を解説する要素を「コメント」と私なりに呼ぶこととする。この二つの要素を探り出し、両者の特徴や相互関係を考えることは、その作品の言語の性格を探究することにもつながるだろう。

これまで私は、アメリカ自然主義作家のうちドライサーについては『シスター・キャリー』と『アメリカの悲劇』に即して、この視点からそれぞれ考察を試みた。[1] 今回はクレインの『街の女マギー』と『赤い武功章』、ノリスの『マクティーグ』と『オクトパス』という二人の典型的自然主義作家の前期と後期の代表的社会小説を取り上げ、それぞれを考察し比較し合いながら、この問題への追究を深めたいと思う。

2 『街の女マギー』のアイロニー

クレインの『街の女マギー』（一八九三年版）は、一九ある章の一章一章がいわば一つ一つの絵画のような場面をなす構成をとっている。クレインがゾラを読んでいたという確証はなく、おそらく読んでいなかったのだろうが、場面の描写は一見したところ、自然主義本来の写実主義に基づく「ナラティヴ」を基本としているように見える。会話の言葉は貧民街の訛りと用語をありのままに表記しているし、地の文章も情景を写実的に描写したり、物語の進行を手ぎわよく説明したりしている。

しかしよく見ると、一見客観的なこの「ナラティヴ」の中に、作者の見方や感じ方を表す「コメント」がさりげなく組み込まれている場合があるとわかる。「コメント」は独特の形容や比喩に含まれ、象徴性を帯びながら「ナラティヴ」を色づけている。

象徴性を帯びた言語の使用は、作品の舞台となる貧民街の街路を「ラム小路」「悪魔横町」と第一章で名づけているところに、早くも表れる。ニューヨークのバワリー地区がモデルだが、実在の地名は街路も含めていっさい出していない。代わりに、ラム酒と暴力を連想させるこのような地名を出して、劣悪な環境と頽廃した道徳の象徴とするのだ。

物語は街頭での子どもたちの喧嘩から始まるが、喧嘩で怪我をしたジミーを父親と妹マギーが連れて帰るラム小路は、次のような書き出しで描写される。

ついにその人たちは暗い地域に入った。そこでは傾いた建物から、身の毛もよだつ一二の戸口が、数多くの幼児を街路や側溝に吐き出していた。

Eventually they entered into a dark region where, from a careening building, a dozen gruesome doorways gave up loads of babies to the street and the gutter.（七②）

この部分を読んだだけでも、事実を客観的に描くゾラ流の写実主義とはかなり異質なものが感じられる。特に形容詞の使い方がそうで、「暗い」〔dark〕は地域の性格づけとして納得できるとしても、「傾いた」〔careening〕建物は本当に傾いているのだろうかと疑問がわくし、「身の毛もよだつ」〔gruesome〕戸口にいたってはまったくの主観的印象というほかない。いったいどんな戸口なのだろうか。

それに、アパートにせよ一つの建物に一二も戸口があるのは、およそ想像がつかない。その戸口から数多くの幼児が出て来るというが、loads of babies と表現するほど多数なのは不自然だ。いずれも、誇張した表現と考えるほかないだろう。

　無名の人物が形容詞や修飾語句を付けられて独自の性格を持ち象徴性を帯びることも、この作品では目につく。マギーを弄んだ、と兄のジミーが殴り込みに行くピートの酒場では、「もの静かな客」〔a quiet stranger〕（四三）が一人飲んでいたが、喧嘩が始まるとそっと身を引いてついには姿を消す。ピートを誘惑してマギーから奪うのは「けばけばしくずうずうしい女」〔a woman of brilliance and audacity〕（五五）だし、第一七章で雨の夜に男を求めて通りをさまよう少女は「都市の化粧した集団の一少女」〔a girl of the painted cohorts of the city〕（六六）と無名で出され、街の女の典型としてその行動はマギーの境遇と運命を暗示することにもなる。

　また、色の名称が独自の象徴的な意味合いで使われる場合があることにも注目したい。第一七章の「黒」〔black〕で見ると、街の女が行く川近くの陰気な地区は「背の高い黒い工場」〔tall black factories〕（六七）が光を遮り、少女は「最終街区の暗黒」〔the blackness of the final block〕（六八）に入ってゆく。やっと客をつかまえるが、足元の川は「死のように黒い色」〔a deathly black hue〕（六八）をしている。客がとれたのでここで死ぬことはないにしても、街の女がいずれ陥る運命を暗示したとも見えよう。

　このように、『街の女マギー』の「ナラティヴ」にはさまざまな形で「コメント」が組み込まれている。しかし、この小説最大の「コメント」はアイロニー、つまり皮肉を利かせた風刺にある。実際、この作品そのものが大小さまざまなアイロニーから成り立っている、と言っても過言ではない。そのアイロニーは物語展開の中であらわになってゆく。

　この物語の主題ともなる基本的なアイロニーは、清純無垢なマギーが母親や隣人からけがらわしさの代表のように思われて追い出され、死んでゆくことだろう。作者は、マギーが周囲と不似合いに美しく成長したというこの皮肉を、第五章で「少女マギーは泥の水たまりの中に花咲いた」（二〇）と簡潔に「コメント」しているが、物語のはじめのほうで貧民街の荒廃をことさらに際立たせたのも、「泥の水たまり」を深く印象づけるためだったのかもしれない。またその後の展開で、母親や隣人だけでなくピートの愚劣さをオーバーに描き、ピートに寄せるマギーの恋心の清純さを対照的に美しく出すことで、第一七章に暗示されるような街の女の運命の哀れさをいっそう強調していると言えよう。

だがここで、マギーを死に追いやるものがいわば「人的環境」であり、それに関わる社会環境は「社会通念」とでも言える因習的な道徳観念であることを忘れてはならない。この通念はキリスト教的な教条に関わり、第四章で民衆を救えないものとして風刺されていたが、第一六章で「世間体」〔respectability〕（六二－六五）という語をキーワードとして繰り返しながら皮肉るとき、その狙いと効果は実に鮮やかになる。

この章で、「世間体」はまずピートがバーテンダーとしての自分の身分を守るものとして出される。すがりつくマギーを「世間体」死守のため必死で振り払うのだ。だが見せ場はこのあとで、ピートに追い出されたマギーは「慈悲を絵にかいたような顔」をした宗教者とわかる服装の男に出会う。「神の恩寵」のことを聞いていたマギーはおずおずと話しかけるが、男は跳びのいて「世間体」を守るのだ。作者クレインはこの出来事に次のような「コメント」を付け加えるが、そこには痛烈なアイロニーが込められている。

男は魂を救うために世間体を危険にさらすことはしなかった。なぜなら、救いを必要とする魂が目の前にいることが、どうしてわかるだろうか。（六五）

マギーが救いを求めていることが誰にもわかるように描きながら、「世間体」を守るために逃げる姿に反語的な「コメント」を付けて、痛烈に皮肉るのだ。

だが、この作品最大のアイロニーは、最終の第一九章でマギーの死を知った母親メアリーの反応にある。食事の途中で死を知らされたメアリーがすぐ反応せず、食事を済ませてから泣き出すところに、本気で悲しんでいないメアリーへの皮肉が読み取れるが、隣人たちが集まり「黒いガウンの女」が来てからの風刺はいっそう痛烈だ。

マギーが赤ん坊のころ履いていた小さな靴の話をして悲しむなどメアリーの涙はいかにもセンチメンタルだが、黒いガウンの女がマギーは親不孝者だったけど「許してやるのでしょ」〔Yeh'll fergive her〕（七三）とメアリーに迫るときから、皮肉はさらに強まる。酔ったまぎれにマギーを追い出し帰って来ても家に入れなかったのはメアリーで、マギーを死に追いやった張本人は誰よりもメアリーなのだ。この作品が次のようなメアリーの言葉で終わっているのは、アイロニーの極致を実に効果的に出していると言えよう。

「ええ、ええ、許してやりますとも！　許してやりますとも！」

"Oh, yes, I'll fergive her!　I'll fergive her!"（七四）

3　『赤い武功章』の無名性

『街の女マギー』が自費出版された一八九三年に書き出され、南北戦争で北軍に志願した一青年の戦争体験を描いて、九五年に完成出版されたクレインの小説『赤い武功章』では、物語性に配慮した「ナラティヴ」にいっそうの重点が置かれている。ページ数は二倍近くあるのに章の数は『街の女マギー』の一九を五つ増やしただけの二四章に抑えられ、それだけ描写が細密になるとともに、章と章とのつながりもなめらかで、物語として読みやすくなっていると言えよう。

しかし、作品の設定と情景の描写や物語の展開に秘められた作者の「コメント」はいたるところに息づいていて、戦争と軍隊の愚かしさや残虐さを痛烈に批判する。とりわけ目を引くのは、主人公をはじめ登場人物すべてがどんな場合も地の文では固有名詞でなく、「背の高い兵士」〔tall soldier〕とか「ボロ服の男」〔tattered man〕とか、特性を表す形容を付けて無名で表記されることだろう。

この小説は夜明けに目覚める軍隊の描写で始まり、「ある背の高い兵士」〔a certain tall soldier〕(一九〇)[3]が人物としては最初に登場する。その兵士は部隊があす移動するという情報を聞きつけ、仲間に触れて回るが、地の文はずっと the tall soldier で通し、「なにごとだ、ジム」と声をかけられて名前が明らかになったあとも変わらない。『街の女マギー』の書き出しで「一人のごく幼い少年」〔a very little boy〕(三)と紹介されながら、六行後に「逃げろ、ジミー、逃げろ」と声をかけられて名前が出ると、地の文でもすぐ「ジミーは……」となり、その後もジミーで通るのとは大違いだ。

若い志願兵の主人公についても、地の文で固有名詞を出さないこの「無名性」は変わらない。主人公は第一章でまもなく「一人の若い兵卒」〔a youthful private〕(一九二)として紹介され、その後も地の文では若さを表す「若者」〔the youth〕で示される。志願のいきさつが語られる中で、「ヘンリー、馬鹿なことするんじゃないよ」(一九四)と母親に反対されたことを出して名前を明らかにしたあとでも、作者は地の文では頑として固有名詞を拒否し続ける。小説の結末にいたるまでこれは貫かれていく。
主人公のフルネームがヘンリー・フレミングで、ジムはジム・コンクリンだということも、物語の展開の中で明らかになるが、あくまでも自然な会話の中で自ずから示されている。主人公はいったん原隊から逃げ出し、その後負傷兵の群れに紛れ込んで、第九章で重傷のジムを見つけるが、驚いてジムの名を口にし呼びかけるものの、これは作中人物として主人公の発する言葉だ。作者は地の文で「背の高い兵士」と書き続ける。また、この小説の初めのほうで「声の大きい」〔loud〕人物として描かれるウィルソンは、第一三章で主人公が原隊に復帰した当初こそ「声の大きい兵士」だったが、まもなく「彼の友人」とも書かれるようになり、だんだんとその呼び名が主体になってゆく。作品の中で果たす役割によって、作中人物の呼び方も変わってゆくのだ。

作者クレインは、会話の中では登場人物の名前を出して自然な会話の現実性を確保しながらも、自らの書く地の文では固有名詞をすべて徹底的に消し去り、それぞれの特徴や役割によって人物を示そうとしている。そこには明らかに作者の意図的な「コメント」が見られる。こうした「無名」の人物が大部分は兵卒で一部に将校も含まれることも考えれば、軍隊という組織の中では人間が主体的な個人ではなく、組織体の一員としてさまざまな性格や役割を担って存在することを表した、と言えないだろうか。

軍隊が一つの組織体で兵士はその一員だという見方は、この小説の中で折に触れて直接出されている。早くも第一章半ばで、主人公の若者は「自分自身を巨大な青い示威行動の一部にすぎないと見なす」〔regard himself merely as a part of a vast blue demonstration〕（一九六）ようになっていた。これも象徴的な書き方だ。「青い示威行動」とは青い軍服を着た北軍の作戦行動のことで、灰色の軍服の南軍と区別される。

ただ、この作品では青と灰色という色による暗示はあるものの、北軍とか南軍とかいう言葉は使われていないし、奴隷解放とかリンカーンとかいった事柄や人物への言及もいっさいない。軍隊も戦争も特定せず一般化されているわけで、やはり「無名」なのだ。名声や栄誉でなく、軍隊と戦争そのものの愚かしさや残虐さに焦点がある。

また、第二章で移動し始めた軍隊は、「数多くの足で進む動く怪物たち」〔moving monsters wending with many feet〕（二〇三）のようで、「這い進むその巨大な爬虫類の背中からは、鋼鉄の輝きと薄光がときおり見えた」（二〇四）とされる。多数の兵士が一つになり、鉄兜や銃身を光らせながら列を組んで進む姿は、恐竜か怪獣（当時はまだ怪獣映画はなかったが）を思わせると言うのだろう。

象徴性を帯びた言語を駆使して独特の「コメント」を行うやり方は『街の女マギー』の特質だったが、それよりは写実的な描写の「ナラティヴ」に傾いた『赤い武功章』でも、その方法はこのように健在だ。独特の象徴的表現はいたるところに見られる。

特に色の使い方は効果的で、たとえば「風景が茶色から緑色に変わるにつれて軍隊は目を覚ました」（一八九）と書き出し近くにもあるように、色が情景描写を豊かにしていることも多い。ワインカラーや金色銀色までもが風景の描写に使われる。色のイメージがもっと奥深いところで作品の主題と結びついた「コメント」となっている場合も見える。一見極めて平凡な「赤」〔red〕という色の使い方を見よう。

この作品で、赤はしばしば激しさと関連づけて使われる。第二章では、川向こうの敵陣から暗闇の中に「赤い目」（二〇三）がじっと見つめているし、味方の露営の火は「赤い奇妙な花のようだ」（二〇六）というが、いずれも戦地の情景描写の域をあまり出ない。だが、第九章で主人公がジムの死を看取ったあと、「赤い太陽が封緘紙のように空に貼りつけられていた」〔The red sun was pasted in the sky like a wafer.〕（二四六）という文でこの章が終わっていることには、もっと深い意味があるように思われる。

日本の軍歌『戦友』の「赤い夕日に照らされて／友は野末の石の下」を思わせる一文だが、この小説が最初に新聞に掲載されたとき、**wafer** には **fierce**（「荒々しい」「激しい」の意味だが、封緘紙の形容としては「無情な」の感じだろうか）という形容詞が付いており、**wafer** が法的文書の封緘に通常使われることも考えれば[4]、この「赤い」太陽はギラギラと容赦なく照りつける真昼の太陽だろう。たとえば第五章の末尾で、残虐な戦闘の中でも青く澄んだ空に太陽が輝き、「自然は金色の営みを平静に続けていた」〔Nature had gone tranquilly on with her golden process〕（二二六）とあるように、この作品で戦いや死のあとによく出される太陽や自然は、人間の行為に無関心で超然としている。「自然」〔Nature〕が大文字で書き出され、擬人化されていることにも留意したい。

また「激しい怒り」は **red rage**（二二三）と表現されるが、戦争そのものが「戦争、赤い動物——戦争、血でふくれた神」〔war, the red animal--war, the blood-swollen god〕（二二三、二五七）として、赤のイメージで捉えられていることに注目したい。この赤は野獣的な獰猛さとともに血の色と結びついている。血を貪欲にむさぼる獰猛な動物であると同時に血を吸ってふくれ上がる絶対的な神だと戦争を捉えて、激烈で容赦ない流血と殺戮にほかならない戦争の実態をみごとに象徴していると言えよう。

しかし、何よりも注目したいのは、この作品の題名『赤い武功章』〔*The Red Badge of Courage*〕に「赤」が使われていることだ。本文でも、主人公の若者が負傷兵の群れの中に紛れ込んだとき、第九章で自分も「傷、赤い武功章」〔a wound, a red badge of courage〕（二四一）がほしいと思うように、この赤は血につながり、赤い武功章は勇気の証としての戦傷を意味する。戦傷を「赤い武功章」と呼ぶこと自体が一つの皮肉で、『街の女マギー』

で大きな働きをしたアイロニーによる「コメント」だが、傷をほしいと思うようになる物語の流れには、すでに痛烈なアイロニーが込められていた。

志願しようとした頃、主人公は国を揺るがしている戦争の話を新聞などで読み、ギリシアの詩人ホメロスが書いたようなものではないにしても「多大の栄光」〔much glory〕（一九三）があると感じて、戦争のすべてをこの目で見たいと思った。しかし入隊するとまもなく、先に述べたように自分が「巨大な青い示威行動の一部にすぎない」と悟るようになり、戦闘で実際に自分が戦えるのか、ひどい不安に駆られる。

第三章では逃げ出したい気持ちに襲われるが、「連隊から逃げるのは不可能だとすぐわかった。取り囲まれている。四面とも法と伝統の鉄の規律だ。自分は動く箱の中にいる」（二一一）。こう悟ると主人公は、「本当は戦争に来たくなかったんだ。自由意思で応募したんじゃない。無情な政府に引っぱって来られた。そしていま、外に出され虐殺されようとしている」（二一一）と気がつく。その後、仲間の兵士たちに「豚のように殺されるな」と訴えようとするが、逆に制裁を受けると思ってやめる。

第五章で戦闘が本格的に始まると主人公は観念して、「一個の人間でなく、全体の一員となった。連隊、陸軍、大義、国家など、自分がその一部をなすものが危機にあると感じた」（二二二）ときもあったが、第六章で近くの兵士たちが突然逃げ出すと、恐怖に駆られ銃も軍帽も捨てて逃げる。第七章では逃げたことに罪の意識を感じたが、全滅の危機が迫っているときは軍隊の一小片として自らを救うのは当然だ、と逃亡を合理化する。だが、平和な森に逃れて瞬時の安らぎを得たものの、高いアーチをなす枝が礼拝堂を作っている入り口に、皮肉にも戦死者の死体があるのを見て、恐怖の底に突き落とされる。

このように、さまざまな矛盾や迷いを抱えながら、第八章で負傷兵の群れに紛れ込んだ主人公は、群れの中の「ボロ服の男」から「どこを撃たれた?」と訊かれて狼狽する。こうして自分も傷（「赤い武功章」）がほしいと思うようになるのだが、このような物語の流れは、ギリシアふうな栄光の戦いを夢見て志願した無垢な一青年が戦争と軍隊の実態を知ってゆく点では写実的な「ナラティヴ」だが、夢想と現実の落差を際立たせた点ではアイロニーを利かせた「コメント」だと言えよう。

だが、さらに痛烈なアイロニーはこのあとの展開にある。第一二章で主人公は「赤い武功章」を手に入れるのだが、それは敵弾による傷ではなく、敗走する部隊に紛れ込んだドサクサの中で味方の兵士に銃でなぐられた傷だった。これだけでも大きな皮肉だが、主人公は第一三章で原隊に復帰したとき、この傷のために「声の大きい兵士」をはじめ仲間の兵卒たちから温かく迎えられる。主人公が「撃たれもした」〔I got shot, too.〕（一二六三）と嘘をつき、みんなそれを信じて、敵弾が頭をかすったと認めるのだ。戦争の残酷さを背景に、軍隊の愚劣さをこっぴどく風刺したと言えるだろう。

しかし、作品の三分の二にも達しないこのあたり以後、アイロニーの鋭さは急速に失われてゆく。仲間に受け入れられて、主人公の若者もすっかり軍隊になじんでゆくのだ。無能な指揮官への批判や、「きのうはおまえ一人で戦争全部を戦ったと思ってるんだろ」と言われて主人公がギクリとする場面（第一六章、一二七八）もあるが、たとえば必死で軍旗を確保するなど、主人公が英雄になるにつれて、平凡な兵士の目から見たアイロニーは弱まってゆく。代わりに強くなってくるのが、世間知らずの無垢な若者がこの世の現実を体験することで成長してゆくという、たとえばヘミングウェイの『武器よさらば』にも見られるあのアメリカ的なテーマなのだ。

4 『マクティーグ』の自然主義

ノリスの『マクティーグ』は二二章から成るが、『街の女マギー』の約四倍半も長い小説で、各章の長さは『赤い武功章』と比べても格段に長い。そのほとんどすべてが「ナラティヴ」で、日常的に物語が繰り広げられてゆく。象徴的な言葉を駆使して場面を印象的にスケッチし、それを積み重ねてゆくのではなく、写実的な言葉を数多く使って詳細な描写を展開し、連続した動画的な流れで物語を語るのだ。書き出しを見よう。

日曜日だった。そこでその曜日の習慣に従って、マクティーグはポーク街のケーブルカー車掌たちのコーヒーショップで、午後二時に食事をした。とったものは濃い灰色のスープ、冷たい皿に載せたレアに近いあつあつの肉厚ステーキ、野菜二種類、それに濃厚なバターと砂糖をたっぷり入れた一種のスエットプディングだ。(一5)

明示的な言葉でマクティーグの日常生活の現実を写し取ってゆく。日曜日の常として食事を楽しむ時間と場所、料理の内容などが具象的に述べられる。写実を基本とする自然主義文学の典型的文章と言ってよいだろう。作品の題名も主人公の名前をそのまま持ってきただけで、「赤い武功章」のような象徴的意味合いはないし、ポーク街もサンフランシスコに今も実在する通りの名で、「悪魔横町」といった類の含みは何一つない。

この書き出しのあと、ビールを家に持ち込んでくつろぐ食後の行動を軸に、からだも心も鈍重なマクティーグのことが紹介される。ポーク街に歯科医院を開設するに至ったいきさつも語られるが、もちろんすべて「ナラティヴ」だ。子どものころ家族とともに金鉱で働いていたこと、金メッキの鳥籠にカナリアを飼っていること、金メッキした大きな臼歯を医院の看板にぶら下げたいと願っていることなど、黄金や金銭への欲望というこの作品のテーマを暗示するものも出されるが、作者の主観的な「コメント」を生のまま出すのではなく、あくまでも客観的な事実としてさりげなく語られる。

こうして五ページほどかけて主人公の紹介を一応終わったあと、マクティーグが窓際に出てポーク街を眺める場面になる。商店やケーブルカーなど通りの様子が詳細に描かれ、平日なら活気にあふれるとして、平日の情景を朝七時から時間を追ってやはり詳細に語ってゆく。ここはスウェーデンの学者アーネブリンクが具体的に文章を比較してゾラの『居酒屋』からの影響を指摘する箇所で、さまざまな仕事の労働者たちが先駆けとして次々と通りをやって来ることなどをあげ、「ノリスが『マクティーグ』の第一章を書いたとき『居酒屋』が頭にあったことを疑う理由はない」（アーネブリンク、二八五、訳は拙訳）と論じる。

この場面のほかにもアーネブリンクは、たとえば主人公夫妻の結婚式の情景や夫の災難を契機に夫妻の没落が始まる展開など、挿話や筋立てに類似したものが多いと指摘する。ノリスはフランス留学から帰国してゾラの小説を読み始めたから、カリフォルニア大学バークリー校の学生だった一八九三年に『マクティーグ』を書き始めたとき、『居酒屋』を読んでいたことは十分考えられる。しかし、例に出された両作品の文章を読み比べてみても、盗作的な一語一句の同一性は見られず、文の流れをたどってもノリスは『居酒屋』を「なぞった」というより「参考にした」程度ではないのか。アーネブリンクの指摘する影響関係はいわば外在的なものにとどまると言えるし、それもどこまで実在するかあやしい。

だが、内在的と言っていい影響関係は明らかに存在する。明示的な言語で生活の現実を詳細にわたって具象的に描く文章の書き方それ自体だ。書き出しとそれに続く部分ですでに見たように、こうした写実的な文章は言うまでもなく「ナラティヴ」になる。「コメント」はその中に埋没して、たとえば第一章での黄金や金銭のイメージのように、「ナラティヴ」を通して表現されることが多い。

しかしその中にも、「コメント」がときおり生な姿で露出し、作者ノリスの主張を際立たせる箇所があることに注目したい。もしかしたらこの部分こそ、ゾラの影響を離れたノリス本来の作家的特質を鮮明に表すものかもしれないのだ。それがもっとも目立つのは早くも第二章で、麻酔をかけられて歯の治療を受けているトリーナにマクティーグが欲情を覚え、キスを盗む場面だろう。

突然、この男の中の動物が身を動かし目を覚ました。彼の中で表面のすぐ近くにいた悪の本能が躍り上がって活気づき、わめきたて吠え叫んでいた。

Suddenly the animal in the man stirred and woke; the evil instincts that in him were so close to the surface leaped to life, shouting and clamoring.（三〇）

この文章で始まるその場面だが、情欲が「悪の本能」だと作者によって価値づけられ、しかも「動物」に象徴されていることに注意しよう（『赤い武功章』で戦争が「赤い動物」とされていたことを思い出す）。この「動物」は「野獣」〔the brute〕とも言い換えられ、その「野獣」とともに「ある種の第二の自己、別の善良なマクティーグ」〔a certain second self, another better McTeague〕（三〇）が立ち上がり、ともに強大な両者はつかみ合いの闘いを演じるのだ。この死闘のさまは詳細に描かれ、「ナラティヴ」の形を取るが、実質的には「コメント」の性格がかなり強い。

結局は自制心が本能に負けて衝動的にキスするが、そのあとマクティーグは自己を取り戻す。そして作者は、この事件のまとめとして、次のように「コメント」する。

マクティーグの中の善良なものすべての清純な生地の下に、遺伝的な悪のけがれた流れが下水のように流れていたのだ。父、父の父、三代前、四代前、五百代前にさかのぼる悪徳と罪悪が、彼を汚染していた。種族全体の悪が血管の中を流れていた。なぜこうなのだろう。彼が望んだわけではない。彼は悪いのだろうか。（三二）

自然主義の基本理論は人間が「遺伝」と「環境」により決定されるということだから、この「コメント」は直接「遺伝」という言葉も使いながら、作者が自己の自然主義的考えを明らかにしたとも言えよう。しかし、この「遺伝」は病的なものではなく人間だれもが持つ本能的なもので、その後の物語の展開を見ると、大男マクティーグの激しい情欲と粗野な暴力に主として表れる。その激しい情欲を拒絶しようと思いながら受け入れてしまうトリーナの状況も詳細に描かれるが、それについての「コメント」としては、「彼女の中の女が突然目覚めた」〔The woman within her suddenly awoke.〕（八八）「マクティーグが女の性を目覚めさせた」〔McTeague had awakened the Woman〕（八九）と、かなりあっさりしていて「遺伝」の問題にまで踏み込まない。

それでは、「環境」のほうはどうか。これも『街の女マギー』に見られる劣悪な社会環境ではなく、人間の欲望を誘発する黄金や金銭として示される。特に、富くじに当たって手に入れた五千ドルは、これまでも節約家だったトリーナを異常な吝嗇家にしてしまった。「きっと、大きな幸運のため気がゆるみ浪費癖に陥ることを恐れて、反対の方向に退きすぎてしまったのだ」(二八八)と作者は「コメント」する。

そして、この五千ドルが悲劇を生む。トリーナの性格を変えたばかりでなく、トリーナをマクティーグに譲ったものの内心は穏やかでなかった友人のマーカスを、妬みで敵にしてしまうのだ。マーカスはマクティーグが無免許だと密告し、マクティーグは歯科医の仕事ができなくなって、荒れた生活に入る。そのあげく、トリーナを殺して五千ドルを持って逃げ、追うマーカスとの間に最終的な悲劇を繰り広げるのだが、カネがないための悲劇ではなく、まさしくカネがあるための悲劇ではないか。

しかし、この黄金や金銭を「環境」として説く生な「コメント」はまるで見られない。むしろ、預金を金貨に換えてその上に裸で寝るようなトリーナの行為が、「ナラティヴ」として印象的に描かれる。また、掃除婦のマリアが語る幻の黄金の食器類、マクティーグが身辺から手放さないカナリアの金メッキの鳥籠などが、黄金や金銭の力を暗示するものとして、繰り返し登場することにも注目しておきたい。

5 『オクトパス』の非日常性

結末の三章を除く『マクティーグ』の大部分は一八九五年夏までに書かれ、その後その結末部分と三つの中編小説の執筆などを経て、九九年一〇月頃から『オクトパス』が書き始められた(6)。そのためもあるのか、この小説は「ナラティヴ」を主体としながらも、その語り口にはときとしてゾラ流の写実主義を大きく逸脱した感情移入が存在し、それが大言壮語的なまとまった「コメント」としてあふれ出す場合が見られる。

まず、第一部第一章の書き出しを見よう。

> キャラハーの酒場を過ぎた直後、ボヌヴィルから南へ走りブロダーソン農場とロスムエルトス農場を分かつ郡道の上で、プレスリーは突然、ボヌヴィル駅近くの鉄道工場からに違いない汽笛の、長びくかすかな音に気づいた。その朝農場の母屋を出たとき時計を忘れてきて、いま汽笛が一二時なのか一時なのかわからず困ってしまう。一二時ならいいのに、とプレスリーは思った。（三）[7]

日常生活の写実的な描写で、『マクティーグ』の書き出しと変わらない性質の文章だ。ただ、読み進めてゆくとすぐわかるが、ここに登場する人物プレスリーは、この小説が中心的に扱う鉄道対農場主の抗争の当事者ではなく、友人で農場主の一人ハラン・デリックのところに滞在して、西部の叙事詩を書こうとしている詩人にほかならない。この抗争の傍観者だが、観察者であり批判者だとも言える。作者の分身とも考えられよう。

そもそも『オクトパス』は『マクティーグ』の一倍半以上もある長い小説で、二部に分かれ、第一部第一章だけでも『マクティーグ』の第一章から第三章までを合わせたよりも長い。この冒頭の章約五〇ページを使って、作者はプレスリーがあたりの田園地帯を自転車と徒歩で見て回り、さまざまな人の話を聴いて叙事詩の構想を固めてゆくさまを描く一方、作品の舞台となる地域の地理と歴史や文化、それに登場人物も何人か紹介してゆく。

だが、プレスリーの動きや状況を語る中で、同じ「ナラティヴ」でも作者の思い入れが強まり、文章が熱を帯びてくる場合がある。日常を描く平静な文章から、非日常へ飛躍しようとする感情的な文章に移行するのだ。

たとえば書き出しから六、七ページあとで、プレスリーの書きたい「西部の歌」を作者が説明するとき、口調は高揚する。

プレスリーは全領域のものを得ようと努力した。時代全体と紀元全部を自らの中に包み込む偉大な歌、その中にすべての人々が含まれる全民衆の声——民衆とその伝説、その民話、その闘争、その愛情と肉欲、（以下略）

He strove for the diapason, the great song that should emblace in itself a whole epoch, a complete era, the voice of an entire people, wherein all people should be included-they and their legends, their folk lore, their fightings, their loves and their lusts,... （九－一〇）

一八行にもわたって文を切らずに延々と語を連ね、思いのたけを表現するのだ。ゾラ流の写実との差は歴然で、大言壮語ふうな「コメント」とも言えようが、あるいはこれがノリス本来の特質なのかもしれない。プレスリーは百歳の老人からスペイン統治時代の話を聴いたり、霊感能力を持つ放浪の羊飼いヴァナミーから西部各地の様子を耳にしたり、スペインふうの古い伝道教会を訪れたりして、西部の叙事詩のイメージを作り上げてゆく。これらはすべて甘美な「ロマンス」の世界だったが、それをみごとに打ち砕く「現実」があった。鉄道だ。

小麦の運賃を争った農場主側が敗訴したとか、賃金カットに抗議した機関士がクビになったと憤るなど、鉄道は不協和音としてプレスリーの耳に届いていた。しかし、夕闇迫る丘の上に立ってあたりを見渡しながら叙事詩の完成を信じたプレスリーの前に、機関車が突然現れて放牧の羊たちをひき殺してゆくというこの章の結末は、実に激烈で鮮やかだと言うほかない。そして、闇の中に響く汽笛を聞きながらプレスリーが思い描く鉄道の姿も、その結末にふさわしい激情あふれる強烈な「コメント」となっている。

（前略）そして突然プレスリーが想像の中で再び見たものは、速駆ける怪物、鋼鉄と蒸気の恐怖、それが真っ赤な一つ目巨人の目をして、地平線から地平線までを突っ走る姿だった。だが今はその姿を、絶大な力の象徴として見たのだ。雷鳴のとどろきを平野のすみずみにまで響かせ、通り道に流血と破滅を残してゆく巨大な恐ろしい力。鋼鉄の触手をいくつも差し込んで土壌をつかむ大怪獣レビアタン、無情な暴力、鉄の心を持つ力、モンスター、巨像コロサス、章魚《たこ》オクトパス。

...; and abruptly Presley saw again, in his imagination, the galloping monster, the terror of steel and steam, with its single eye, cyclopean, red, shooting from horizon to horizon; but saw it now as the symbol of a vast power, huge, terrible, flinging the echo of its thunder over all the reaches of the valley, leaving blood and destruction in its path; the leviathan, with tentacles of steel clutching into the soil, the soulless Force, the iron-hearted Power, the monster, the Colossus, the Octopus.（五一）

従来も「赤い一つ目の鋼鉄と蒸気の恐怖」として鉄道を怪物と捉えていたが、羊の虐殺を見て、「通り道に流血と破滅を残してゆく巨大な恐ろしい力の象徴」と考えるようになるというのだ。その比喩も、聖書に出る海の巨大怪獣レビアタンや世界七不思議の一つロドス島のアポロン神の巨像など、およそ日常とはかけ離れた非日常の世界。その締めくくりに、長い触手を張りめぐらし人々の生き血を吸う怪物として、章魚「オクトパス」が登場する。この象徴的な語が題名となっているのを見ても、この作品が『マクティーグ』のような日常性でなく、非日常を基調にしようと志していることがうかがえよう。書き出しでは日常的な時報だった「汽笛」が、その章の終わりには「平野のすみずみにまで響く雷鳴のとどろき」という非日常に変身もするのだ。

鉄道の絶大な力はこのように示されるが、この力によって破滅させられる農場主たちを描いただけなら、この作品は通常の自然主義小説の域をそう大きくは出ないだろう。確かに、鉄道対農場主の抗争はこの小説の中心軸で、農場主側は徹底的に打ち負かされる。小麦の運賃に続き、売りに出された農地の価格でも鉄道側に押し切られ、あげくは鉄道側との武力衝突でハランはじめ主だった農場主が死亡するという悲劇まで起こる。この限りでは、「環境」の支配力を説く「決定論」なのだ。ところがこの作品では、鉄道よりもさらに大きな力を持って鉄道に対抗する救い主が存在する。小麦だ。

物語を展開させる基本原理として、「決定論」のほかに、二つの対立するものが闘い合う「二元論」があることは、『マクティーグ』でも見られた(8)。しかしその場合は、本能と自制心の闘いやマクティーグとマーカスの争いなど、具体的でわかりやすいものが多かった。『オクトパス』の場合も、鉄道と農場主の抗争は無理なく理解できる。だが、鉄道の巨大な力に対抗するさらに巨大な力として小麦を持ってくることには大きな無理があり、作者は声をからして読者を納得させる言葉を叫ばなければならない。

物語が始まったころ、季節は九月半ば過ぎの秋で、小麦は収穫を終わり大地も休息していた。この小説で小麦が本格的に登場するのは物語も半ばを過ぎた第二部第二章で季節は春、農場主の一人アニクスターが関わっている。アニクスターは頭のいい有能な人物で、悪人ではないがわがままなひねくれ者だった。自分の農場で働く純真な乳搾りの娘ヒルマに思いを寄せ、正式な結婚は考えずに愛人関係を申し込む。ヒルマもアニクスターに好意を抱いていたものの、愛人関係を拒絶し姿を消す。ショックを受けたアニクスターは、夜どおし思い悩んだすえ真実の愛に目覚めるが、そのとき小麦も発芽しているのだ。

ようやく人間性に目覚めたアニクスターを、作者は「ずっと前に植えた小さな種が静かに力を蓄え、ついに芽を出した」(三六八)と「コメント」する。そのとき夜はほとんど明けて、広大な農地は発芽した小麦で覆われているのだが、その情景はまさにアニクスターの「目覚め」と呼応する。作者は、アニクスターの「目覚め」に時を合わせた小麦の「発芽」に誇大な言葉の絶大な賛辞を送って、この章を終わるのだ。

種まきの約束が果たされているところだった。けっして裏切らずけっして失望させない忠実な母大地は、再び信頼に応えているのだ。もう一度、諸国民の力が回復された。もう一度、世界の力が蘇った。もう一度、穏やかで慈悲深い日の神タイタンが身動きして目覚め、朝日の光がにわかに照らし出して栄光を与えたのは、女性への愛を知って心が喜びの極みに躍り上がる男の情景と、侵すことができない誓約の壮麗な光に輝いて卓越した微光を放つ歓喜の大地だった。(三六九)

しかし、小麦の力が本当に発揮されるのは、小麦が実りそして収穫される結末近くになってからだろう。ヴァナミーの恋の復活は、むかし悲劇的な死を遂げた恋人アンジェレの娘との恋によって達成されるが、その達成は小麦畑で行われ、「アンジェレは小麦の中で現実になった」〔Angéle was realized in the Wheat.〕(六三八)。Wheat のWが大文字になっていることに注意したい。

そして最後には、驚くべき事件が待っていた。この地域の鉄道の代表者で農場主たちの実質的な敵だったベアマンが、圧倒的な勝利を収めたあと、収穫した大量の小麦をシュートで輸送船に積み込んでいる現場を視察に行き、誤って船倉に落ちて脱出できず、小麦に埋もれて死ぬのだ。その悲惨な死に至るすさまじい経過は「ナラティヴ」に徹して詳細に描かれ、ついには「太い血管の浮き出た短い指の手が突き出たあとぐったりとなって落ち」(六四六)、それを小麦がたちまち覆って、この小説は実質的に物語を終える。

スワンヒルダ号の船倉では、たえず崩れてはまたたえず形成される円錐の小山から流れ広がってゆくさざ波のほかには、なんの動きもなかった。長く続く吠え声をあげ、しつこく、着実に、避けられないこととして、鉄のシュートから絶え間なく突入を続ける小麦の轟音のほかには、なんの物音もなかった。(六四六)

小麦の力を評価したこの末尾の「コメント」もそれほど感情的ではなく、ベアマンの死に至るこの事件の描写は、事実を黙々と丹念に描いてなかなかの説得力がある。だが社会小説としては、社会的対立である鉄道対農場主の抗争の救いに自然物である小麦を持ち込む理念は、およそ納得がいかない。ベアマンが死んでも、鉄道が地域を支配する社会構造はまったく変わらないからだ。ゾラ流の自然主義であればおそらく、農場主側の敗北をそのまま描ききって終わることだろう。

しかしまた考えてみれば、ノリスは日常の世界に途方もない想像力を働かせて極端なほどそれを非日常化し、鉄道を巨大な力を持つ怪物とする一方、小麦にも独自の強い生命力を与え、ヴァナミーという神秘的な超能力の羊飼いも創造して、モデルにしたマッセル・スラウ事件の現実から大きく飛躍したかったのではないか。それがノリス本来の特質だと考えられるとともに、アメリカ自然主義文学の問題点の一つなのかもしれない。

6　小説の終わり方

小説作品の結末には、作者がその作品で言いたかったことをいわば集約して、締めくくりとしたい気持ちが込められているように見える。そこで、ここに取り上げた四つの小説およびゾラの『居酒屋』の結末を比較検討して、この小論の終わりとしたい。

まずクレインの『街の女マギー』だが、本書七〇ページにすでに示したように、マギーを死に追いやった張本人と言える母親のメアリーが、マギーは悪い子だったけれど許してやるように、と黒いガウンの女から言われて、「ええ、ええ、許してやりますとも！　許してやりますとも！」と泣きながら言うところで終わっている。もちろんこれは痛烈なアイロニーで、こうしたアイロニーは『赤い武功章』にも受け継がれ、戦場で受けた傷、つまり「赤い武功章」は、実は敵弾によるものではなく、敗走のドサクサの中で味方の兵士に銃でなぐられたものだった。

しかも主人公の若者は、原隊に復帰したときその傷を敵に撃たれたと偽り、兵士たちから温かく迎えられる。だが、アイロニーを軸として戦争と軍隊の残虐さや愚劣さを痛烈に批判するのはこのあたりまでで、以後は主人公が戦争になじみ英雄になるにつれ、無垢な若者が現実を体験して成長してゆくという別のテーマが強くなってくる。そして結末近くでは「平静な大人の気持ちを感じ」〔He felt a quiet manhood.〕（三一八）、「大人になる」〔He was a man.〕（三一八）のだ。雨の中のつらい行軍を象徴的な語やイメージを多用して「コメント」しながらも「ナラティヴ」として描いて『赤い武功章』は終わっているが、その行軍の中でも主人公はほほえんでいる。

彼は戦闘の赤い病からすでに脱却していた。うだるような悪夢は過去のものだった。以前は戦争の熱と苦痛で、火ぶくれができ汗を流す動物だった。だがいま彼は、平穏な大空、新緑の草地、清涼な小川など、静かな永遠の平和が実在することを示すイメージに向かって、恋人の渇望のように心を傾けた。川の上空には、たれこめた鉛色の雨雲の隙間から、一すじの金色の日の光が射し込んできた。(三一八)

人間のなすことに無関心で、自らの営みを超然と続けていたこの小説の太陽や自然は、結末になって主人公の渇望に応えたとも言えよう。しかし、太陽の営みはいつもと同じく平静で、変わったのは大人になった主人公のほうかもしれない。

さて、ノリスの『マクティーグ』に目を転じると、ゾラ流の写実的な「ナラティヴ」を基調とし、「遺伝」と「環境」の影響力による「決定論」も重視されているが、ときとして生な「コメント」が顔を出し、「遺伝」はむしろ人間の本能、「環境」も劣悪な社会環境でなく黄金や金銭で、大金が入ったために悲劇が起こるのだ。また、「決定論」だけでなく、本能と自制心の闘いやマクティーグとマーカスの争いなど、二つの対立するものが闘い合う「二元論」も物語を展開させる基本原理となっている。

つまり、ゾラの影響を受けながらも、ゾラから離れたノリス独特のものが垣間見られるのだが、約二年間の空白を置いて一八九七年秋に書かれた結末の三章には、特にその傾向が強いように思う。ここはマクティーグがトリーナを殺したあとの物語で、マクティーグはトリーナから奪った五千ドルを持ってカリフォルニア東部の山岳・砂漠地帯へ逃げる。本能的な虫の知らせに追われて逃げ続けるマクティーグは、ついにデスヴァレーに追い込まれ、追ってきたマーカスと死闘を繰り広げるが、その様子はまるで西部劇だ。最後にマクティーグはマーカスを殴り殺すものの、その手首にはマーカスが最期の力をふりしぼった手錠がかけられ、二人はつながっていた。待つのは死のみ、という結末だ。


マーカスはもう死んでおり、マクティーグはそのからだにしっかりとつながれていた。まわりにはすべて、計りしれない大きさのデスヴァレーが、広大に果てしなく広がっていた。

マクティーグは呆然とあたりを見まわしたまま動かなかった。あるときははるかな地平線を、あるときは地面を、またあるときは小さな金メッキの牢獄の中でかぼそくさえずっている瀕死のカナリアを眺めていた。(四四二)

「ナラティヴ」に徹しながらも実在の灼熱砂漠「デスヴァレー」をうまく使って死を象徴させ、第一章の第一ページから登場していた「金メッキの鳥籠のカナリア」(結末では「鳥籠」が「牢獄」になっていることに注意)で黄金の力を暗示している。しかし、何よりも強く感じられるのは、黙して語らない自然の果てしもない力だろう。それは『赤い武功章』の結末にある太陽の力にも通じるし、『オクトパス』の実質的な結末となるベアマンの死をもたらす小麦の力にも通じる。

ベアマンの死は『オクトパス』の第二部第九章で、章としてはこれで終わりとなる。だがこの小説にはそのあとに「結論」〔Conclusion〕と称する五ページほどの結語部分があって、小麦を（そしてベアマンの死体も）積んだスワンヒルダ号にプレスリーが乗ってこの地を離れるさまを描きながら、最後に二ページ半にもわたりプレスリーの思いと重ねあわせて、作者の思いを心ゆくままに吐露する。人々は滅びたが「小麦は残った」〔*But the* Wheat *Remained.*〕（六五一）と小麦を賛美し、善は勝つと締めくくるのだ。

虚偽は死ぬ。不正と抑圧はすべての終わりに色あせ消え去る。強欲、残忍、私利、非人情は短命だ。個人は苦しむが種族は続いてゆく。アニクスターは死んでも、世界のはるかな片隅で千もの命が救われる。もっと大きな目で見ればいつも、またあらゆる偽善とあらゆる悪事の中でも、最後には勝利する真実が発見され、そしてすべてのものは確実に、避け難く、抗い難く、善に向かって力を合わせてゆく。（六五二―五三）

この楽観主義的な「コメント」がどこまで読者に納得がゆくかは別としても、それに傾ける作者ノリスの情熱は真剣で、作者独自のものなのは間違いない。アメリカ自然主義の特質を考える場合にも見落とせないだろう。

最後に、自然主義文学の元祖とも言えるゾラの代表作『居酒屋』の結末を見てみよう。この小説はパリの貧民街という劣悪な「環境」とアルコール依存症という病的な「遺伝」によって悲惨な死にいたる女性ジェルヴェーズの生きざまを容赦なく描いているが、孤独死を遂げたジェルヴェーズを見つめながら作品に結末をつける作者の目は、意外なほど慈悲と同情にあふれている。死の二日後に発見され変色したその遺体を始末しに来たのは、ジェルヴェーズが好意を寄せていたバズージュ親爺で、「だれでもみんな行くんだよ……。さあ、陽気に行きましょうぜ！」と慰めの言葉をかける。そして結末だ。

ジェルヴェーズを黒い大きな手でつかんだとき、爺さんはやさしい気持にとらえられて、あんなにも長いあいだ彼に熱をあげていたこの女を、やさしく抱き起した。それから、父親のように気をつかって、彼女を棺桶の底に横たえながら、しゃっくりをしつつ、呟いた。

「なあ、いいかい……。わしだよ、ご婦人がたの慰め役《陽気なビビ》だよ……。さあ、これであんたも幸せさ。ねんねしな、別嬪さん！」（七〇三）

ゾラはジェルヴェーズの落ちぶれた生とみじめな死を写実的に描いてはきたが、その人間的尊厳をけっして貶めてはいない。むしろ本来は善良なその人間性が、環境や遺伝の悪影響とさまざまな不運さえなければ美しく花開いただろう、と思わせる結末だ。ゾラはそのことを主観的な観念によって「コメント」するのではなく、バズージュ親爺が遺体を扱うやさしさを描くことによって表現している。入棺という平凡な死につきものの日常的な事柄の「ナラティヴ」として描写するのだ。

以上、「ナラティヴ」と「コメント」を一つの尺度とし、ときにはゾラを頭に置きながら、初期アメリカ自然主義文学の代表的作家クレインとノリスの主要作品二点ずつをそれぞれとりあげ、主として言語の面から比較検討してきた。その検討から朧げにでも見える両作家の特質あるいは初期アメリカ自然主義文学の性格は、たとえば言葉の象徴性を高めたり二元対立の様相を強めたりして、一口で言えばゾラの日常性と決定論から飛躍しようとする試みだったと言えるかもしれない。だがその試みは、生活現実に裏打ちされた日常的言語が持つ確かさを失う危険をはらんでいたとも言えよう。

注

(1) 拙論「社会小説としての『シスター・キャリー』」および「社会小説としての『アメリカの悲劇』」参照。
(2) 『街の女マギー』からの引用は、ポータブル版のページを括弧内に漢数字で示す。訳は拙訳。
(3) 『赤い武功章』からの引用も、ポータブル版のページを括弧内に漢数字で示す。訳は拙訳。
(4) ポータブル版の編者ジョゼフ・カッツの注（二四六ページ）を参考にした。
(5) 『マクティーグ』からの引用は、井上謙治編の全集第二巻のページを括弧内に漢数字で示す。訳は拙訳。
(6) このあたりの状況については、拙論「フランク・ノリスの中編小説」参照。
(7) 『オクトパス』からの引用は、井上謙治編の全集第五巻のページを括弧内に漢数字で示す。訳は拙訳。
(8) これについては、拙論「『マクティーグ』の二元論的諸相」で論じた。

引用・参考文献

Åhnebrink, Lars. *The Beginnings of Naturalism in American Fiction.* Upsala: Upsala University, 1950. Nendeln: Kraus Reprint, 1973.〔アーネブリンク〕

Crane, Stephen. *The Portable Stephen Crane*. Ed. Joseph Katz. New York: The Viking Press, 1969.

Norris, Frank. *McTeague: The Works of Frank Norris, Vol II.* Ed. Kenji Inoue. Tokyo: Meicho Fukyu Kai, 1983.

———. *The Octopus: The Works of Frank Norris, Vol V*. Ed. Kenji Inoue. Tokyo: Meicho Fukyu Kai, 1983.

大浦暁生「フランク・ノリスの中編小説」、「クリティカ」同人会『ＣＲＩＴＩＣＡ』一一号、一九六五年。

———「『マクティーグ』の二元論的諸相」、アメリカ文学の会『アメリカ文学１９６７』一九六七年。

———「社会小説としての『シスター・キャリー』」大浦暁生監修・中央大学ドライサー研究会編『「シスター・キャリー」の現在――新たな世紀への読み』中央大学出版部、一九九九年。

———「社会小説としての『アメリカの悲劇』」大浦暁生監修・中央大学ドライサー研究会編『「アメリカの悲劇」の現在――新たな読みの探究』中央大学出版部、二〇〇二年。

ゾラ、エミール「居酒屋」清水徹訳、集英社ギャラリー〔世界の文学〕７『フランスⅡ』集英社、一九九〇年。

5

ゾラの自然主義と闘ったラフカディオ・ハーン
――『チータ』の文学的意義

横山孝一
Yokoyama Koichi

1 アメリカ自然主義文学とハーン

アメリカの自然主義文学は一八九〇年代に起こった（ベル、一一三）。スティーヴン・クレインの『街の女マギー』（一八九三年）、フランク・ノリスの『マクティーグ』（一八九九年）、セオドア・ドライサーの『シスター・キャリー』（一九〇〇年）といった傑作が生まれたが、自然主義文学の創始者であるフランスのエミール・ゾラを直接、師と仰いだのは「アメリカのゾラ」（マッケルラス、xi）と呼ばれるフランク・ノリスだけだ。ノリスは一八八七年、一七歳のとき絵の勉強のため渡仏し、ゾラが人気を博していたパリで約二年間を過ごしているが、当時はゾラに無関心だったようだ（ウォーカー、三七-三八）。一八九三年頃夢中で読み、九七年秋に、金を奪うため妻を殴り殺す獣的な歯科医を主人公にした『マクティーグ』を完成させた。ゾラの圧倒的な影響によってアメリカ自然主義文学の金字塔の一つが生まれたのだ。しかし、出版されたとき、すでにゾラの自然主義ブームは本国で過ぎ去り、アメリカでの人気も落ち始めていた。当時の批評家の大多数は、ノリスの小説を流行遅れと感じたという（ウォーカー、二二四・二三五）。

対して、ほとんど知られていないが、ゾラの活躍にすぐさま反応して「自然主義」の手法と作品をアメリカ人読者に紹介し、ちょうど『マクティーグ』の一〇年前にゾラの影響を受けつつそれを独自に乗り越えた小説を発表している作家がいた。アメリカで自然主義文学が勃興したとき、彼はゾラを卒業して日本にいた。わが国で小泉八雲として知られるラフカディオ・ハーンだ。本稿は、ゾラの自然主義と対決したアメリカ時代のハーンの先駆性と、忘れられた秀作『チータ』（一八八九年）の文学的意義を探る(1)。

2　小説家ハーンの誕生とゾラの自然主義文学

一八九〇年に日本に渡るラフカディオ・ハーンのアメリカ時代でもっとも重要な仕事の一つは、フランス文学の翻訳紹介だった。テオフィル・ゴーチェの英訳幻想短篇集『クレオパトラの一夜とその他幻想物語集』は自費出版だったが、来日直前には依頼を受け、アナトール・フランスの『シルヴェストル・ボナールの犯罪』を大急ぎで訳している。没後アメリカでハーンの人気が落ち始めると、わが国の北星堂書店が、アルバート・モーデル編のハーン訳フランス文学短篇集を作家別に刊行し、熱心な仕事ぶりを明らかにした。一九三一年にモーパッサン、三三年にピエール・ロティ、三五年にエミール・ゾラを出した。これらは、ハーンがニューオーリンズの新聞紙上で発表した翻訳を集めたものである。三五年にはフロベール、ドーデ他を『フランス作家のスケッチと物語』として一冊にまとめており、フランス語が堪能だったハーンのフランス文学への広い関心がうかがえる。ニューオーリンズというラテン文化の土地柄が幸いし（テンプル、七二）、最適の発表場所を得たわけだが、アメリカ文学の中心地であったボストンやニューヨークのアングロサクソン文化からはずれていたために、その偉業はいまだに無視されがちである。

ゴーチェはハーンのオリジナル作品群『気まぐれ草』を鼓舞し、ロティはマルティニークと日本時代の紀行文に刺激を与えた。この二人がハーンのお気に入りだったが、嫌いな作家もいた。それが、在米当時、フランスの文学界を席巻していたエミール・ゾラだ。どのくらい嫌っていたかというと、一八八一年から八六年まで五年近くも批判記事を書き続けた。いったい、どこが気に食わなかったのか。

ゾラが『実験小説論』を出版した翌年、ハーンは、一八八一年一〇月一二日の『アイテム』紙上でゾラの「自然主義」理論を紹介している。自然主義文学とは、想像力の代わりに「事実と現実のみ」（「自然主義」一八、以下、奥田裕子訳）を用いて「科学的」に物語を展開させ、人や物事の「醜い」面を隠さず「写真」のように描かなければならない。それまでの小説と比べると書き方が大きく異なり、科学の進歩を背景にした新しい文学であることがわかる。[2] ハーンはゾラの醜悪な描写を嫌悪しながらも、自然主義小説の手法を正当に評価できるのは「十分に経験を積んだ新聞記者」（二八）だけだと自負していた。思えば、自然主義文学の主要テーマとモチーフは「決定論、生存競争、暴力、タブー」（ウォルカット、二〇）である。ハーンが書いた新聞記事にも自然主義的要素があふれている。[3] とりわけシンシナティ時代は、殺人や死体の描写など吐き気を催す記事が目立つ。不倫や堕胎といった人間社会の醜い面も執拗に取材し、黒人やぼろ拾いの貧しい悲惨な暮らしにも焦点を当てた。ジョン・クリストファー・ヒューズは、今日の新聞には載せられないほど陰惨で露骨な描写が多いことを『陰惨の時代――ラフカディオ・ハーンのシンシナティ新聞記事選集』の序文で指摘している（ヒューズ、二）。実際には「社会の末端にいる人たちに対して同情的であった」（ウィリアムソン、一七）ために、だいぶ和らいでいるのだが、酷い現実を直視するハーンの記事にはゾラの小説と似た衝撃力があった。[4] 事実、「陰惨な」〔gruesome〕は自然主義文学を評するときに使われる言葉で、ゾラはもちろん、アメリカの後継者であるフランク・ノリスの『マクティーグ』にも使われた（マッケルラス、四）。ハーンはゾラを嫌いながら、共感するところもあったわけだ。ゾラの伝記的紹介文（一八八二年一二月）と三つの短篇小説――一八八〇年にフランスで出版された「自然主義のマニフェスト的な意味合いを有する『メダンの夕べ』」（宮下・小倉、九六）に収録された「風車小屋攻撃」を含む――の英訳（八一年七・八月と八二年八月）は、前述のラフカディオ・ハーン訳『エミール・ゾラ短篇集』となった。それでは、ハーンは何に反発したのか。

自然主義文学がロマン主義の想像力を敵視して小説から一掃しようとしたことがまず第一点である。[5] これは、ゴーチェの時空を越えたファンタジーを愛し、自らもまねて創作を開始、傑作『怪談』に至る作家ハーンの経歴を考えれば容易に理解できよう。ハーンは新聞記事と文学作品を別物と考えていたらしい。新聞記者から作家に転身したのは、醜い現実を写すことに飽きて、美しい世界を創造したいという文学的欲求が強く働いたためかもしれない。ロマン主義者としてのハーンがゾラの特異な文学理論に危機感を抱いていたことは確かなのだ。

反対した第二点は、自然主義文学が道徳的でない点だ。こう書くと、ヴィクトリア朝のうわべの上品さを連想する人がいるかもしれないが、そうではない。ハーンはキリスト教を棄てたとはいえ、道徳を不要と考えるような人ではなかった。ハーバート・スペンサーの進化論哲学から「自分の個人的な不幸の数々は、遠い将来の良い結果〔some distant good end〕に向かって、人知れず必然的に移行してゆく普遍的過程の一部に過ぎない」（スティーヴンスン、一四七、遠田勝訳）と学んだ彼は、たとえ現状が不幸でも、到達目標を掲げる理想主義によって人類は道徳的に進化していくと確信した。(6) 一八八四年五月二五日の『タイムズ・デモクラット』紙に載った「理想主義と自然主義」では、この理想主義を守るべく、ゾラの「陰気な獣性」（『東西文学評論』一二、山下宏一訳）を酷評し、(7) 人間を動物の地位に貶めようとする自然主義に対し、道徳的にすぐれた未来を目指す進化論者としてはっきり反論している。ハーンの熱弁を引いてみよう。

否！——想像力は死んではいない。理想主義は死にかけてなどいない。ナポレオンが言ったように、想像力は、いぜんとして世界を支配している。人間は、自らを向上させるための手助けとして、常に理想を必要とするものだ。これは彼が常に神を必要とするのと同様、確かなことだ。——非現実的なるもの、不可能なるもの、到達不能なるもの、これらは人類にとって不可欠なのだ。「不可能事よりほかに心そそるものなし」である。われわれが現在よりも善良に、高貴に、より賢明になるには、それに向かってわれわれが奮闘する、目に見える目標、見習うべき明白な模範、より高尚な努力へとわれわれを駆り立てる美しき誘因がなければならない。そして、惨めな下等感覚領域の彼方を見ることの不可能な者だけが、おのれの同胞に、自分たちは糞山にうごめくウジ虫だと、がむしゃらに説得して慰藉を求めるのである。（一四、山下訳）

二年近くたった一八八六年二月七日の「理想主義の将来」でも、この問題は新鮮なままだ。醜い現実にとどまる自然主義文学の誤った進化論理解を正すため、尊敬するスペンサーを持ち出して、「かの進化論哲学によれば、理想主義の影響力は、人類の将来に顕著な効果をもたらさずにはいないのである」（四、山下訳）と繰り返している。

自然主義文学批判は、芸術の高い理想を求めた末に自殺してしまう画家を主人公にした、ゾラの最新作『制作』を紹介する一八八六年六月二〇日の記事で終わる。ハーンは、「彼は人間の行動の一つの動機として、理想というものの存在をどうしても認めざるを得なくなった」（『東西文学評論』一二三、藤本周一訳）と書き、この小説中に自分の主張してきた理想主義を発見して満足した。ゾラが人間を動物扱いしてその理想を認めなかったことに不満を感じていたので、ゾラの変化にいち早く気づき、自説の勝利を実感したのである(8)。

面白いことに、このゾラとの一連の対決が小説家ハーンを誕生させたと考えることができる。彼は最後の記事を書いたあと、七月から八月をグランド島で過ごした。関田かをる氏は次のようにコメントしている。

この頃『チータ』の執筆に集中し、文学への意欲も高まり、モーパッサンなどフランス現代作家の作品を精力的に翻訳、新聞への寄稿も充実し、生活も安定する（関田、六一）。

ゾラに勝ったと確信したことが影響していると見て間違いないのではないか。創作がフランス作家の翻訳と連動していることも関田氏の文章から確認できる。平川祐弘氏が「ロティふうの印象主義描写を踏襲した作品といった面も濃い」（平川、二六六）と指摘しているように、ピエール・ロティの文章を一八八〇年から八七年にかけて部分的に選んで習作的に訳した成果が『チータ』にはっきりと表われている。『チータ』の新訳を手掛けた平川氏は、この作品の特色を次のように総括する。「フラグメントのような場面や話が、モザイクのように寄せ集められて、『チータ』は「小説」という名前でくくられた全体となっている。民俗学的観察と感傷的小説の混淆の産物といっていい」（二六七）。ハーンが初めて書いた小説の雰囲気をうまく言い表わしているように思われる。

しかし、一見「感傷的」に見える『チータ』のプロットは、自然主義と理想主義の闘いとして成立しているのではないか。リゾート客でにぎわっていた島が大嵐で水没し、母親は死に、幼い娘はスペイン系の夫婦の養女チータとなって海辺で元気に成長。妻子を失ったジュリアンは生還するも、死んだものと思われていて遺産をめぐり親類や友人もなくしてしまう。彼は孤独ながら医師として奉仕する理想主義的生き方を選ぶが、病人を診に行って自らも伝染病に感染し、皮肉にも、成長した娘のいる家で互いが親子であることがわからぬまま死ぬことになる。――この筋を細かく読んでいくと、自然の無慈悲さ、人間の醜い欲望や争いをはっきり描いていることがわかる。ゾラが描いた人の獣的な面も表現しているのだ。書き方も現地を取材し、友人のマタス医師の協力を得て、黄熱病によるジュリアンの死を科学的に正確に描いた（ティンカー、一三七）。『チータ』は、自然主義の最新の方法を取り入れつつ、作家ハーンの思想を具現化した理想主義小説と見ることができよう。

3 『チータ』――ゾラの自然主義を超える理想主義の文学

ハーンが初めて書いた小説『チータ』は、ニューオーリンズの新聞紙上で行なったゾラの自然主義文学批判の成果といえる。繰り返し非難した要点は、ハーン自身の言葉を借りると、「悪徳行為やぞっとする出来事を事細かに描いてみせてはくれるが、それが道徳を高めるのに役立つわけではない」（「自然主義」一九、以下、奥田裕子訳）ということだ。現代から見ると、道徳の向上を文学の役割としているところが古臭いかもしれないが、この「理想主義」こそ、ハーン文学の魅力である。ハーンは理想主義を標榜していたが、ゾラの自然主義に惹かれるところがあったのも事実だ。「陰惨の時代」といわれたシンシナティの新聞記者時代は、人間社会の醜さを直視するのが仕事だった。ハーンが書いたのは新聞記事だったが、それが文学作品となりうることをゾラの新しい小説から学んだのではあるまいか。自然主義作家の労苦を評価できるのは「新聞記者だけ」と書いたとき、ハーンは明らかに共感を抱いていた。「人物も物事も、その醜悪、悪徳、欠点、愚行のすべてを含めて、あるがままに正確に描かなければならない」（「自然主義」一八）という自然主義の鉄則をハーンは拒まなかった。ホテルで開かれていた舞踏会が高波に呑まれる『チータ』の場面で、人々は「動物的な絶望の声（the despairing animal-cry）」（『チータ』一七二、以下、平川祐弘訳[9]）をあげる。「何人かの男はヒロイズムを発揮して鷹揚に振舞おうとしたが、そんなものは無駄だった。一瞬のうちに皆の利己心が狂ったように爆発し、野蛮なパニックが大ホールを走った」（一七二）。自然の猛威を前に、「獣」と化す人間の生存本能がはっきりと描かれている。その意味で、ハーンは自然主義を受け入れていると見てよい。

人間の醜悪さも『チータ』にはきちんと描かれている。大災害のあとの遺品を狙った泥棒たちの卑しい行為も、ハーンは、人間を動物と見なす自然主義の手法で描き出す。まずは、遺体にたかる腹をすかせた鳥たちを描写する。

糸杉の森から禿鷹は舞いあがって、この饗宴の分け前にありつこうとしている。ぎゃあぎゃあ、きいきいと鳴いているのは軍艦鳥や鷗である。彼らは自分たちの分け前を奪われまいとしている。恐ろしい潮が押し寄せては引き、引いてはまた押し寄せると、空中を舞う鳥どもは、この白波に従って右に左に動く。翼を羽ばたかせ、喉を鳴らしては、嵐のようにえじきにたかるのだ。（一七四 - 七五）

場景が目に浮かぶリアルな筆致だ。「そして鷗や軍艦鳥の後から、すかさず人間どももやって来る。死人の持物を巻き上げようとする手合である」（一七五）と、動物の一員として人間を登場させる。「獲物は十分にある――鳥も満腹するし、人間も満足する〔There is plunder for all—birds and men.〕」（一七五）という鳥と人間を並列させた一文も、自然主義的人間観を表わしている。

このあとハーンは会話文を通して、ハリケーンの犠牲になった遺体から貴重品を盗む人間の野蛮な行為を描く。「またかわいい花嫁さんだな〔Che bella sposina!〕」「その婚約指輪ははずせやしないよ、ジュゼッペ！それより指の骨を折るほうが簡単よ。おまえ牡蠣とりの小刀を持ってるだろ。それで腱を切ってしまえ」（一七六、原文は英語）といった具合に「シチリアとかコルシカの無法者」（一七五）の母語も織り交ぜて、生々しい現場を再現している。「見てみろ、なんてかわいい女の子だ！〔Guardate! chi bedda picciota!〕」のあとは、"Over her heart you will find it, Valentino—the locket held by that fine Swiss chain of woven hair"（一七六）と続く。恒文社版「チタ」の平井呈一訳では「ヴァレンチノよ、よく見るがいい、その女の胸には、髪の毛で編んだ鎖紐にロケットが下がっているだろう」（平井訳、二一四）となっていたのを、平川氏は「胸の上を探ってみろ、ヴァレンティーノ、髪の毛で編んだように彫ってある華奢なスイス製の鎖に結構なロケットがぶら下がってるぞ」（平川訳、四一）

と正確でいっそう具体的に訳し直している。若い女性なのでハーンの原文は控えめになっているが、そこから想起されるのは平川訳のとおりエロチックな動作である。次に「奥様」のドレスを脱がせる下品な会話もあり、ハーンがみだらなゾラの文学を意識していたことがわかる。

このような下劣な不法行為は、人道的な「救助艇」の来航によって終わる。「とたんに皆は周章狼狽、あわてふためいて逃げ出した。荷物をしこたま積んだ三本マストの小船という小船は、羽を広げたと見る間に、四方へ散らばった〔there is a wild hurrying and scurrying; swiftly, one after another, the overburdened luggers spread wings and flutter away.〕」（一七六）という描写がすばらしい。「一艘、また一艘、こぼれるほどに荷を満載した帆船は帆を上げて、風のごとく互いにあとを追いながら、跡白浪と逃げ去っていく」（平井訳、二二四）では「帆を上げて」と訳したために鳥のイメージが弱まってしまったが、「羽を広げた」（四二）と平川氏が原文に忠実に訳したとおり、ハーンは、無法者たちを、最初に描いた死肉を漁る鳥たちの同類として締めくくっているのだ。このように『チータ』には、人間を動物と同等に扱う自然主義の手法が意識的に取り入れられている。が、もちろん作者ハーンは理想主義の側に立つ。物語中、スター号の船長は荒れ狂う海と闘って人命救助に尽力した。海水に呑み込まれる混乱の最中、ユーラリー（のちのチータ）の母は娘を守るため玉突台にしがみつき死んでも手を離さなかった。その遺志を受け継いだカルメンとフェリウは、チータを海に負けない強い子供に育てた。動物並みの人間も描いたが、人間の高貴さも描いているのだ。「溺死体を傷つけたり、貴重な品を勝手に奪ったと見なされた悪質な連中は即決裁判で処刑していた」（『チータ』一九六）。これが自然主義と理想主義を併存させ、後者を称揚する『チータ』の物語構造だ。

ということは、ハーンが主張した理想主義は、ゾラが攻撃した醜い事実を覆い隠すような古い理想主義ではなく、自然主義が映し出す冷徹な現実を受け入れたうえで示した、新しい理想主義だったのだ。大暴風を生き延びて帰郷したジュリアンが自分の墓を見て居場所がなくなったことに気づく場面では、「この巨人のような世界は、ジュリアンがいようがいまいが全然気にしてくれていない」（二〇九）と、自然主義的な世界観を提示する。「いったい世間というのはなんと虚ろで利己的であることか！」（二一〇）という嘆きは、「自分の資産をめぐって相続争いを起こしている親戚」（二〇九）への言及から、自分が相続するはずだった大叔母の遺産を親戚に奪われたと一生恨み続けた作者ハーンの苦い思い（マレイ、二六七）も感じられる、体験的な世界観と見なすことができよう。一人きりになったジュリアンは「人間の弱さや人間の苦しみ」を「より深く、より高貴なにものか」（二一四）と認識し、医者として他者のためにひたすら尽すようになる。ハーンの理想主義は現実を無視した青臭い理想主義ではなく、厳しい現実に根ざした悲壮な決意なのである。

こうして物語はクライマックスへ向かう。「……過去十一年の間、ジュリアンは心魂を込めて医者という職務に身をささげてきた」（二三八）。彼は、伝染病が流行しているニューオーリンズで医師として全力で働くが、街を救う英雄にはなれない。ジュリアンは父の親友を診に行ってその病人を救えなかったばかりか、自らも疫病にかかってしまう。この第三部第五章最後の黄熱病の症状は科学的に正確な描写になっていて「自然主義」の応用と受け取れる。カルメンの看病も娘との再会もすべてが無意味に終わる。他者のため、理想主義に生きたジュリアンはあまりにもあっけなく死んでしまう。しかし、「人類が忍耐づよく生存しつづける限り、理想主義は、人間をよりいっそう高きものへと導いてゆくであろう」（『東西文学評論』一五、山下宏一訳）とハーンが「理想主義と自然主義」の中で述べたように、このささやかな理想主義が幾世代にもわたって積み重ねられていくはるか未来に、人間と社会の進化があるのだ。ハーバート・スペンサーに学んだ揺るぎない信念のおかげで、ハーンはゾラの自然主義的世界観を乗り越えることができたのである。

4 アメリカ文学史に占めるハーンの位置

フランク・ノリスはヨーロッパに遅れをとっているアメリカ文学の興隆を切に願い、想像力豊かな子供時代から芸術教育が必要だと力説している（ノリス、九九－一〇二）。アメリカの平均的な子供は実業界に入ることを目指して育てられていると嘆いているのだが、ラフカディオ・ハーンの子供時代を考えると、文学的に非常に恵まれていたことがわかる。ギリシャの女流詩人サッフォーゆかりの島で生まれ、ケルトの妖精伝説が残るアイルランドで育ち、イングランドで英文学を学び、ヨーロッパから東洋まで世界の文学と思想に広く関心を寄せた。ノリス流にいえば、作家になるべく幼い頃から教育を受けてきたといっても過言ではない。規格外ともいえるハーンの文学は「世界文学」として評価する動きもある（池野、二五九－三四四）が、ゾラの紹介と『チータ』の創作については、まぎれもないアメリカでの文学的成果である。特に孤軍奮闘して書いた『チータ』は、南部が舞台となった「ローカルカラーの文学」と低く位置づけるのではなく、アメリカ自然主義文学発生以前に自然主義を乗り越えた先駆的作品として、アメリカ文学史の中で高く再評価すべきではあるまいか。(10)

注

（1）ジーン・テンプルはハーマン・メルヴィルの再評価を例にあげ、同じように長く忘れられている『チータ』の不遇を嘆いている（テンプル、八二）。フレデリック・スターは『チータ』が「地方主義」作品に分類されていることを不当だと考えて、将来の再評価に期待している（スター、xvii）。

（2）ゾラは、人間の獣性を描いているという批判に対して一八八〇年にこう反論している。「我われの主人公はもはや純粋の精神でも、一八世紀の抽象的な人間でもなく、わが現代科学における生理学の対象である」（ゾラ「スタンダール」三七三）。

（3）マルカム・カウリーによれば、当時のアメリカの新聞は「危険な話題」を取り上げ、「暴力犯罪を描写するとき、記者たちはフランスの自然主義作家の手法をまねるようアドバイスされた」。カウリーは、スティーヴン・クレインやドライサーなど「自然主義作家」が新聞記者としてスタートしたことを指摘している（カウリー、三‐四）。

（4）たとえば、堕胎は "Mme. Sidney Augustine" 貧困は "Slow Starvation" "Les Chiffonniers" 不倫は "The Perkins Tragedy" "Wife and Mistress" 殺人は "Violent Cremation" などを参照。

（5）時計宝石商の息子として生まれた育ちのいいフランク・ノリスは、ゾラが描く悲惨な世界を現実離れしていると感じ、ゾラを「ロマン主義者」（ノリス、一六四）と見なしたが、あまりにもナイーブな見方だろう。

（6）ハーンは一八八二年一〇月にハーバート・スペンサー著『社会学原理』の書評記事を書き、『チータ』の執筆に集中する前年の八五年七月に、スペンサー著『第一原理』を読んで思想的に大きな影響を受けた（関田、五七・六一）。その結果を原田熙史氏はこうまとめている。「ともすれば厭世主義に走りがちだった彼の精神は、懐疑論や唯物主義を克服して肯定的綜合活動を展開する。それは新しい知的生活の始まりであり、同時に生命の美学の確立でもあった」（原田、三七）。スペンサーの刺激を受けながら独自の思想を発展させたハーンについては大東俊一氏の論が参考になる。「ハーンによれば、われわれは「かくありたいと願うこと」により、幾度となく輪廻転生を繰り返すことによって現在のような人間になったのである。今後も人間の自己改造の努力はどこまでも続くであろうが、ハーンにとって重要なのは願望、すなわち、「かくありたいと願うこと」である」（大東、一五二）。「かくありたいと願うこと」こそ、理想主義にほかならない。

（7）ハーンはゾラの悲観主義をフランス人とは異質な外国人のものとけなしている。フランスに帰化したイタリア人の父を持つゾラは、「イタリア人」と差別されることに対して猛烈に抗議している（ゾラ「陪審団への宣言」二九二）。

（8）ゾラの『制作』にいち早く理想主義の萌芽を見出したのは、ハーンの批評眼のすごいところだ。小倉孝誠氏は、『制作』の翌年に出た『大地』（一八八七年）について「この作品を機に反自然主義の傾向が鮮明になる」（宮下・小倉、二八八）と解説している。ジャック・ロンドンやセオドア・ドライサーなどアメリカの自然主義作家が社会主義・共産主義に接近したように、社会の醜悪を描く自然主義文学がそれを改善しようとする方向に傾いていったのは当然のことかもしれない。そもそも文学における自然主義は、「悲惨な現実への深刻な関心を人々のうちに直接生々しく喚起すること」を意図した「裏返しされたモラリズム」（山下、二七六）で、『ルーゴン＝マッカール叢書』について「環境悪を告発しようというのがゾラの意図」（尾﨑、一一三）だったとする好意的な見方もある。いずれにせよ、「彼がフーリエ的なユートピア思想に共鳴していたのは疑いの余地がない」（宮下・小倉、二六九）と小倉氏が断言しているように、晩年のゾラも自らの意思で自然主義から離れ、理想主義を信奉するに至る。一九〇一年に出版した『労働』は「野放しの資本主義の欠陥に苦しむ工業地帯」を「協調と友愛にあふれた大社会」に変える物語（ミットラン、一六六）になった。

（9）『チータ』の訳は平川祐弘訳「チータ」（『カリブの女』所収）を使用し、平井呈一訳「チタ――ラスト島のおもいで」（『仏領西インドの二年間』下巻所収）を適宜参照する。

（10）ハーンは、自然主義作家たちの一部が理想とする「共産主義」をも乗り越えていた。文明と進歩に反するその本質的欠陥を見抜き、「共産主義の夢は解放直前の黒人の夢と同じようなもので、働く働かぬも気の向くままに、主人と同様の生活をすることである」（「共産主義」一三〇、速川和男訳）と辛辣な見解を示している。

引用・参考文献

Bell, Michael Davitt. *The Problem of American Realism: Studies in the Cultural History of a Literary Idea.* Chicago: University of Chicago Press, 1993.〔ベル〕

Cowley, Malcolm. "Lafcadio Hearn." *The Selected Writings of Lafcadio Hearn.* Ed. Henry Goodman. New York: Citadel Press, 1949.〔カウリー〕

Hearn, Lafcadio. *Chita. The Writings of Lafcadio Hearn, IV. Vol.* Boston and New York: Houghton Mifflin, 1922.（「チータ」『カリブの女』平川祐弘訳、河出書房新社、一九九九年）

———. "Communism." *Buying Christmas Toys and Other Essays.* Ed. Ichiro Nishizaki.Tokyo: Hokuseido Press, 1939.（「共産主義」『ラフカディオ・ハーン著作集』第二巻、速川和男ほか訳、恒文社、一九八八年）

———. *Essays in European and Oriental Literature.* Ed. Albert Mordell. New York: Dodd, Mead and Co., 1923.（「東西文学評論」『ラフカディオ・ハーン著作集』第五巻、山下宏一・藤本周一ほか訳、恒文社、一九八八年）

———. "Naturalism." *Literary Essays.* Ed. Ichiro Nishizaki.Tokyo: Hokuseido Press, 1939.（「自然主義」『ラフカディオ・ハーン著作集』第三巻、奥田裕子ほか訳、恒文社、一九八一年）

———. *Period of the Gruesome: Selected Cincinnati Journalism of Lafcadio Hearn.* Ed. Jon Christopher Hughes. Lanham: University Press of America, 1990.〔ヒューズ〕

———. tr. *The Adventures of Walter Schnaffs and Other Stories by Guy de Maupassant.* Ed. Albert Mordell. Tokyo: Hokuseido Press, 1931.

———. tr. *One of Cleopatra's Nights and Other Fantastic Romances.* Theophile Gautier. 1882; Washington: Brentano's, 1899.

———. tr. *Sketches and Tales from the French.* Ed. Albert Mordell. Tokyo: Hokuseido Press, 1935.

———. tr. *Stories from Emile Zola.* Ed. Albert Mordell. Tokyo: Hokuseido Press, 1935.

———. tr. *Stories from Pierre Loti.* Ed. Albert Mordell. Tokyo: Hokuseido Press, 1933.

McElrath, Joseph R. Jr. and Jesse S. Crisler. *Frank Norris: A Life.* Chicago: University of Illinois Press, 2006.〔マッケルラス〕

Murray, Paul. *A Fantastic Journey: The Life and Literature of Lafcadio Hearn.* Sandgate, Folkestone, Kent: Japan Library, 1993.〔マレイ〕

Norris, Frank. *The Responsibilities of the Novelist. Complete Works of Frank Norris, Vol. VII.* Port Washington: Kennikat, 1967.〔ノリス〕

Starr, S. Frederick. "Introduction: The Man Who Invented New Orleans." *Inventing New Orleans: Writings of Lafcadio Hearn.* Jackson: University Press of Mississippi, 2001.〔スター〕

Stevenson, Elizabeth. *Lafcadio Hearn.* 1961; New York: Octagon Books, 1979.（『評伝ラフカディオ・ハーン』遠田勝訳、恒文社、一九八四年）〔スティーヴンスン〕

Temple, Jean. *Blue Ghost: A Study of Lafcadio Hearn.* New York: Jonathan Cape, 1931.〔テンプル〕

Tinker, Edward Larocque. *Lafcadio Hearn's American Days.* New York: Dodd, Mead and Co., 1924.〔ティンカー〕

Walcutt, Charles Child. *American Literary Naturalism, A Divided Stream.* Minneapolis: University of Minnesota Press, 1956.〔ウォルカット〕

Walker, Franklin. *Frank Norris: A Biography.* Garden City: Doubleday, Doran & Co., 1932.〔ウォーカー〕

池野誠『小泉八雲と松江時代』沖積舎、二〇〇四年。

ウィリアムソン、ロジャー・S『シンシナティ時代のラフカディオ・ハーン』常松正雄訳、八雲会、二〇一二年。

尾崎和郎『ゾラ　人と思想』清水書院、一九八三年。

小泉八雲「チター――ラスト島のおもいで」『仏領西インドの二年間』下、平井呈一訳、恒文社、一九七六年。

関田かをる「小泉八雲年譜」『文学アルバム 小泉八雲』小泉時・凡編、恒文社、二〇〇〇年。

ゾラ、エミール「実験小説論」『ゾラ』河内清訳、筑摩書房、一九五九年。

――「スタンダール」『文学論集 1865-1896』佐藤正年編訳、藤原書店、二〇〇七年。

――『制作』（上・下）清水正和訳、岩波文庫、一九九九年。

――「陪審団への宣言」『時代を読む 1870-1900』小倉孝誠・菅野賢治編訳、藤原書店、二〇〇二年。

大東俊一『ラフカディオ・ハーンの思想と文学』彩流社、二〇〇四年。

原田熙史『文明史家ラフカディオ・ハーン――詩的想像力と日本文化論研究』千城、一九八〇年。

平川祐弘「解説」ラフカディオ・ハーン『カリブの女』平川祐弘訳、河出書房新社、一九九九年。

ミットラン、アンリ『ゾラと自然主義』佐藤正年訳、白水社、一九九九年。

宮下志朗・小倉孝誠編『いま、なぜゾラか――ゾラ入門』藤原書店、二〇〇二年。

山下太郎「哲学における自然主義と文学における自然主義」『自然主義文学――各国における展開』河内清編、勁草書房、一九六二年。

第Ⅱ部

ジャック・ロンドンを読み直す

6

ジャック・ロンドン、デビュー物語
——短篇小説と世紀転換期のアメリカ文学市場

小古間甚一
Kogoma Jinichi

1 ジャック・ロンドンの文壇デビュー

ジャック・ロンドンは、サンフランシスコの新聞の懸賞作品に応募したり、高校の文芸誌に投稿したりしながら短篇小説を書いていたが、彼が本格的に作家になろうと文学修業を始めたのは、ゴールドラッシュに沸くカナダのクロンダイクからカリフォルニアに戻った一八九八年後半あたりである。そして約半年後の一八九九年一月に、カリフォルニアの文芸誌『オーヴァーランド・マンスリー』に、クロンダイクを舞台にした最初の短篇小説が登場すると、その年だけで合計八つのクロンダイクもの短篇小説を同誌に発表している。そして一九〇〇年一月には、東部の有名文芸誌『アトランティック・マンスリー』に「極北のオデュッセイア」が掲載され、ロンドンは全国的に注目される作家となり、同年、クロンダイクものをまとめた短篇集『狼の息子』を東部の一流出版社ホートン・ミフリン社から出版した。

文壇デビューを果たしたロンドンはその後も短篇小説を書き続け、その数は二〇〇編近くになる。数多くの短篇小説を書き残したロンドンだけに、短篇作家として評価することもできる。二〇〇六年に出版された『ケンブリッジ版アメリカ短篇小説入門』では、オー・ヘンリーと並んで二〇世紀初頭の代表的な短篇作家として紹介されている。一方、ロンドン研究史でも短篇作家ロンドンに焦点を当てた研究がある。古くは一九六六年に出版されたキング・ヘンドリックスの『ジャック・ロンドン、短篇の名匠』。ヘンドリックスは、ロンドンの作品が国内外で人気を博してきたのは彼が「アイロニーの名匠であり短篇小説の名匠であったからだ」(三〇)と主張し、四つの短篇小説を取り上げて短篇作家としての力量を評価している。[1]また、一九九九年にジーン・キャンベル・リースマンが『ジャック・ロンドン短篇研究』を出版し、ロンドンの短篇小説の芸術的な側面やテーマの多様性を明らかにしている。

しかしながら、ヘンドリックスやリースマンの研究はロンドンの短篇小説が多くの読者を獲得してきた理由の一端を明らかにしてくれるものの、ロンドンがなぜ短篇小説を書き、作家としてデビューしようとしたのかという問題について、検討していないように思われる。ロンドンにとって短篇小説は長篇小説を書くための修業であり、お金を稼ぐための手段であったことは事実であろう。また、過酷な肉体労働を強いられる「賃金奴隷」(ロンドンの言い方では「働く野獣」)から脱出して「頭脳を売る人」になることだったというリースマンの指摘(八)も理由の一つになるだろう。ただ、ロンドンが生涯にわたって二〇〇編近くの短篇小説を書いた理由はほかにもあったのではないだろうか。それを探るためには、ロンドンが短篇作家としてデビューした経緯をもう一度考えてみる必要がある。

ロンドンの作家デビューを論じる場合、一九世紀末から二〇世紀初頭のアメリカ文学市場を無視するわけにはいかないだろう。特に、雑誌文化の隆盛とともに短篇小説が文学市場でもてはやされていたことは、作家をめざす若者には重要な出来事だった。その意味では、ジェームズ・I・マクリントックが一九七六年に出した『白い論理』は、世紀転換期の文学市場を視野に入れて短篇作家ロンドンの誕生を論じている点で、今でも興味深い研究書である。ロンドンの短篇作家デビューに焦点を当てる本稿にとって、一八九八年から一九〇二年にかけてロンドンが雑誌文学の市場調査を行い、市場が求めるテーマを探し出し、形式とテクニックを磨いていくプロセスを論じた第一章は、参考になるところが多かった[2]。

『白い論理』第一章でマクリントックは、ロンドンが短篇作家を目指した経緯についてこう説明する。「若きジャック・ロンドンが『現代文学において短篇小説〔short story〕の重要性がいかに高まっていることか。……小説〔novel〕は消滅する運命にあるようだ』と考え、自分の人生を短篇小説というジャンルの人気に賭けてみようとしたのも不思議ではない」（三）。ここでマクリントックが引用しているのは、初めてクロンダイクものが『オーヴァーランド・マンスリー』に掲載された直後の一八九九年四月に友人クラウズリー・ジョンズに宛てた手紙で語ったものだ。ここで注目したいのは、ロンドンが短篇小説に、小説を書くための修業あるいは文学市場参入の手段以上の意味を見出していたという点である。つまり、当時の文学市場に短篇小説の隆盛と小説の衰退という現象を感じ取りながら、二〇世紀における短篇小説というジャンルの重要性を予感していたという事実である。彼がそう考えた背景には、マクリントックも解説しているように、一九世紀後半に雑誌産業が急速に成長し、短篇小説が「ビッグビジネス」（二）になったこと、それと同時に一八九〇年代が「短篇小説が一つのジャンルとして意識されつつあった時代だった」(一二)ことがある。

本稿は、どのようにしてロンドンが文学市場への参入を果たしたのか、なぜロンドンは短篇小説を重視するようになったのか、ロンドンが短篇作家としての道を歩んでいくことになる、その原点を探ろうとするものである。そこで、ロンドンが文学市場への参入に成功した要因を一九世紀後半の文学市場の状況を踏まえて整理し、そのあと短篇小説の隆盛の歴史的背景について説明する。なお、この点については、一九九三年に出版されたアンドリュー・リーヴィの『アメリカ短篇小説の文化と商業』も参考とした。リーヴィの研究は、一九世紀後半に短篇小説がジャンルとして成立した文化的社会的要因について論じており、一九七〇年代のマクリントックの短篇論を補強する意味で役に立つからだ。そして、ロンドンが一九〇〇年に雑誌『ブックマン』に発表した「文学的進化の現象」を紹介する。このエッセイは、なぜ短篇小説の時代が到来するのか、その理由をロンドンが独自の文学理論を使って展開している重要な資料である。そして最後に、ロンドンの同時代作家たちが書いた一九世紀から二〇世紀転換期の短篇小説論を踏まえながら、作家として成功を収め名声を確立しつつあった一九〇〇年におけるロンドンの作家業の問題について触れ、彼にとって短篇小説とは何だったのかを論じる。

2　ロンドンの作家修業と世紀転換期の文学市場

アメリカ文学史で自然主義文学に分類される作家たちの中でも、ロンドンが作家としてデビューするまでの道のりは、特異なものだったと思われる。スティーヴン・クレインやセオドア・ドライサーはジャーナリズムの世界で修業を積んでいるし、フランク・ノリスはヨーロッパに美術を学びに行き、帰国後は大学で文学を学ぶなど、彼らは小説家になるための「文化資本」を持っていた。そして何よりも、彼らの小説を後押ししてくれる作家や友人たちがいた。

ところが、ロンドンには、彼らのような「文化資本」もなければ、アドバイスをくれる友人もいなかった。彼は、一九〇〇年に最初の短篇集『狼の息子』を出版する際に自分の略歴を書いた手紙を出版社に送っている。その手紙の中で強調されているのは、「独学であり、自分以外に師とする者を持たない」こと、「文学についていかなる助けや助言ももらったことがない」（『書簡集』一四九-五〇）ことだった。ロンドンは独力で文学市場に切り込まねばならなかったのだ。ロンドンが語るこうした自己像が醸し出すのは、不利な条件を克服し独力で成功への道を切り拓いていくという、世紀転換期にもてはやされていた成功者のイメージ、セルフメイド・マンあるいは「男らしさ」でもあった。

作家になるには文才が必要なのは当然だとしても、それだけで作家という職業が成立するわけではない。ジャーナリズムの世界で修業を積んだクレインやドライサーが第一作目を出版した際に挫折を味わっていることからもわかるように、文学市場への参入はけっして容易ではなかった。ところが、文学市場への参入に関して言えば、ロンドンは成功している。なぜロンドンは市場参入に成功したのだろうか。

成功した要因は、一九世紀末の文学市場で、ロンドンが描いた内容の文学の需要が大きかったことにある。とは言っても、ロンドンは偶然によって市場に見出された作家などではない。「雑誌というのは商業主義によって動いている」（『われ以外に師を持たず』一八）と考えるロンドンにとって、文学作品は商品と同じである。市場に参入するには、自分の作品が雑誌文学としての商品価値を持っていなければならない。どのような小説が雑誌編集者に好まれるかが問題だった。その意味で、ロンドンの作品の舞台となったクロンダイク地方は、一九世紀末に起こったゴールドラッシュによって多くの人たちの関心を集めた地域であり、雑誌に人気の題材でもあった。しかも、自然環境の厳しさと文明の脆弱さ、迫り来る死、活動する力強い人間たちの姿、これらを描いたロンドンの小説は、マクリントックが指摘しているように、「行動する強さと男らしい冒険を賛美していた当時の一流雑誌」（五）が求めていた題材でもあった。また、こうしたロンドンの文学は、「過度な文明」による「男らしさ」の喪失に不安を抱いていた一九世紀末アメリカの支配階級の人たちにとって、「男らしさ」を取り戻す「本物の人生」を描いたものと映っただろうし（リアーズ、四－七）、辺境の地へのノスタルジックな「逃避」を通じて男性性を回復するという帝国主義的なファンタジー（カプラン、一〇六）でもあった。さらに、ロンドンの初期の短篇小説には、インディアンの生活や白人とインディアンの交流がテーマになったものがある。辺境の地（プリミティヴな世界）で生活する先住民を描いたロンドンの作品は、「信頼にたる科学的な民族誌研究の成果が公になり、先住民が英語で書いた書物が出回り、先住民との直接的な接触の記録を奨励する出版界の風潮」にも合致したに違いない（余田、一九）。『オーヴァーランド・マンスリー』や『アトランティック・マンスリー』がロンドンの初期の短篇小説を掲載した背景には、一九世紀末のこうした文化的状況があった。

しかしながら、ロンドンがクロンダイクという地域を舞台にしているという事実を重視するならば、ロンドンの初期短篇小説はもっと大きな文学運動の中に位置づけることもできる。その文学運動とは地方主義（リージョナリズム）である。近代世界から離れた後進地域に住む人々の精神や風俗習慣を方言を交えて描く地方主義文学は、一九世紀後半に雑誌でもてはやされた文学ジャンルの一つだった。地方主義文学の出現を一九世紀後半の生活文化と結びつけて論じたリチャード・ブロドヘッドは、当時台頭してきたエリート層が階級的優位を確認するために海外旅行に関心を向けるようになり、そうしたエリート層のツーリズムの欲求に応えようと、『アトランティック・マンスリー』や『センチュリー』などの「高級誌」が地方主義文学を盛んに掲載していた、と指摘する。しかも作家業の点から見れば、「文化的辺境に精通し、支配的な文化からかけ離れた生活様式を知っている」作家は、「周縁化された人々の経験を文学的遺産に作りかえ、その周縁性それ自体を作者としての積極的な強みとした」(ブロドヘッド、一一七)。文学市場で地方主義文学がもてはやされていたからこそ、ブレット・ハート、セアラ・オーン・ジュエット、ハムリン・ガーランドたちは文壇に躍り出ることができた。これをロンドンに当てはめて考えれば、ジョナサン・オーエルバックが書いているように、「世紀転換期の出版業界の制度、特に地方主義文学の約束事」にクロンダイク体験者としての自分の強みを見出していたロンドンは、クロンダイクを文学の「新たな領域(場)」として設定し、「大衆短篇小説雑誌にウケるように北国の世界を小説にした」(四八 - 四九)のである。

歴史ロマンス的な物語やジャポニズム、幽霊もの、ＳＦなどのさまざまなジャンルの短篇小説を書き、文学市場との交渉(投稿)を続けていくうちに、ロンドンは、自分の「領域」(場)を見つけていった。そこで、作家デビューを目指すロンドンにとってさらなる課題となったのは、題材をどのようなテクニックと文学形式で描くかということだった。マクリントックは、ロンドンが小説を書くテクニックを学ぶうえで参考にした人物として、一八九〇年代に英米で人気を博していたラドヤード・キプリングをあげている。マクリントックによれば、ロンドンはキプリングからドラマティックに語る文学手法を学んだという。たとえば「フレーム・ストーリー」という手法である。作中人物が場を設定し、相手に物語を語らせる手法で、これによって語りの中に作者が顔を出さずに済む。たとえば、『狼の息子』の最後に収録された「極北のオデュッセイア」は、マラミュート・キッドとプリンスの二人がナアスというミステリアスな人物から、白人に強奪された花嫁を探し求めて世界を旅する話を引き出すという設定になっている。

では、ロンドンが自分の「領域」(場)を表現するためになぜ短篇小説という文学形式を選んだのか。その理由の一つとして、先述した地方主義文学との関連で言えば、地方主義文学が短篇小説という文学形式を利用した文学だったということがある。ただ、ここでもう一度確認したいのは、ロンドンが本格的に創作に着手し始めた一八九八年から一八九九年頃は、「短篇小説が一つのジャンルとして意識されつつあった時代」だった、というマクリントックの指摘である。一八九〇年代は、短篇小説だけでなく短篇小説論などが雑誌に掲載され、短篇小説への関心が高かった時代だった。マクリントックも言及しているように、一八九八年にはチャールズ・レイモンド・バレットの『短篇小説の書き方』というハンドブックが登場し、一九〇一年には、ブランダー・マシューズが、一八八〇年代半ばに発表した短篇小説論をまとめた『短篇小説の哲学』を出版している。ロンドンが作家としてデビューしたあとも短篇小説を書き続け、一九〇一年に『彼の祖父たちの神』、一九〇二年に『氷点下の子供たち』、これら二冊の短篇集を世に送り出した背景には、クロンダイクを描く短篇作家という彼のトレードマークが確立したこともあるが、一九世紀末から二〇世紀初頭のアメリカ文学で短篇小説が一つのジャンルとして成立したという歴史的事実も絡んでいたと思われる。そこで、マクリントックの本から約二〇年後、一九九三年に出版されたアンドリュー・リーヴィの『アメリカ短篇小説の文化と商業』を参考にしながら、短篇小説がジャンルとして成立した社会的文化的背景について見てみたい。

3 世紀転換期の短篇小説論

「一九世紀の最後の二〇年間にナショナリズムの声が高まってきた。短篇小説が文学の一つのジャンルであると批評家たちが主張し始めたのもほぼこの頃である」(三〇)とリーヴィは説明する。この「二〇年間」とは、マシューズが最初の短篇小説論を雑誌に発表した一八八〇年代半ばから、それら論文をまとめて『短篇小説の哲学』として出版した一九〇一年あたりを概ね指している。この期間に短篇小説に対する見方が大きく変わったのだ。その要因は、もちろん雑誌産業の発達によって短篇の需要が一気に高まったことがある。こうした状況の中でマシューズは、エドガー・アラン・ポーが「短い散文」と呼んだものを「短篇小説」〔Short-story〕という文学ジャンルとして明言し、短篇小説という文学形式はアメリカで発展したすぐれたジャンルである、と主張したのである。そして、もう一つが、一八九一年の国際著作権法の制定である。この著作権法によって、それまでヨーロッパ(特にイギリス)の作家の作品を掲載していた雑誌社の目が一気にアメリカの作家に向けられるようになった。著作権法制定によるアメリカ作家の短篇小説の需要拡大は、雑誌産業にとっては「アメリカ文学がヨーロッパ文学の経済的服従から自由になる」(リーヴィ、三四)ことを意味した。こうした文脈で見た場合、マシューズの主張を、リーヴィは、「ヨーロッパ文学に対する経済的文化的従属からの非公式の独立宣言でもあった」(三四)と評している。まさに、ロンドンが文学活動を始めた一九世紀末は、ナショナリズムの高まりとともに短篇小説がアメリカ独自のジャンルとして、あるいはアメリカの国民的芸術として見直されるようになった時代だった。

短篇小説をアメリカ独自のジャンルとする発想は、一八九〇年代の短篇小説論に影響力を持っていたと思われる。その後多数出版されることになるハウツーものの初期のもので、ロンドンが本格的な作家修業に入った一八九八年に出版された『短篇小説の書き方』の序文において、チャールズ・レイモンド・バレットは、「現代の短篇小説は本来的にはアメリカの産物である」と明言している。さらにバレットは、「今日、短篇小説は人気を博している。われわれは新しい文学の時代にいるようだ。短篇小説という新しい時代に」（一二）と述べて、短篇小説を新しい時代のアメリカ文学として世に押し出そうする姿勢を見せている。短篇小説が新しい時代のアメリカ文学であるとするレトリックは作家も使っている。地方主義作家として成功したブレット・ハートは、エッセイ「短篇小説の隆盛」において、短篇小説の特徴は「アメリカ生活の特質」を扱うことであり、短篇小説は「アメリカ文学の萌芽」である（ハート、xviii－xix）、と明言している。(3)

このような短篇小説をめぐる言説にロンドンがどの程度触れていたかはわからない。しかしながら、ここで指摘しておきたいのは、短篇小説が新たな文学ジャンルとしてアメリカ文学の中で注目されていたこと、短篇小説が二〇世紀の新しい小説ジャンルであることを、一八九〇年代末に作家になることを目指していたロンドンも感じていたという事実である。先に引用した一八九九年四月のクラウズリー・ジョンズに宛てた手紙でロンドンは、イーディス・ウォートンの短篇集（『大いなる傾向』）について言及したあとで「現代文学において短篇小説の重要性がいかに高まっていることか！　あと一、二世代もすれば小説は消滅する運命にあるようだ」（『書簡集』六九）という感想を書き綴っている。(4) ロンドンにとって短篇小説は文学市場に参入するための手段だったし、自分の作品をあえて「やっつけ仕事」〔hack work〕と呼ぶこともしばしばあった。しかしながら、ロンドンの文学活動の出発点において彼が短篇小説を二〇世紀のアメリカ文学の新しいジャンルとして感じ始めていたことは見逃すことのできない事実である。では、なぜロンドンは小説の時代が終わり、短篇小説の時代が到来すると考えるに至ったのか。短篇小説の現代性についてロンドンはどのように見ていたのか。それを知るには、一九〇〇年に発表したエッセイ「文学的進化の現象」を見る必要がある。

4 ロンドンの短篇小説論

ロンドンは、成功した作家としてさまざまなエッセイを『エディター』や『ライター』などの文芸雑誌（情報誌）に寄稿している。一九〇三年三月発行の『エディター』に掲載された「出版に漕ぎ着ける」では、出版に至るまでの苦労話を語りながら、「不幸な結末、つらい話、野蛮な話、悲劇的な話、怖い話は避けたほうがよい」「ユーモアは書くのが難しい」「一つの物語に集中すべし」「売れている作家のコツを研究すること」「ノートをとること」など、まさにバレットのハンドブックに書かれているようなメッセージを作家志望の人たちに送っている（『われ以外に師を持たず』五七）。また、一九〇四年に友人のアンナ・ストランスキーに送った手紙では、「人生の断片」、「限られた時間」、「単一のムード」、「単一の状況」、「単一の筋」といった短篇小説の約束事とも思える表現を使って短篇小説を書くコツを説明している（『書簡集』四四九）。いずれにせよ、ロンドンが作家デビューした世紀転換期はまさに短篇小説をめぐる言説があふれていた時代だったことは確かだ。(5)

ロンドンが書いた文学論の中でも本稿で取り上げるのは、一九〇〇年一〇月の『ブックマン』に掲載された「文学的進化の現象」というエッセイである。「文学的進化の現象」は、ロンドン研究者の間でそれほど注目されてこなかったエッセイだが、二〇世紀になぜ長篇小説が衰退し、短篇小説が隆盛を極めるようになるのか、その現象を彼なりの理論に基づいて分析した短篇小説論なのだ。(6)

まずは、「文学的進化の現象」の概要を紹介したい。「瞬間」が重視される慌ただしいこの時代が今日の文学にどのような影響を与えるのか、どのようにして新聞・雑誌がこの時代を表象したらよいのか、なぜ記述や文章が短くなったのか、三巻本の長篇小説が捨て去られたのか、いたるところで短篇小説が求められているのはなぜなのか。こうした問題を提起しつつ、ロンドンは独自の文学論を展開する。

まずロンドンは、人類が幼稚園児の段階から今では成人の段階に達していると述べ、それとともに表現方法も変化してきたと主張する。アレゴリーからフェイブルやパラブルへ、アレゴリーによる類推から言語による類推へと変わってきた。だから、いまや人類は冗長な表現など必要としない。読者は子供ではないのだから、一つの言葉から全体を作り上げることに喜びを覚えるのだ、と説明する。

このように読者の想像力に訴える文体がもっとも読みやすい文体となれば、記述も短くなり、文も短くなる。実際、文の傾向は簡潔さと集中〔brevity and point〕に向かっている。したがって、人類が求めている文は、凝縮した〔concentrative〕、引き締まった〔compact〕、きびきびした〔crisp〕、鋭い〔incisive〕、無駄のない〔terse〕文体だ、とロンドンは主張する。さらに、一六世紀の年代記作家ロバート・フェービアンからアメリカのエマソンに至るまで数人の作家の文の平均語数を表示して、この数百年のうちに文の語数が減ったことで、文がいかに簡潔になったかを証明してみせる。

こうした集中的な傾向を現代の文学は表しており、だから長篇小説〔long novel〕が衰退し、短篇小説〔short story〕が成長したのだとロンドンは結論づける。しかも、物語は一気に読めるものでなければならないというポーの主張まで持ち出している。そして、最後の段落でロンドンは自分の短篇小説論を次のようにまとめている。

これまでの内容をもう一度わかりやすくまとめると、人類が主に求めているのは、つかの間の出来事〔the passing thing〕を捉えることである。私たちの文学は主にエピソードを描いたものになる。こうした人類の要求にみごと応えているのがキプリング氏だ。彼の文章は、素っ気ないし、飾り気もない。気まぐれで、まとまりに欠けている。しかし、彼の作品には余分なものがいっさいないのだ。本質的なものだけが詰まっているし、想像力を掻き立ててくれる。これこそが現代人が求めているものだ。なぜなら人類は幼稚園児の段階にいるわけではないし、自分で考える力を持っているのだから。人類には必要なものだけを与えておけば、あとは自分で何とかする力がある。印刷された作家の言葉を読むよりもずっと速く考えることができる。現代人は忙しい。分業、労働力節約のための機械、迅速な移動、電信・電話、無数の手段、これら人類が発明してきたものは、エネルギーと時間を節約するためだ。現代人には、やるべきことが多い。時間に対して多くのことが求められている。できるだけ多くのものをできるだけ小さな空間に押し込めることが、万事、求められている。この要求に、現代の文学も応えなければならない。過剰なものが詰め込まれた小説や物語が求められているのではない。削ぎ落されていない文学など読まずに捨てられるだけだ。求められているのは、大切なことだけが書かれている文学である。そのような文学を現代人は求めている。(六四)

人類の変化、社会の変化、レトリックの変化、文学の変化がパラレルな関係で論じられている。そして、こうした現象を説明するためにロンドンが利用しているのが進化論である。「進化の一般法則に従って、あらゆる思考、そして思考を表現するあらゆる方法も凝縮されたものでなければならない。書き言葉であれ、話し言葉であれ、進化の法則を逃れることはできない」（六一）とロンドンは主張する。彼の言う通り、すべてのものに進化の法則が適用できるとすれば、小説から短篇小説への変化は文学の進化の過程となる。一八九〇年代の短篇小説の隆盛という文学的現象は、決定論的現象として捉えられている。つまり、ロンドンにとって短篇小説の隆盛は進化の法則に則った必然的な結果なのである。(7)

ロンドンがハーバート・スペンサーの社会進化論の影響を受けていることはロンドン研究者の間では認められた事実である。マクリントックの研究書でも、文体についてロンドンがスペンサーの『文体の哲学』から学んだことが指摘されている。読者に無駄なエネルギーを消費させずに作家の考えを伝えるためには、シンプルな言葉や文章構造が最適であることを、スペンサーから学んだという。しかし、「文学的進化の現象」を読む限り、進化論の影響はマクリントックが考えているよりも大きい。ロンドンは進化論を文体の理論のみならず文学の理論にまで拡大しているからだ。文学進化論の立場に立てば、短篇小説を書くのは進化の過程の中での必然的な行為であり、それゆえ短篇小説は進化の法則に沿った作家の仕事ということになる。

5　短篇小説と作家業

これまで述べてきたように、一九世紀最後の二〇年間は短篇小説をアメリカ文学の一つのジャンルとして成立させる動きが活発だった時代であり、ロンドンも短篇小説を二〇世紀という新しい時代にふさわしい文学ジャンルとして感じ始めていた。ところが、この時期、作家の仕事としての短篇小説の評価は低かった。たとえば、一八八七年に文壇の大御所ウィリアム・ディーン・ハウェルズは、短篇小説について「雑誌に載るような形式のものは劣った形式」であり、「ほとんどが若手か修業時代に書くもの、あるいは、限定された生活のせいで必然的に世間への狭い見方しかできないがためにそれしか書けない女性が書くもの」（リーヴィ、四七）と主張している。さらにロンドンと同時代の作家フランク・ノリスも短篇小説に対しては厳しい見方を表明している。一九〇二年のエッセイによれば、「すぐれた作家」は時間と努力を小説〔novels〕につぎ込むため、短篇に戻るのは生活のために仕方なくするか、「駄文」を処分するときだけであるという。したがって、ノリスは、「短篇小説の質はますます衰える」（二五二）と予言する。(8)

ハウエルズとノリスの発言から、短篇小説は両刃の剣だったことがわかる。短篇小説は作家志望にとっては文学市場参入への格好の手段となる反面、長篇小説を書くための習作、お金を稼ぐための仕事とされていたのだ。しかも、ハウエルズの言葉からは、当時の短篇小説の評価にはジェンダー・イデオロギーが絡んでいたこともわかる。その背景には、一九世紀後半に流行した地方主義文学（狭い意味では地方色〔ローカルカラー〕文学）の多くの書き手が女性だったという事情がある。この点については、女性は「本物の人生」を経験することができないがゆえに「偉大な小説」は書けないと明言しているノリスも同じジェンダー・イデオロギーを有していることになる（二三六）。リーヴィも指摘しているように、「二〇世紀初頭、短篇小説は、多くの批評家や作家から女性のジャンルと考えられていた」（六六）。

ドナ・M・キャンベルは、一八九〇年代から一九〇〇年代初頭のアメリカ文学の動きをジェンダーの観点から論じている。キャンベルによれば、文学市場で幅を利かせていたお上品なリアリズムや女性作家を中心とする地方色文学、および「鋼鉄のマドンナ」という女性読者らの、「本物の人生」を求めない「女性性」、それらに対抗する形で自然主義文学が登場したという。「本物の人生を描くにふさわしいのは男性（自然主義作家）であって、女性（地方色作家）ではない」（キャンベル、五）ということだ。その意味では、ロンドンのクロンダイクもの短篇を掲載した『オーヴァーランド・マンスリー』や『アトランティック・マンスリー』は、地方色文学から、読者大衆が求めるような冒険と行動に満ちた「男らしい」「本物の人生」を描いた文学へ転換しつつあった雑誌だった（マクリントック、四-五、リアーズ、一〇三-〇七）。ロンドンが、初期の短篇小説において、地方主義文学の約束事を利用しながら「本物の人生」や「男らしさ」を強調するような物語を描いてみせたのは、反リアリズム・反地方色文学に傾きつつあった読者の志向を意識していたと同時に、短篇小説を「男性の仕事」にするための戦略だったと解釈することもできる。

一九〇〇年四月に出版された『狼の息子』は好評を博した。スクラップブックに収録されている記事を読むと、ロンドンがブレット・ハートやキプリングと並ぶ有望な作家として紹介され、地元オークランドのメディアでは、東部の一流誌に認められたことが大きなニュースとして伝えられている。しかしながら、作家デビューを果たし名声を獲得したとはいえ、その名声も「短篇作家」としてのものに過ぎないことを考えれば、デビュー直後のロンドンにとって次なる課題は、獲得した名声をいかに維持するか、作家としてどのような道に進んでいくのかといったことだったのだろう。

『狼の息子』が出版される直前の二月、ロンドンは「名前の問題」というエッセイを投稿している（同年一二月の『ライター』に掲載）。その中で彼は、文学市場では名前が「内在的価値」（『われ以外に師を持たず』一二）を持つと喝破し、作家として成功するためには二つの方法があると示唆する。最後のパラグラフでロンドンは次のように語る。

成功する道は二つある。成功した、あるいは人気のある本を書くか、それともすぐれた雑誌の仕事をするかである。一方は輝かしい道であり、もう一方は堅実な道だ。第一の道に向いている者もいれば、第二の道に向いている者もいる。才能に恵まれた者ならば、どちらの道もありうるだろう。しかし、やってみるまでは自分がどちらになるかはわからない。とにかく、何度も何度もやってみることだ。(『われ以外に師を持たず』二二)

第一の道である「成功した、あるいは人気のある本」を書くとは長篇小説を書くことであり、第二の「すぐれた雑誌の仕事」とは短篇小説を書くことを指している。このパラグラフは、作家志望の若者へのメッセージであると同時に、デビュー後に作家として文学市場とどう関わっていくか、短篇作家か長篇作家か、あるいは短篇と長篇どちらも書ける作家でいくか、作家としての岐路に立ったロンドンの将来に対する期待と不安を吐露した文章と読むことができる。

その意味では、「名前の問題」を投稿する直前に、ロンドンの短篇小説を読んだマクルア&フィリップス社のS・S・マクルアから長篇を書いてほしいというオファーをもらったことは、ロンドンにとって「第一の道」への可能性を開く大きなチャンスだった。原稿料の前払いとして五カ月間にわたり毎月一二五ドルをマクルア&フィリップス社がロンドンに支払うという契約が六月にまとまり、八月末あたりから執筆に入った。(9)
「文学的進化の現象」が『ブックマン』に掲載されたのは、まさに彼が長篇小説の執筆に着手し始めた頃だった。「文学的進化の現象」が発表された頃のロンドンは、「短篇作家」としては認められたけれども、ハウエルズやノリスたちの言う意味での「作家」にはなっていなかった。しかしながら、短篇小説を二〇世紀の新しい文学ジャンルと考えていたロンドンは、一九〇〇年の時点で、「第二の道」、つまり短篇小説を書くことを、作家の重要な仕事として位置づけていたのではないだろうか。その意味では、「文学的進化の現象」は、短篇作家としての決意を表明したエッセイと読むことができる。

ロンドンにとって短篇小説は現代的意義を持っていたし、彼の文学活動に欠かせないものだったと思われる。「文学的進化の現象」でロンドンは、現代が「瞬間にこだわる時代」「電話、電信、印刷技術によって現在が発見され、世界中に電話を通じて声が伝えられる時代」「とても忙しい時代」（六〇）であると分析している。だから、文学に重要なのは、「つかの間の出来事を捉えること」であり、それゆえ文学は「エピソードを描いたもの」になると主張していた。ここでロンドンが言おうとしているのは、「つかの間の出来事」つまり私の解釈では「現在」を伝えることの重要性である。マーティン・スコフィールドは、南海を舞台にしたロンドンの短篇について「短篇小説が、作家にとって新しい社会の多様な面を見るための理想的なメディアとなっている事例」であり、「最後の九年間に取り組んださまざまな思想を探求するうえで、短篇小説は多様性と機動性を備えた手段となった」（二二五）と指摘している。そのような短篇小説の機能は、ロンドンの短篇小説全体にも当てはまるだろう。ジョナサン・オーエルバックは、ロンドンについて「自分自身を作家活動の強烈な対象物に作り上げ、読者の関心を引くのがうまかった」（三）と評しているが、変化する時代や社会のトピックやアイディアを読み取り、新鮮なうちにそれらを表現し、読者に迅速に伝えるという点において短篇小説は彼にとってまさに「理想的なメディア」であり、彼自身の「声」だったと思われる。「文学的進化の現象」は、新しい世紀を迎えようとする一九〇〇年、ロンドンが短篇小説という新しい文学ジャンルの可能性に気づいていたことを示唆しているエッセイでもある。

注

（1）ヘンドリックスの本は一九六六年ユタ州立大学から出版されたが、一九七八年の評論集*Jack London: Essays in Criticism*に収められた。引用ページは評論集のもの。以下、本稿での引用の訳はすべて拙訳。

（2）マクリントックの『白い論理』は、一九九七年にMichigan State University Pressから*Jack London's Strong Truth*というタイトルで再版されている。本稿での引用ページは一九七六年版を使用した。

（3）「短篇小説の隆盛」の引用ページは*The International Library of Famous Literature, Vol. XV.*（1900）からのもの。

（4）ロンドンがウォートンに興味を持っていたことは事実だが、その理由について彼はほとんど語っていない。ドナ・M・キャンベルは、論文“'The (American) Muse's Tragedy': Jack London, Edith Wharton, and *The Little Lady of the Big House*”で、ウォートンの短篇「詩神の悲劇」に描かれている女性像や男女の三角関係がロンドンの初期の短篇や『大きな家の小さなご夫人』（一九一六年）に影響を与えたのではないかと論じている。

（5）短篇小説の人気に伴って、二〇世紀初頭には、短篇小説の定義も雑誌で話題になった。小説と対比させながら語数の問題だけでなく、短篇作家と長篇作家との優劣まで論じたものもある。二〇世紀初頭の短篇小説をめぐる文学論争については、辻元一郎『ポオの短篇論研究』一六〇-二一三ページが参考になる。

（6）「文学的進化の現象」のテキストは『ジャック・ロンドン・ジャーナル第1号』（一九九四年）に掲載されたものを利用した。引用ページは同誌のページを記した。なお、「文学的進化の現象」はロンドンの文学エッセイを集めた『われ以外に師を持たず』には収録されていない。

（7）短篇小説論と進化論を結びつけるという発想がロンドン独自のものではないことは明記しておく必要があるだろう。じつはマシューズの短篇小説論にも進化論の影響が見られる。「短篇小説の独立宣言、ブランダー・マシューズの革新主義」で鈴木透は、マシューズの短篇小説論が「革新主義時代という文脈の下、進化論的発想やアングロサクソン優越主義、綴り字改革論や帝国主義といった様々な言説と実は連携しながら構築されていた可能性」(鈴木、一九三)があったと指摘している。

(8) ノリスの引用ページは文学評論集 *The Responsibilities of the Novelist* からのもの。

(9) 予定されていた期間に小説は完成せず、契約は延長になり、原稿を送ったのは翌年三月だった。しかも、作品の内容がひどかったせいか(二月一三日の友人宛ての手紙でロンドンも「失敗」を認めている)、編集局長だったジョン・フィリップスは出版を断念した。なお、このときの原稿は、一九〇二年に『雪原の娘』としてリッピンコット社から出版された。この時期のロンドンとフィリップスのやりとりについては、ジェームズ・ウィリアムズの論文 "Commitment and Practice: The Authorship of Jack London" を参照。

引用・参考文献

Auerback, Jonathan. *Male Call: Becoming Jack London.* Durham: Duke UP, 1996.〔オーエルバック〕

Barrett, Charles Raymond. *Short Story Writing: A Practical Treatise on the Art of the Short Story.* New York: The Baker and Taylor Co., 1898.〔バレット〕

Brodhead, Richard H. *Cultures of Letters: Scenes of Reading and Writing in Nineteenth-Century America.* Chicago: U of Chicago P, 1993.〔ブロドヘッド〕

Campbell, Donna M. *Resisting Regionalism: Gender and Naturalism in American Fiction, 1885–1915.* Athens: Ohio UP, 1997.〔キャンベル〕

———. ""The (American) Muse's Tragedy" Jack London, Edith Wharton, and *The Little Lady of the Big House*." *Jack London:*

One Hundred Years a Writer. Ed. Sara S. Hodson and Jeanne Campbell Reesman. San Marino: Huntington Library Press, 2002, 189-212.

Harte, Bret. "The Rise of the Short Story." *The International Library of Famous Literature, Vol. XV*. Ed. Richard Garnett. London: The Standard, 1900, xi-xix. 〔ハート〕

Hendricks, King. "Jack London: Master Craftsman of the Short Story." *Jack London: Essays in Criticism.* Ed. Ray Wilson Ownbey. Santa Barbara and Salt Lake City: Peregrine Smith, Inc., 1978, 13-30. 〔ヘンドリックス〕

Kaplan, Amy. *The Anarchy of Empire in the Making of U.S. Culture.* Cambridge: Harvard UP, 2002. 〔カプラン〕

Lears, T. J. Jackson. *No Place of Grace: Antimodernism and the Transformation of American Culture, 1880–1920.* 1983. Chicago: U of Chicago P, 1994. 〔リアーズ〕

Levy, Andrew. *The Culture and Commerce of the American Short Story.* Cambridge: Cambridge UP, 1993. 〔リーヴィ〕

London, Jack. *The Letters of Jack London, 3vols.* Eds. Earle Labor, Robert C. Leitz, III. and I Milo Shepard. Stanford: Stanford UP, 1988. 〔『書簡集』〕

———. *No Mentor but Myself: Jack London on Writing and Writers.* 2nd Edition. Eds. Dale L. Walker and Jeanne Campbell Reesman. Stanford: Stanford UP, 1999. 〔『われ以外に師を持たず』〕

———. "Phenomena of Literary Evolution." *Jack London Journal, No.1,* 1994, 60-64. 〔「文学的進化の現象」〕

McClintock, James I. *White Logic: Jack London's Short Stories.* Cedar Springs: Wolf House Books, 1976. 〔マクリントック〕

Norris, Frank. *The Responsibilities of the Novelist and Other Literary Essays.* London: Grant Richards, 1903. 〔ノリス〕

Reesman, Jeanne Campbell. *Jack London: A Study of the Short Fiction.* New York: Twayne, 1999. 〔リースマン〕

Scofield, Martin. *The Cambridge Introduction to the American Short Story.* Cambridge: Cambridge UP, 2006. 〔スコフィールド〕

Williams, James. "Commitment and Practice: The Authorship of Jack London." *Rereading Jack London.* Eds. Leonard Cassuto and Jeanne Campbell Reesman. Stanford: Stanford UP, 1996, 10-24.

鈴木透「短篇小説の独立宣言――ブランダー・マシューズの革新主義」巽孝之・渡部桃子編『物語のゆらめき』南雲堂、一九九八年、一七九-九四ページ。

辻元一郎『ポオの短篇論研究』風間書房、一九八九年。

余田真也『アメリカ・インディアン・文学地図――赤と白と黒の遠近法』彩流社、二〇一二年。

7 ジャック・ロンドンの「労働」と「所有」を考える
——世紀転換期のアメリカに照らして

小林一博
Kobayashi Kazuhiro

1 「頭脳の商人」ジャック・ロンドン

世紀転換期を生きた作家ジャック・ロンドンにとって「書くこと」はすなわち「労働」であった。幼少年期に、逼迫した家計を助けるために、さまざまな職業を経験した彼は「労働獣」(『ジョン・バーリコーン』六三)としての労働から抜け出すための一手段として「文学」を選んだ。雑誌に投稿した作品から得た賃金とそれまでの仕事から得た賃金を比較して、非熟練労働者としての肉体労働の割の合わなさと熟練労働者としての「頭脳労働」の割のよさを実感した彼は、一日一〇〇〇語のノルマを自らに課し、プロフェッショナルとして、効率的な労働をこなすことによって高賃金を得ることを目指し、「作家」としてこれを実現した。

ロンドンは、短篇・長篇・評論・ルポルタージュ・エッセイなど各種の文章を量産し、約一六年間の作家生活で、五〇冊以上の著書と二〇〇編以上の短篇を残した。その作品のあちらこちらに「労働」の描写があり、「労働」についての言及がある。社会評論のみならず、ファンタジー性の強い短篇においても、「労働」について書き、自身の労働観を披瀝している。その労働観は自らの「貧困体験」と読書体験から形成されたものであると同時に、ロンドンが生きた時代のある種の労働観と共時性を帯びてもいる。

ジャック・ロンドンが生きた時代の「労働」とはすなわち、産業革命以降に急速に工業化したアメリカの「労働」である。額に汗して働くことによって「持たざる者」から「持つ者」になることができた時代はすでに過去のものだった。この時代の「労働」とは「持たざる者」が「持つ者」に代わって汗を流し、その代価を賃金という形で受け取ることにほかならない。「頭脳の商人になる」（『革命、その他のエッセイ』三〇二）というロンドンの決意は、消耗して衰えてゆくだけの「肉体労働者」となることを拒否して「頭脳労働者」として生きる決意を語っているが、いずれにしても自らを「売り物」にして対価を得るという点で「労働者」であることに変わりはない。

ジャック・ロンドンの労働観、もしくは「労働」に対する視線はアメリカ合衆国の「労働者階級」とも言うべき人たちのそれであり、さらに言えば、持たざる階級のそれである。自らを「社会主義者」と呼んだ彼は、処女作『狼の息子』の出版によって作家として立つ以前に、マルクスとエンゲルスの『共産党宣言』に共感して社会党に入党し、オークランドの街角でのアジ演説を行っている。『野性の呼び声』の成功によって売れっ子作家となってからも、社会主義者の看板は下ろさず、下級労働者たちとその苛酷な労働の実態を世の中に問い、イェール大学などで社会主義者として講演を行っている。

もちろんロンドンの労働観は多くの労働者たちと共通というよりはインテリのそれであろう。彼が出入りをしたラスキン・クラブは、労働者たちの集まりというよりは、むしろ地域の豊かな家庭の子弟たちの集いであった。彼は自らの出身階級にとどまることを拒み、社会の階段を上がることを望んで、実際にそれに成功したのだ。とはいえ、彼の言葉を信じるならば、彼の心情は常に彼の出身階級とともにあり、だからこそ終生「社会主義者」を自称するようになった。アンナ・ストランスキーやジョージ・スターリングなど、同じような関心と意識を持っていた当時の仲間とロンドンとの決定的な相違は、もともとの社会的な階層に加えて、実際に下級労働に従事した経験があるかないかであろう。

「百聞は一見にしかず」は想像力や洞察力に優れた人物の場合には必ずしも真実ではないだろうが、少なくともロンドンの作品の場合、たとえそれが犬の労働を描いたものであったとしても、自身の経験に基づいていることが強みになっていると思われる。

以下の論では、ジャック・ロンドンの「労働」に対する意識や思想が表れている複数のテクストをたどり、この作家の労働観を明らかにする。そのうえで彼の「所有」観と「社会主義」についても言及することになるだろう。ロンドンの「労働観」は「私にとって人生とはどのような意味を持つか」や「私はいかにして社会主義者になったか」などに明らかにされているが、本論ではそうした作家自身の発言を考慮しつつ、作品自体の中に描かれた「労働」の意味を別の視点から読み解いてゆく。そのうえで、世紀転換期アメリカにおける作家の位置をあらためて確認したい。そうすることによって作家と時代との共時性が明らかになるだけでなく、ジャック・ロンドンという人物の独自性も明らかになってくるはずである。

2　『野性の呼び声』と「男たち」の「労働」

工場のような労働環境では、大まかに分けて管理する側とされる側の二種類の階層が存在する。フレデリック・ウィンスロー・テイラーによって、科学的管理方法が提唱されて以来、さまざまな労働現場で「分業」が採用され、一人の労働者がある商品なり製品なりを完成させるまでの全行程に関わることがなくなってゆく。こうした労働の形態は、実は最初期のロンドンの作品にも批判的な形で表れており、その代表的な例として『野性の呼び声』を挙げることができるだろう。

アラスカを舞台に、バックというカリフォルニア出身の犬が試練を経験して成長し、最終的には狼の群れの長となる話。バックは南カリフォルニアの裕福な判事邸に住み、その家の敷地内で「貴族」「王」「支配者」として振舞っていたが、折からの黄金熱とそれに伴うそり犬の需要から、悪辣な使用人に拉致されて売り飛ばされ、苛酷な「自然」を経験する。文明化され過ぎた脆弱な存在だったバックは、苛酷な適者生存／不適者淘汰の「自然淘汰」の環境の中で、「知恵」と「本能」それに「肉体的な優位性」を発揮することによって「生き残り」となる。

過去の伝統的な物語形式からこの小説を読めば、ある種の神話的な枠組みの中で語られる「貴種流離譚」として読むことも可能であるし、当時の、特に中産階級の男性性を視野に入れて読めば「過度の文明化」によって弱体化した「男性性」を「自然に回帰」することによって「回復する」という話としても読める。同様の枠組みはのちの『海の狼』でも取り入れられている。

多様な読みを可能にする、寓意性に満ちた、この物語をさらに別の観点から読み解けば、「労働」をめぐる

「男たち」の物語としても読むことができるだろう。ジョナサン・オーエルバックがすでに確認しているように、バックがアラスカで取り組む「仕事」あるいは「労働」は「郵便配達」の仕事であり、そり犬たちの労働の形態も「組織的労働」あるいは「分業」の一形態として読むことができるのだ。

バックの所属するそり犬たちの集団の「労働」は、二人の人間によって「管理」され、定時までに「郵便物」を目的地へと運ぶ「仕事」である。「役割分担」された「組織の中の一員」としての「労働」であり、犬たちがまったく個別的に個性や特性を発揮して、それぞれが独立した存在として労働にいそしむ、といった種類のものではない。犬たちの「物語」をあらためて、この当時のアメリカの男たちの「労働」の形態を意識して読めば、それが「管理された組織」の中での「組織人《オーガニゼーション・マン》」あるいは「組織犬《オーガニゼーション・ドッグ》」の「物語」であることがわかる[1]。

彼らの「目標」は、犬そり隊のリーダー、すなわち「組織の長」となることであり、「生き甲斐」「やり甲斐」は、自らに与えられた仕事を首尾よく成就したときに最も大きくなる。逆に、仕事が不首尾に終わったり、「リーダー」だったものがその地位を奪われることは、そのものにとっては大きな「屈辱」にもなり「誇り」を傷つけられることにもなる。こうした成功観、仕事に対する意識は、近代以降のそれと言ってよいだろう。ここで具体的にそり犬たちの描写を取り出して、それを確認しておこう。

カーリーは「気立てがよく」(『野性の呼び声』三四)、スピッツは「陰気な策略家」(三八)。ディヴとソルレクスは「ヴェテラン」で仕事以外は没交渉だが、バックの「教師」(五六)的存在。パイクは「ずる賢い」(五九)こそ泥で、ダブは「どじでへまばかりしている」(五九)。そり犬たちはこのようにまるで「人間」であるかのような「性格」と個別的な「名前」を与えられており、これらをただの「擬人化」として読むよりも「犬たち」＝労働市場の「男たち」として読むほうが面白い。

こうした「犬」＝「男」たちがそり犬「組織」として「郵便物」を極地「アラスカ」の町や前哨基地に届けることになる。彼らの「物語」を「スレイヴ・ナラティヴ」として読む向きもあるし、(2)のちに述べるようにこの当時に問題視された「搾取工場」の労働として読むことも可能だろう。だが、ここではそうした読みは採用せずに、組織化された労働の一翼を担う「労働者たち」のそれとして読んでおきたい。彼らの「労働」には確かに「棍棒」や「鞭」も介入するが、それでも彼らは自らの「労働」の中に彼らなりの「喜び」も見出しており、そうした点から考えると、一方的に搾取される「奴隷労働」や「搾取工場」のそれとは区別してもよいように思われるからである。

特に注目したいのは、先ほどのように描写された「犬たち」が「仕事」につくやいなや見せた「変化」である。それは以下のように表される。

バックは犬たちの熱心さに驚かされた。彼らの仕事にかける熱意が犬そりチーム全体を活気づかせた。デイヴやソルレクスにも変化が表れたが、彼らはまるで別の犬（それまで見たこともないような新しい犬）になった。彼らは引き具をつけられるとまったく別の犬になった。無関心さや受け身の姿勢はきれいさっぱり消えて失せた。（五五）

それどころか、彼らにとって労働は以下のような生き甲斐として描かれる。

彼らは俊敏で活動的であり、仕事がうまくゆくことに一生懸命だった。仕事を遅らせる遅滞や混乱は何であれ我慢がならなかった。雪路をゆく重労働は彼らにとって、最高の自己表現のようであったし、彼らはそのために生きているかのようだった。雪原でそりを引くことが彼らにとっては唯一喜びを感じられることだったのだ。（五五）

だからこそ、老いや病によって自らの労働の場を追われることは犬たちにとっては「誇り」を傷つけられることだった。たとえば、犬そりチームの「リーダー」として先頭を引っぱってきたデイヴは、身体を壊し、その座をソルレクスに譲らなければならなくなったときにこんなふうに反応する。「雪原で犬そりを引く誇りはデイヴのものだった。死にそうなくらい具合が悪くても、他の犬が自分の仕事をするなんて、彼には耐えられなかった」（一一七）。

自分の地位にとって代わったソルレクスに対して、デイヴは反感を募らせて、その仕事の邪魔をしようとさえする。そしてそのプライドのために最終的には命を落とす。犬そり隊のリーダーは最終的にはバックに落ち着くが、それは彼が「生まれながらのリーダー」であり、その地位を欲したからである。ここでも犬たちとその仕事は以下のように示される。

最後の最後（死ぬ前の最後のあがき）まで、犬たちが重労働に耐えるのはその誇り故だった。いわく言い難い、理解し難いその誇り故に、彼らは引き具をつけられたまま死んでゆくのだ。（一一七）

事実、小説の中で、多くの犬たちは仕事の途中で命を落とす。老齢や病だけではなく、愚かな管理者の誤った判断によっても彼らは命を落としている。バックだけが、最終的にこうした労働から抜け出して「生き残る」ところに作者ジャック・ロンドンの労働観、あるいはこうした労働に対する意識が表れているように思われる。

バックだけが犬たちの労働をある部分客観的に観察しており、と同時に「嫌っていた」(二一〇)という表現にも注目をしておきたい。また、彼らの「労働」と「生活」が「単調」なものであり、「機械のような一貫性／秩序」(二一二)によって彩られているという点も注目に値する。

3 「背教者」と人間性を剝奪する「労働」

作家志望の青年ジャック・ロンドンは、メーベル・アップルガースなど友人宛ての書簡に、自らの境遇に対する不満と将来の希望、低賃金の労働とそれを甘受する人びとへの不満などを数多く書き綴っている。彼の「労働」に対する姿勢は作家になったあとでも大きくは変化していない。そんな彼の「労働観」、特に下級労働に対する意識がストレートに表れているのが『ウーマンズ・ホーム・コンパニオン』誌一九〇六年九月号に掲載された「背教者」だろう。のちに『神が笑うとき』に収められたこの短篇は、同誌が「児童労働特集」(3)を組む際のルポルタージュの求めに対して、ロンドンが別の形で応えたもので、当時の婦人雑誌の社会改革的要求に沿って書かれた作品でもある。

そうした経緯もあってか、いくつかの描写はかなり意図的に誇張され、主人公も戯画化されているように思われる。とはいえ「ジョニー」〔Johnny〕はこの作家の幼少期に頻繁に用いられた愛称であり、この短篇の主人公同様、ロンドン自身も黄麻工場で働いた経験があることを考えれば、主人公の少年には若き日の作家自身の姿が投影されていると見てもそれほど的外れではないだろう。ロンドンと同様にジョニーも黄麻工場から脱出するが、その姿はある意味、対照的である。ロンドンのことは後述することにして、まずはジョニーの姿から見てみよう。

母親が就労中に出産したために黄麻工場で生を受けたジョニーは、七歳のときから母親同様に工場で働いている。物語では一二歳から一八歳までのジョニーの姿が描かれるが、一二歳でジョニーはすでに熟練労働者の域に達しており、職工長などから繰り返し「完璧な働き手」(『神が笑うとき』三五)と言われるほどの模範的工員となっている。

物語の中で「完璧な労働者から完璧な機械へとジョニーは進化」(三六)してゆくのだが、その過程はすなわち、若年労働者が工場労働によって人間性を剝奪されてゆく過程でもある。同時にこの作品は、奇しくも同じ年に刊行されたアプトン・シンクレアの告発小説『ジャングル』と同じく、搾取される「労働者」たちを取り巻く物語の一つとしても(4)、当然といえば当然のことながら、読むことができる。この物語には「労働者」を取り巻く劣悪な「環境」(「汚れたタオル」や「不潔な流し」などに代表される不衛生な生活環境/労働環境とそれに起因する怪我や病気、「片足」「胸の病」)などが描かれ、「肉体労働」を唯一の「商品」として、資本家に売っている「労働者」たちが、どのような形で搾取され、商品として価値がなくなったときにはどのように「使い捨て」られるかが丹念に描かれている。

ジョニーの「労働者」としての「経歴」は以下のように語られる。六歳で弟や妹の世話をやき、七歳で「工場」に勤める（青年期が始まった）。八歳で「別の工場」へ行き、九歳で（はしかを患い）「失職」する。その後、ガラス工場で職を得て「熟練工」になる。多くの賃金を稼ぐ優れた労働者になるが、「過労」のために「失職」して「元の黄麻工場へ戻った」。一一歳で（完全な「大人」となり）「六カ月間の夜勤」を経験。一四歳で「のり付け機」の仕事に就き、一六歳で「機織り」の仕事。二年でベテランになる（一八歳）といった具合である。

年齢をあえて無視してこの「経歴」を読むと、この当時の下級労働を請け負っていた下層の人びと（たとえば新移民など）のアメリカ合衆国での「労働者」としての「履歴書」であるようにも読める。すなわち、低賃金で働かされ、身体を壊すと解雇される。体調が戻ると再び同じような生産ラインで働き、昇進の望みもなく、そのまま働き続けるしか生活の糧がない、というような「労働者」のそれとしてだ。

ここでもう一つ確認したいのは、こうした過程を経て、ジョニーは工場長などからは「輝かしい模範」（三五）、「完璧な労働者」（三六）と賞賛されるようになるが、そり犬のデイヴやソルレクスのような「労働者」たちとは違って、自らの「仕事」の「役割」を自覚したり、「労働」に対しての「喜び」を感じたりすることはないということだ。彼は工場長の褒め言葉を「無表情」（三五）で受け流すが、これは彼が生意気なためでも尊大なためでもない。分業化された「労働」に喜びを感じないのではなく、感じられないのだ。「機械は彼が初めて働き始めた頃より早くなっていた。彼の頭の働きは（これに反比例して）以前よりも鈍くなっていた」（五〇）とあるように、彼は工場での機械的な労働に慣れるにしたがって、徐々に思考することを停止してしまっており、あげくの果てに「完璧な労働者」（三六）から「完璧な機械」（三六）に変身して、人間的な感情を持つことができなくなってしまう。

彼は、人間のようには歩かなかったし、人間のようにも見えなかった。彼は戯画化された人間だった。それは、ねじ曲げられて、成長のとまった名前もない生命の塊で、病気の猿のようによろよろと歩いた。両手をだらりと前にたらして、猫背で、胸をすぼめて歩く。その姿はグロテスクでゾッとするものだった。（六七）

物語の掉尾でジョニーはこのように描写されるが、彼がこんな姿になってしまったのは、「機械」と同様の仕事をこなすうちに、人間性を徹底的に剝奪されて「機械化」してしまったからである。

主人公のジョニーは生まれたときから「機械がからだの中に産みつけられたような」（三六）存在として描かれるが、最終的には工場から逃走して列車に乗り込み、作者のジャック・ロンドンと同じように、「ホーボー」となることが示唆される。このように書くと物語は一見、ある種の救済というか、ハッピーエンドで終わっているかのようにも読める。だが、その描写をあらためて読んでみると、そのような明るい兆しはほとんど感じられず、そこにはむしろ悪夢的な光景が示されているように思われる。列車の中で「ジョニーは横になりながら、暗闇で微笑んだ」（六八）と物語は結ばれる。そこにいるのはもはや人間とは呼べない「病気の猿」のような奇怪な「成長のとまった名前もない生命の塊」なのだ。「機械」の申し子ジョニーは、「機械」からの「逃走」を企てたにもかかわらず、知らないうちに「機械」の胎内に戻る、という皮肉で残酷な結末としても読めるからである。

4　「機械」と「管理」の問題

ジャック・ロンドンは「機械」〔machine〕という言葉を『野性の呼び声』の中ではほとんど使っていないが、『背教者』の中では二四カ所に machine もしくは machinery という言葉を使っている。いつ頃から彼は machine という言葉を頻繁に使うようになったのか。確定的なことは言えないが、たとえば『雪原の娘』、『ダズラー号の航海』など、初期の作品の中ではほとんど表れない。舞台がアラスカや海の上ということもあるのかもしれないが。

一つの大きな契機は大英帝国の首都ロンドンのイーストエンド探索にあったように思われる。一九〇三年に出版された『奈落の人びと』では machine/machinery は四七回使われている。『鉄の踵』では一〇〇回以上、『ジョン・バーリコーン』では三〇回程度、『月の谷』では三五回、『大きな家の小さなご夫人』では三〇回といったように後期の作品になるとかなりの頻度で登場してくるようになる。そして、ロンドンはこの machine という言葉をさまざまな意味に用いている。以下に整理しておこう。すでに見たように、

①「工場」などの「機械」や「道具」を表す言葉として

② industrial や political のような形容詞を足して、ある種の「組織」、あるいはアメリカの「社会」の「機構」「構造」を表す言葉として

③新しい乗り物、T型フォードなどの、「車」を表す言葉として

④自分の商売道具「タイプライター」を指す言葉として

このように少なくとも四通りの使い方をしているが、特に②の使い方をしている箇所に注目して見ると、工業化したアメリカ社会の有り様をどのようにロンドンが捉え、労働をどのように捉えていたのか、わかりやすい。『鉄の踵』からロンドンの考えを抜粋してみよう。

機械と工場システムの導入によって、労働者階級の多くが土地から切り離された。母親や子供たちも新しい機械のもとで働きはじめ、家庭生活は壊滅した。（三四）

新しいシステムによって「文明化された人間の生産力は未開人の一〇〇〇倍以上になった」（八五）にもかかわらず、このような事態が生ずるのは彼によれば産業構造の中では、資本家以外は「何人も自由意志を持ち得ない」（五六）からである。「一五〇〇万もの人びとが貧困にあえぎ」（八五）「労働法があるにもかかわらず、アメリカ合衆国では、三〇〇万もの児童労働が存在する」（八五）のは「あなたたち資本家が、社会の管理に失敗して」いるからであり、「あなたたちの目は節穴で、あなたたちは貪欲」（八六）だからなのだ。

これに対して、「機械」に対するロンドンの意識はけっして否定的なものではない。「労働者のみなさん、あなたたちは機械を破壊する必要なんかないのです。進化の波を押しとどめることはできないのですから」（一五一）と機械破壊《ラッダイト》を否定し、資本家階級との「戦いは、機械の所有者をめぐる戦いなのです」（一五一）と続ける。資本家との戦いに勝つことができれば、

機械に押しつぶされる代わりに、あなたたちの生活《ライフ》は、機械によって、もっと公正で、幸せで、気高いも

のになるのです。(一五二)

このように、たとえば『鉄の踵』で書き、社会評論集『革命、その他のエッセイ』やルポルタージュ『奈落の人びと』でも同様の主張をしていることからも明らかなように、ロンドンは、ジョニーやデイヴやソルレクスが、あるいは「アメリカの労働者(特にブルーカラーの労働者たち)」が、「産業構造《インダストリアル・マシン》」の中で「労働獣」あるいは「機械」となって、搾取され、非人間的な「労働」を強いられるのは「管理」の問題であると考えていた。「資本家階級」の「貪欲」による「産業構造」の不適切な管理運営が問題なのであって、「機械」そのものに「問題」があるわけではない、むしろ「機械」によって「労働者」の「人生《ライフ》」はよりよいものになる、というのがロンドンの①の「機械」に対する見方だと言ってよいだろう。

「機械」は、農業国から工業国へと変貌を遂げつつあった世紀転換期のアメリカ合衆国にとって、なくてはならないものであり、「機械」に対する人びとの意識も変化していった。憎悪と破壊の対象であり、醜いものと考えられていた「機械」は徐々によきものとしてアメリカの人びとに受け入れられてゆく。こうした意識の変化は主に「アメリカの機械時代」と呼ばれる二〇世紀の前半にもたらされたと言われている。ロンドンと同じく「児童労働」の悲惨さを写真で訴えたルイス・ハインの労働者と機械の写真や、工場をテーマにしたチャールズ・シーラーの一連の絵画の登場などによって、「機械」は一九二〇年代から三〇年代のアメリカにおいてようやく肯定的なイメージで表現されるようになってゆく。「スピード」や「力強さ」さらには「明るい未来」のシンボルとなる。こうした点を考えると、すでに見たようなロンドンの「機械」に対する肯定的な認識は、アメリカ的な意識の先駆的な例として考えることができるかもしれない。

5　ジャック・ロンドンの「所有」そして「社会主義」

「革命」などの社会評論や『鉄の踵』のような近未来ディストピア小説で、ロンドンは彼自身の労働観や社会観を率直に表明しているが、その一方で、労働環境や社会の嘆くべき「現状」の問題に対する彼なりの回答、解決策を明確に示すことはできなかった。そうした中で、彼が彼なりの方法で可能性を追求しようとしたと考えられるのが、晩年に取り組んだ農園経営だと言える。

「私は田舎に家を持っているわけではありません。私は農夫なのです。……（中略）……あらゆる経済の源泉であり基礎である土に帰った農夫なのです」（『書簡集』一六〇〇）とある雑誌の編集者に書き送るほどにのめり込んだジャック・ロンドン農園は、別名を「美しき牧場」〔the Beauty Ranch〕あるいは「善き意図の牧場」〔the Ranch of Good Intentions〕という。「善き意図」とはすなわち、彼の言う「社会主義」のことであり、彼なりの合理的な管理法に基づいて運営された農園では、彼なりの「社会主義」が実践されようとしていた。そしてその取り組みの中で、それまでの農園経営の常識を覆すようなユニークな試みがいくつも行われた。当時の最先端の知識や技術を取り入れて、「全米初」とか「カリフォルニア初」と謳《うた》われる「試み」が行われたのだ。(6)ロンドンの試みを大雑把にまとめてみると、①土地改良、②新しい事業、③新しい管理法、④品種改良の四点に集約できる。それぞれ、以下で見ておこう。

多くの農園主たちは貧しく、希望を抱いていなかった。土地から利益を得たものは皆無だった。かつては土地で働き、今はどこか他に移ってやり直したいとだけ思っていて、新しい土地で働いては、またその土地の価値をなくす、そんな具合なのだ。隣人たちはたいてい「農業のことでお前さんに教えてもらうことなんか何もない。俺はもう三つも農園を潰してきたんだからな」というタイプの男だった。(『ジャック・ロンドン農園アルバム』一三)

ロンドンはそんなふうに言ったらしいが、彼が購入していった土地は、元の所有者たちが投げ出した耕作不能の土地が大半だった(7)。周囲の農園主たちと違って、ロンドンは、カリフォルニアと同じように植物栽培を行っていながらアジアの土地が何百年にもわたって耕作可能であることに着目し、管理運営という視点に立って土地改良を行った。自然な肥料を土地に施して、利用する土地をローテーションする、というやり方である。「私は土地から何も奪わないという方針を採用しました」(スタッズ、二五〇)と、彼はある農業雑誌の記者に語っている。

作物を育ててそれを家畜に与えます。このあたりでは初めての肥料撒き機を導入して、土壌の力が失われる前に滋養を返してやるのです。(スタッズ、二五〇)

カリフォルニアで馬糞を肥料にしたのは彼が初めてだった、と言われている。さらに彼は、乾燥の激しい土地に、耕作に必要な水を供給するということも考えた。その結果できあがったのが、農園内の高台に位置する人工湖である。大規模な灌漑によって、農園内には常時五〇〇万ガロン(一九〇〇万リットル)の水が蓄えられていた。湖の水は、農園の果樹・穀物・野菜などの育成に役立てられるのと同時に、水泳などのリクリエーションにも利用された。

ロンドンは、カリフォルニアの気候風土に適した樹木を植えて、産業にすることも考えた。農園のあちこちに点在し、目を引く樹木の一つにユーカリがある。農園内にはマンザニータやレッドウッドなどのカリフォルニア原産の植物や樹木が繁茂しているのだが、背の高いユーカリの木がずいぶんと目立つ。園内のユーカリは、ジャック・ロンドンがオーストラリアから輸入して移植したもので、一九一〇年の一万五〇〇〇本を皮切りに、徐々に苗を植え、トータルで六万五〇〇〇本以上を移植した。成長の早いユーカリは、当時は家具などの素材としても有望視されていたが、ロンドンは「埠頭で使用する木材」としての需要を見込んでいた。カリフォルニアにある埠頭は当時、船食虫の害に苦しんでおり、独特の油分を持つユーカリの木がそうした虫対策には有効と考えたのだ。また彼は、カリフォルニアでは、葡萄が一大産業になることを認めて、「ジャック・ロンドン・グレープジュース」という会社を知人たちと起こしている。合衆国のセレブリティの一人として認められた彼のイメージを利用してつくられた会社だった。当時の雑誌を見ると、ロンドンは紳士服のイメージキャラクターとして起用されたりもしているが、飲料水のイメージキャラクターにまでなる、というのはかなり異例だったと言えよう。

すでに確認したように、ジャック・ロンドンは、社会システムの内に横行する非合理的な管理を批判したが、自分の農園では「合理性」と「効率」に拘った。そうした姿勢の一端は「農園の一般的なルール」にも表れている。『ジャック・ロンドン農園アルバム』には一八項目が紹介されているが、建物や農機具の管理責任の所在とその使用方法、薪や電気を使う際の覚書、消耗品の取り扱いにいたるまで、厳格と言ってよい、きめ細かい規則をつくっている。一方で、農園の施設に関しては、徹底的なレギュレーションを働かせようとする意志が感じられるこうした規則の中に「農園の効率的運営に支障を来さぬかぎり、農園で働く個人の道徳については何の関心もない」（『ジャック・ロンドン農園アルバム』二六）という一項目を盛り込むあたりが、いかにもロンドンらしいと言えるだろう。

　ロンドン農園の家畜たちは州の産業振興会などの賞を得るほどになっていたが、それらは主に、優良品種の掛け合わせによって得たもので、ロンドン自身が新しい品種を生み出すことはなかった。ただ、彼が優良品種をさらに改良して、よりよいものにしようとしていたことだけは確かだろう。たとえば、亡くなる直前には、カリフォルニアの土地に適したデュロック種のあと、チャイルド・ローランド種の豚も農園に移入している。

　いずれにしてもジャック・ロンドンの農園経営は作家の道楽などではなかった。彼の「試み」、農園での取り組みは、自らのかかげた「社会主義」と強く結びついたものだった。ロンドンにとっての「社会主義」は「あらゆるものを包みこむ言葉」（『未発表小品集』一四）であり、資本主義打倒、あるいはまったく別のシステムの構築ではなかったのだ。

　共産主義者も、愛国主義者も、集産主義者も、理想主義者も、非現実的改革主義者も愛他主義者もみんな社会主義者なのです。……（中略）……社会主義とは、より適正な労働と、そうした労働から生み出される利益のより適正な分配によって、社会を再建復興することなのです。……（中略）……「すべて、人は生まれながらにして、自由で平等」であり、社会主義の究極の目標は純粋な民主的制度《デモクラシー》なのです。（『未発表小品集』一四）

一九八五年のクリスマスに『サンフランシスコ・イグザミナー』紙に発表された「社会主義とは何か」からは、彼の言う「社会主義」によって実現すべきことが「純粋なデモクラシー」であることがわかる。

私自身の職業よりも私の牛のほうに関心があるんです。自分自身が担うべき役割はずっと果たしてきたと思っています。私は社会主義にたくさんのお金を使ってきたのです。(ジュリアス、九〇)

これは社会主義系の雑誌『ウェスタン・コムラッド』に載ったインタビューからの抜粋だが、晩年の心境のほどがうかがえる。「自分自身が担う役割」とはすなわち、高級誌に執筆してお金を稼ぐだけではなく、それとは別のメディア、社会主義系の雑誌へ社会評論を寄稿することであった。そして「たくさんのお金を使ってきた」という「社会主義」とはやはり「農園」経営を指すのだろう。事実、ロンドンは文筆で稼いだ資金を惜しげもなく注ぎ込んで、すでに確認したような、当時としては革新的な試みを次々に実践していった。

もしジャックがもっと長生きしていたならば、カリフォルニア農業は、ユーカリに関することはもとより、より広く見渡せば、彼の有機農法とエコロジカルな農業モデルの実践に焦点を当てることで、異なる道を歩んでいたかもしれない。(二一九)

とスタッズも指摘するように、試みの多くは、突然の死によって中断を余儀なくされた。結果として成功したと言えるものはなかったけれども、その先駆的な取り組みは、あらためて詳細に検証する価値があると思われる。

6　ロンドンの「破格さ」とその時代性

ジャック・ロンドンは、彼いわく「社会の底辺」から出発をして「ひとりぼっちの同志」として自学自習して、作家として成功し、アメリカ社会の階段を上った。

フロンティアの時代に、土地を耕作して自らのものとし、「独立自営農民」として一国一城の主となり、所属するコミュニティに貢献することで、「人格者」としての評価を得て「成功する」というかつてのアメリカから、フロンティア終焉後の産業社会の中で、「巨大な組織の一員」として、組織の中で「分業」をこなし、「昇進」して「高額な賃金」を得て「成功する」というふうに、世紀転換期以降のアメリカで「成功」の「夢」あるいは「質」が変化してゆく中で、ロンドンは「頭脳労働者」として「成功」し、自営の「労働者」として「高賃金」を得ただけでなく、「ジョニー」とは違って「機械」からの逃走に成功し、最終的には農場を持ち「独立自営農民」となった。

彼は、彼の生きた時代の「分業」「賃労働」といった「労働観」を一面ではそのまま踏襲し、一面では大きく逸脱しながら、アメリカの世紀転換期を駆け抜けるように生きた。四〇年という短い生涯の間に、新聞売り、氷屋の配達係、ボウリング場のピン立てボーイ、缶詰工場、発電所、カキ泥棒、その泥棒を取り締まる警備員、船員、ホーボー、金鉱掘り、そして文筆業、さらには農園主などさまざまな職業を経験し、アジア（日本そして朝鮮）、ヨーロッパ（イギリス）、南太平洋、オーストラリア、メキシコなどを旅して、彼が生きた時代と場所の空気を胸いっぱいに吸い込み、最終的にはそれらのすべてを商売道具の「機械(タイプライター)」を使って、売れる文章に仕立て上げて、流通させた。

「大富豪」にして「社会主義者」という、一見矛盾した肩書きを持つこの人物は、文字通りの「セルフ・メイド・マン」であり、作家としての自分自身のイメージすらもつくり出している。「貧困」あるいは「社会の底辺」という出自は、彼が繰り返し、文学作品や社会評論の中で記述した事柄だったが、ロンドン家の社会的階層は本人が言うよりは上なのではないかと指摘する研究者[8]もいる。少なくとも、彼の幼少時代にロンドン家には乳母がいたことは事実であるし、幼なじみのフランク・アサートンにとってはロンドン家の食事は「おおごちそう」で彼の家の食事よりもずっと豪華だった。また彼は「狼」を自らのトレードマークと決め、アラスカや南太平洋に出かけて行った行動的でマッチョな作家というイメージをマスコミを通じて読者に浸透させたのだったが、後年の研究では、彼の肉体は、そのイメージよりもずっと繊細でそれほど頑強ではなかったことが指摘されている。村上春樹が「ジャック・ロンドンの入れ歯」というエッセイでも指摘しているように、ロンドンはまだ若いうちから健康な歯を失っていたようだし（アラスカで壊血病になったことに起因する）、スナーク号での世界一周が頓挫するのも、彼の繊細な皮膚が南太平洋の気候に耐えられずに病気になってしまったからだった。

ジャック・ロンドンが目指した「社会主義」、あるいは「純粋なデモクラシー」は、『鉄の踵』の中では三〇〇年後の二三世紀にならないと「実現」しなかったし、その実現を一九世紀末から二〇世紀初頭の段階でいきなり可能なものにする手だて、あるいはヴィジョンを彼自身は持っていなかったが、分業を肯定し効率的生産と正しい管理をよしとする彼の考え方は、一九〇四年から一六年の間に取り組んだ「農園」経営で少しずつ形になっていった。彼が「社会主義とは何か」の中で「それでも社会主義を実現しようという動きは現在も活発に活動している」(『未発表小品集』一五)と書いたように、よりよい社会の実現を目指す動きは、ロンドンの生きた世紀転換期のアメリカに、間違いなく存在した。「親愛なる同志」で始め「革命万歳」で手紙を結ぶ「同志」たちはアメリカ合衆国で「四〇万人」全世界で「一〇〇万人」もいて、彼自身もそうした一人であることを自認していた(『革命、その他のエッセイ』三)。時代、当時のアメリカの社会/文化/経済状況のことを考えると、ジャック・ロンドンは「破格」で「規格外れ」の人物であったと言うこともできる。と同時に、彼の考え方や行動を今の時点から振り返ってみると、ある部分——たとえば社会改革に対する志や、なくなったはずの「アメリカの夢」を追い求めようとしていた点など——では当時の時代精神を映し出す鏡のような人物であったと言うこともできるだろう。

注

(1)「オーガニゼーション・マン」という言葉を定着させたのは社会学者のウィリアム・H・ホワイトで、彼がこの言葉を使ったのは一九五六年の著書『組織のなかの人間』においてだが、フロンティア消滅後、産業化時代のアメリカの典型的な労働者を表す言葉として、これを用いてもそれほど的外れではないだろう。そのほとんどは男性で、組織のために個性や個人的目的を押し殺し、個性より仲間意識、個人の自己表現より集団の調和が重んじられたという点、また禁欲の代償として、組織は定収入と雇用の安定、そして社会における居場所を提供したという点で、前世紀転換期の犬たちと一九五〇年代の男たちは共通している。

（2）たとえば、ジーン・キャンベル・リースマンは『野性の呼び声』に対する読みのアプローチの一つとして「スレイヴ・ナラティヴ」を挙げている。

（3）児童労働の廃止は合衆国では一八三〇年代から続けられたが、一九〇四年の全米児童労働協議会の設立が一つの契機になって全国的な運動となったと考えられる。『ウーマンズ・ホーム・コンパニオン』のような婦人雑誌が児童労働を特集したのもそうした一連の動きの中で位置づけることができるだろう。掲載の号では「背教者」が巻頭に置かれ、総ページ数の三割強が特集に当てられている。「背教者」には「児童労働の寓話」という副題が与えられ、W・R・リーの絵が三葉挿入されている。巻頭を飾ったリーの挿画には、工場へと急ぐ母親とジョニーの後ろ姿が描かれているが、魔女か死神に導かれる少年の姿のように見え、不吉である。この絵は単行本にも収録されているが、スペースの関係か、遠景の煙を吐く工場群はカットされており、陰惨なイメージは軽減されている。

（4）『ジャングル』は食肉工場の腐敗を告発している。この時期、リンカーン・ステフェンズやアイダ・ターベルなど、「マックレイカー」と呼ばれる一団が、さまざまな組織の不正を暴いていった。

（5）たとえば『奈落の人びと』では「管理運営」という章があり、「社会は再編されなければならない。そしてトップには有能な管理がなくてはならない。現在の管理運営は役立たず、その点に関しては議論の余地はない」（三一五―一六）といった具合に現状のシステムを強く批判している。また「革命」でも、「資本家階級は社会の管理運営をして来たが、その管理は失敗だった。それもただの失敗ではなく、堪え難いほどの、不名誉な、ぞっとする失敗なのだ」（『革命、その他のエッセイ』一四）と資本家階級の管理を否定している。

（6）『サンタローザ・プレス・デモクラット』紙は一九一五年一〇月二七日付の記事「農園主たち、ロンドンのピッグ・パレスを笑う」で、近隣の農園主たちがロンドンの建てた豚小屋を「豚のためのパレスホテルだ」と言って笑ったと報じているが、ロンドン自身はこの豚舎を大真面目で造った。当時のお金で三〇〇〇ドルを費やしたこの豚小屋は、ロンドンによれば「合衆国で豚肉の生産に関心を持っている誰もが関心を示し、注目するもの」で「これまでに建てられたことのない豚舎」だった。家畜の飼料用として建てられたサイロはカリフォルニア初のコンクリートブロック製だった。肥料撒き機の導入も、近隣では初めてだったという。

（7）ロンドンは一九〇五年以降、合計七回にわたって土地を購入し、トータルで五・七平方キロメートル（五六七ヘクタール）を農園として所有した。

（8）たとえば、スタッズなど。

引用・参考文献

Auerback, Jonathan. *Male Call: Becoming Jack London.* Durham, NC: Duke University Press, 1996.

Banta, Martha. *Taylored Lives: Narrative Productions in the Age of Taylor, Veblen and Ford.* Chicago: University of Chicago Press, 1995.

Coles, Nicholas and Janet Zandy. *American Working–Class Literature: An Anthology.* New York and Oxford: Oxford University Press, 2007.

Haughey, Homer L. and Connie Kale Johnson. *Jack London Ranch Album.* California: Heritage Publishing Co.,1985.〔『ジャック・ロンドン農園アルバム』〕

Hedrick, Joan D. *Solitary Comrade: Jack London and His Works.* Chapel Hill, NC: University of North Carolina Press, 1982.

Johnston, Carolyn. *Jack London: An American Radical?* Westport, CT: Greenwood Press, 1984.

Julius, Emanuel. "Pessimism of Jack London." *The Western Comrade*, June 1913, 90-91.〔ジュリアス〕

Kingman, Russ. *A Pictorial Life of Jack London.* New York: Crown Publishing, 1979. 『地球を駆け抜けたカリフォルニア作家』辻井栄滋訳、本の友社、二〇〇四年。

London, Charmian. *The Book of Jack London.* New York: The Century Co., 1921.

London, Jack. "The Apostate." *The Woman's Home Companion*, September 1906.

———. *The Call of the Wild.* New York: MacMillan, 1903.〔『野性の呼び声』〕

———. *The Complete Short Stories of Jack London, 3vols.* Eds. Earle Labor, Robert C. Leitz, III. and I. Milo Shepard. Stanford, CA: Stanford University Press, 1993.

———. *The Iron Heel.* New York: MacMillan, 1908.〔『鉄の踵』〕

———. *John Barleycorn.* New York: MacMillan, 1913.〔『ジョン・バーリコーン』〕

———. *The Letters of Jack London, 3vols.* Eds. Earle Labor, Robert C. Leitz, III. and I Milo Shepard. Stanford, CA.: Stanford University Press, 1988.〔『書簡集』〕

———. *No Mentor but Myself.* Eds. Dale L. Walker and Jeanne Campbell Reesman. Stanford, CA: Stanford University Press, 1999.

———. *The People of the Abyss.* New York: MacMillan, 1903.〔『奈落の人びと』〕

———. *Revolution and Other Essays.* New York: MacMillan, 1910.〔『革命、その他のエッセイ』〕

———. *Jack London: The Unpublished and Uncollected Articles and Essays.* Ed. Daniel J. Wichlan. Bloomington, IN: Author House, 2007.〔『未発表小品集』〕

———. *When God Laughs and Other Stories.* New York: MacMillan, 1911.〔『神が笑うとき』〕

Raskin, Jonah, ed. *The Radical Jack London: Writing on War and Revolution.* Berkeley, Los Angeles and London: University of California Press, 2008.

Reesman, Jeanne Campbell. *Jack London's Racial Lives: A Critical Biography.* University of Georgia Press, 2009.

Seltzer, Mark. *Bodies and Machines.* London and New York: Routledge, 1992.
Sisson III, James. *Jack London in the Aegis.* Oakland, CA: Star Rover House, 1980.
Stasz, Clarice. *American Dreamers.* 1988: Revised ed. iUniverse.com, 2000.〔スタッズ〕
Whyte, William H. *The Organization Man.* 1956: Philadelphia, PA: University of Pennsylvania Press, 2002.『組織のなかの人間』岡部慶三・藤永保訳、上下巻、東京創元社、一九五九年。
小林一博「機械時代の拳闘士（3）――ジャック・ロンドンとボクシング」長野大学『紀要』第一九巻四号、一九九八年、四七–五九ページ。
――「ジャック・ロンドンとカリフォルニア」中央英米文学会編『読み解かれる異文化』松柏社、一九九九年、一七四–九七ページ。
村上春樹『雑文集』新潮社、二〇一一年。

8 ドキュメンタリー・フォトブックとして読む『奈落の人びと』

後藤史子
Goto Fumiko

1 写真家ジャック・ロンドンと貧困に関するフォトブック

ジャック・ロンドンの『奈落の人びと』は、ルポルタージュという形式のためか、ロンドンの経歴の中でも文学史の中でも、従来あまり触れられてこなかった憾みがある。しかし近年、この作品が注目される契機となる事情が増えてきている。

その一つは、作家ロンドンの見直しの動きに関連するもので、具体的にはジーン・キャンベル・リースマンらの編集による『写真家ジャック・ロンドン』の発表である。本書は、一部の研究者に存在が知られながら研究されてこなかったロンドンの撮影した多くの写真を解説付きで紹介し、この作家の題名通りの新しい側面を

明らかにしている。(1)

ロンドンの撮影した写真が作品の中に使用された二回のうち、最初の作品が『奈落の人びと』だった。本書は初期の版を除けば、写真の数を減らされたり、あるいは写真を削除されたりして読み継がれてきたが、リースマンらの書の登場によって再びオリジナルのフォトブックとしての『奈落の人びと』(2)への関心が高まるに違いない。なお、この作品には、著者がハースト系の新聞の特派員としてボーア戦争取材のため英国に赴こうとしていたものの新聞社側から取材中止を言い渡され、自分の判断で英国ロンドンの有名なスラム街イーストエンドへの潜入記を書くことを決めた、といういきさつがある。

同じように写真を伴ったスラムの記録といえば、これに先立つ大きな存在がジェイコブ・リースの『他の半分はいかにして生きているか――ニューヨーク・テネメントに関する研究』(以下『他の半分…』と略記)だ。ロンドンが類似の本を執筆しようとしたとき、この書を意識したことは明らかである。

本論では、新たに明らかになった写真家としてのロンドンの業績が『奈落の人びと』にどう生かされたかを、先発する『他の半分…』の写真と比較しながら検証したい。

さらに『奈落の人びと』は、近年世界的に高まっている貧困や格差に関する関心に照らした場合、もっと注目されていい作品だ。数年前から、新自由主義的な市場優先の政策の行き過ぎが世界各地で反発を呼んでいる。こうした中で、貧困や格差への関心が高まり、ドキュメンタリー作品や評論が数多く発表されるとともに、過去のドキュメンタリー、とりわけ一九三〇年代の作品が見直されたりしている。残念ながらロンドンのこのルポルタージュについての関心はまだ高まっていないが、今こそまさに、この作品の歴史的現代的意義を明らかにするべきときだと思われる。

その際『他の半分…』は、やはり重要なメルクマールとなるだろう。なぜなら、自身も社会改良主義者としてスラム環境改善運動に取り組んでいたリースによる『他の半分…』は、中産階級の読者たちに貧困を「発見」させ、さらにはその中の何人もの人々に当時「スラミング」と呼ばれた活動、すなわち実際にスラムへ入って慈善活動や実態調査の活動をすることを促した書として有名だったからである。この書に影響を受けてスラミングをし、改良主義者として活動を始めた人も多かったと言われる。

ジャック・ロンドンが『奈落の人びと』を上梓したのは『他の半分…』より一〇年ほど遅れた時期だったが、改良主義者たちの創始したこのジャンルを、改良主義者とは異なる資質を持っていたと思われるロンドンは『奈落の人びと』でどのように利用し、改変したのだろうか。その改変は、ロンドンの作家としての経歴のうえでどのような意味を持ち、社会改良主義者のルポルタージュとのどのような差異をもたらしたのだろうか。『奈落の人びと』の同時代における意義と現代に通じる意義を考えたい。

2 スラムの現実を活写する『奈落の人びと』の写真

フォトジャーナリズムの先駆と言われる『他の半分…』だが、初版では四四枚の図版のうち大半は写真を元にして描かれた版画であり、写真は二〇枚程度、それも画質の良くないものがほとんどだった(3)。一方『奈落の人びと』は、一九〇三年の初版から七九枚の写真は、若干不明瞭なものや筆などで修正したらしいものが混じってはいたものの、最初から写真として製版されて掲載された。ここから、二〇世紀初頭の数年間で製版技術の発展がいかに急速なものだったかが想像できる。それと同時に、オリジナルの写真と文章がそのまま発表されたという意味では、『奈落の人びと』は『他の半分…』に一歩先駆けていたのではないかと思えてくる。『他の半分…』の序論でリースは「世界の半分は他の半分がいかに暮らしているのかを知らない」という昔からの格言を持ち出し、同時代に当てはめて、下層階級の抱える問題への上層の人々の無関心を批判する（一）。さらにリースは、彼の言う「他の半分」の問題として、第一に犯罪の増加、第二に家庭生活の欠如を挙げる（二）。そしてそのどちらの原因にもなっているのが、ニューヨーク・スラムの集団住居、テネメントであるとする。テネメントの住宅環境の悪さ、つまり狭隘な部屋に多くの家族がひしめき合って住む状況、換気や排水の劣悪さは、感染症の温床になって人々の身体を蝕んでいるばかりでなく、違法酒場の増大とともに人々の道徳心を蝕んでいる、とリースは指摘するのだ（三）。

記者として何度もスラミングの経験を持ったリースの記事と写真は、スラム住民の内情に通じている。リースの写真には、テネメントの内部、横丁の奥へと深く入り込んで写したものが多い。リースが警察の抜き打ち調査に同行して撮影したと見られる違法酒場の摘発の瞬間を撮った写真は、当時最新技術だったフラッシュを使って撮影されたが、大光量のため室内にいる人々は思わず目をつぶったり、顔を見られまいと机に伏したりしていて、いかにも犯罪者然として写っている。この写真は、リースが警察付きの記者[4]としての立場を十分に利用して撮影したことを示している。

また、有名な「盗賊のねぐら」と題する写真[5]は初版にも掲載されている。この写真は、テネメント間の狭く薄汚れた横丁を遠近法を使ってどこまでも奥まっていくように捉え、狭い通路にたむろしてこちらに視線を送る数多くの男たちを写している。テネメントの窓からもいくつも白い顔がこちらを窺っている。当時の読者は題名に促されて恐怖を覚えながら見ただろうことが推察される。この写真は前述した摘発の写真と合わせて、まさに劣悪な環境が犯罪を育むという作者の主張を補強していると言える。

このような狭い通路を縦の構図の中に捉える写真がリースには多い。たとえば、道の双方に高いビルが立つことで狭くて暗くなった横丁に、大勢の子どもたちが遊んでいる様子を捉えた写真は、大空の下とは無縁の環境で遊ぶ異常さを写し出している。しかしリースの戸外の写真で特に衝撃的なのは、路上で眠る子どもたちを写した写真だろう。道路の排気口の上に三人の襤褸をまとった少年たちが身体を寄せ合って眠っている写真、破れた襤褸服に裸足の二人の少年を捉えた写真は、まさに家庭生活など知らぬ路上暮らしの子どもたちの悲惨を訴える写真なのだ。

リースの写真には室内での移民の生活を描き出したものが多いが、スラムの住人たちにも顔見知りの多かったリースだからこそ、室内で生活する彼らを撮影することが許されたのだろう。キース・ガンドールは「テネメントで働くボヘミア人煙草製造者」と題された写真の放つ中産階級の読者に対する脅威を分析している。ガンドールによれば、職住がともになされる汚く狭い室内で父親と母親を中心に子どもたちが煙草製造を手伝っている様子を写すこの写真では、「母親の役割、子どもの法律上の権利、人間としての尊厳、総じて家族そのものの持つ意味のすべてが脅威にさらされている」（ガンドール、六六）。こうして、リースが犯罪と並んでスラム問題のもう一つのテーマとして指摘した家庭生活の欠如は、戸外の子どもたちの写真とともに、室内の家族の写真によっても補強されている。

一方、ジャック・ロンドンは作品の冒頭で、変装してイーストエンドに潜入する自分を「冒険家」（『奈落の人びと』vii）と名乗る。アメリカ西部では労働者出身の新進作家として知られ、さらには実際にアラスカに赴いて書いたアラスカもので有名な冒険作家として評判になってきていたロンドンは、そういう評判を生かして

写真1

大出版社から出版される予定のこの作品を成功させようとしたのだろう。さらにロンドンは自ら携帯用のカメラ、愛用のコダック3A[6]を持ち込んで隠し撮りをした。リースマンらによれば、ロンドンは掲載された写真の三分の二を自分が撮影したと証言している[7]。ジャックがスラムに歩を進めるにつれて、付随して掲載された写真が、その目の捉えた景色の変化を記していく。

「下降」と題された第一章の中盤では、五枚の写真が、ジャックを乗せた乗合馬車が進むにつれて車中の作者の前に現われた景色の順に掲載される。最初の写真（**写真1**）は、並んで歩道を歩く正装した淑女たちと馬車の行きかう道の真ん中に、どこからか迷い出てきたような貧しい老人が映っている。本文を読むとジャックはまだ普通の町並みを通っていることがわかるが、そのあと馬車がイーストエンドへ進んだことが記述されると、写真も全員がみすぼらしい服をまとった子どもや女性の姿を写すものへと変わる。その後、変装用の古着を買い求めるために店を物色するくだりでは、みすぼらしい露天の古着屋を映し出した写真（**写真2**）、次には露天の立ち並ぶ埃っぽいペチコート・レーンの様子を違う角度から捉えた全景写真二枚が並ぶこととなる。このように五枚の写真は、著者の目となって「奈落」へ「下降」する臨場感を醸し出している。これらの写真がロンドンの撮影した写真かどうかは不明だが、以上述べたような写真の並べ方は、リースの書には見られない。

このように、『奈落の人びと』にジャック・ロンドンが掲載した写真は、限られた期間で隠し撮りによって撮影したことを特徴とするものが多い。リースの撮ったような、部屋の中で人々が生活する様子を撮影した写真はロンドンの書にはあまりない。本書の写真のうち読者に特にショックを与えたと思われる写真は、戸外で昼夜構わず寝ている人々の様子を遠景で捉えたもの（写真3）だ。ジャックは地元の社会主義者に案内されてスピタルフィールド・ガーデンを訪れたとき、まだ日も高いのにベンチや広場で人々が寝ている状況を目撃して衝撃を受けたことを述べ、この写真を提示する。これらの写真は、イーストエンドの人々が家庭生活どころか本来休息をとるべき部屋も家も持てない状況にあることを暴露する。

そうした一連の写真の中で特に目を引くのは、「グ

写真2

写真3

リーン・パーク」という題名の写真（写真4）だ。ひろびろとした公園の芝生に点々と人々の寝姿が見受けられる写真を見ていると、この人たちがまるで野戦地で戦死した兵士のように見えてくる。実際に南北戦争のときに撮影された写真には野戦地での死体を写したものが多くあり、長い間アメリカ各地で流布したという。(8) もしかしたら当時の読者はこの写真に既視感を覚えたかもしれない。

当時は小型カメラといってもコダック3Aは撮影中に容易に気づかれてしまうことが推察されるくらいの大きさがある。だからロンドンが撮影したと思われる写真には、街路を遠景から写した写真が多いのかもしれない。イーストエンドの横丁はリースが捉えたニューヨークの横丁よりも幾分広いが、ロンドンの写真の多くはリースが遠近法を用いて撮影した縦の構図による写真を髣髴とさせる。リースマンらは『奈落の人びと』でのロンドンの写真について、「風景や人物が感傷抜きに写され、ショットは隠し撮りにもかかわらず美しく構成されている」（二五）と述べている。**写真5**の写真は偶然できた美しい構図（人々の立ち姿と座る

写真4

写真5

写真6

姿の配置のほどよいバランス）にロンドンが焦点を合わせて撮ったものだろう。このような構成の美しさは「小さな簡易宿泊所」と題された写真（写真6）にも見られる。この写真は、何世紀も経て削られた道や年代ものの装飾やガス灯のある建物の傷み具合を鮮明に写し出して古都の雰囲気を伝えるとともに、歩道に立ってこちらを見つめる男性と子ども、そしてドアから顔と身体半分覗かせる男が構図のポイントとなっている。

一方で、当時まだ携帯用のカメラが珍しかった時代に、撮影者が何かの機器をいじっていることを写真撮影だと周囲の人々が認知できたかどうかは、疑問の余地のあるところだ。ロンドンが掲載した写真には子どもや女性が被写体になったものが多いが、それは子どもや女性のほうが男性よりも疑いを持たなかったせいからかもしれない。「海の王者の子孫」と題された、戸口に座る男の子を撮影者が目線を合わせるためにおそらくしゃがみこんで写した写真（写真7）は、灰樽の横で怪訝そうにレンズをじっと見つめる顔とその姿が、大英

写真8

写真7

帝国の片隅に放っておかれている小さな存在を感じさせて印象的である。一方、酒に酔った女性同士の喧嘩を写した写真（写真8）は、二人の女性の荒い息遣いが聞こえてきそうな隠し撮り特有の臨場感のある写真だ。撮影者の窃視症的な興奮が伝わってくる一方で、女性たちの後ろの洗濯物の粗末さ、衣服の継ぎや汚れ、ひびが入った道路や落ちているゴミなど、貧しさを表す背景も明瞭に捉えられている。面白いのは、この喧嘩を描く文章が喧嘩の声と物音だけで構成されていることだ。おそらく作者は言い争いを聞きながら執筆したあと、変装したまま通りに出てこの写真を撮影したのだろう。耳で聞こえたことを記録した文章と眼で見える写真との並置が面白い。

救世軍の給食所での列を捉えた写真9の写真は、文章を読めばロンドンが撮影したことがわかる写真である。この部分の文章は、前の日に救貧院での生活を体験したあと一夜を路上で過ごした著者がこの給食所で朝食を摂ろうとするが、列には大勢の人々が並び、自分よりも前

写真9

にいた人々はチケットを持っていて先に給食所に入ったことが記されている。中庭にあふれて列を成す貧しい人々と右脇の救世軍側の二人の男性との対比に目がいく。並んだ労働者たちは同じように背が低く、きちんと帽子を被ってはいるがよれよれの衣服を身につけて、目には食事にありつこうとする必死さや長時間並んだ疲れが見られる。これに対して、主催者の男性たちは人々よりも背が高く、チケットを回収する男性には微笑すら浮かんでゆとりのある雰囲気が漂っている。まさに慈善を施す者とそれを乞う者との格差が写し出されている。

後半に登場する写真、**写真10**は、集合写真として撮られたらしい写真である。「ユダヤ人の子どもたち」と題されたこの写真は、さまざまな年代の男女の子どもたちがはにかんだようにほほえむのに混じって、一人の母親が自分の赤ん坊を撮ってもらおうと高く掲げている姿や、左横に誰かが抱き上げた子犬が一匹、写し込められている。ほとんどがレンズを見ているが横や後を向いている子どももいる。この写真には撮影者と被写体となった人々との間のつかの間の交流が垣間見られる。

後述するように、『奈落の人びと』の後半は、変装した作者の記録が少なくなり、新聞記事や統計などを使って社会評論のように書かれる部分が多くなる。全体の調子も事態の深刻さや暗さを強調するものになる。そうした中で、**写真10**をはじめとした後半に掲載される写真、たとえば人の行き来する街路を写した写真は、「奈落の人びと」が「どっこい生きてる」と自己の存在を主張しているような現実の感触を与え、後半全体に一種の救いを提供しているように思われる。

リースの写真は、その一枚一枚が何度もの調査を元にして、人の配置などの構図や盛り込もうとする情報が計算された完成度の高いものになっている。それに対してロンドンの写真は多くが出会いがしらに撮られた即興性の高い写真なので、一枚の価値としてはリースに及ばないかもしれないが、フォトブックの中の機能として新しいあり方を示しているのではないかと思われる。『奈落の人びと』は、文章と写真の協調作用が、リースの場合よりも多様である。写真は文章を補足し補強するだけでなく、と

写真10

きには異化作用のように表現方法を対峙してみせたり、印象を変えたりしている。『奈落の人びと』の写真は文章に対してさまざまに機能しながら、文章だけでは表せないものを作品に付加している。

3 作家としてのアイデンティティを探す旅

ここからは、『奈落の人びと』が『他の半分…』をはじめとする社会改良主義者のルポルタージュと比較して文体や記述スタイルにおいて異なっている点に注目しながら、ジャック・ロンドンの作家としての経歴に占める作品の意義を考えていきたい。

ジェイコブ・リースが『他の半分…』でルポルタージュの背後に身を隠し姿を現さないのと違い、『奈落の人びと』でジャック・ロンドンはスラムの住人に変装し主人公として行動する。しかし、変装した著者によるスラム潜入記は、他の社会改良家によってもすでに書かれていた。(9)『奈落の人びと』が他のスラミングの記録と異なるのは、著者が作家という役割をもつ自分をも描き出した点にある。ロンドンは執筆のためにスラムに隣接する比較的上品な通りにアパートを借りる。こうして作品の中で、スラムの住人と作家という二重生活を送ったことが記録されるのだ。

しかも『奈落の人びと』の叙述が『他の半分…』と異なるのは、労働者や貧しい人々の語り口をそのまま提示している点である。たとえば、執筆用の部屋を借りたあと波止場で出会った火夫との会話も、火夫のヴァナキュラー(俗語)による語りがそのまま収録されて書かれている。この場面には前段がある。人生は酒を飲むためにあるという刹那的な人生論を披瀝する火夫に対し、ジャックが標準的な口語英語を使って家庭生活の意義について次のように語るのだ。「考えてもみな。航海から戻ってきたら、ちっちゃな子らが膝によじのぼってくる。女房は幸せそうににこにこし、食事の用意ができたらあんたにキスをする。それから子らがベッドに行くときに、まわりからキスしてくれる。湯沸しがちんちんと鳴り、あんたは行ってきたところや見たことを長々と話し……」[10]（三六）。それに反論して火夫は言う。

「馬鹿なこといっちゃいけねえ！」彼はふざけ半分に拳で私の肩を突きながら叫んだ。「冗談もいい加減にしな。かかあがキスして、がきどもが膝に上り、湯沸しがちんちん鳴るだと？　船に乗ってりゃ月に四ポンド一〇シリングになるが、乗らなけりゃ四ポンドはもらえねえ。――かかあはがみがみいう、がきどもはぎゃあぎゃあ泣く、湯沸しをちんちんさせる石炭はねえ、おまけに湯沸しは質に入ってる、せいぜいそんなところよ。これじゃいい若いもんが喜んで海に戻りたくなるのも当たりめえだ。（三六）

この語りのあとロンドンは、若者の「人生哲学」の背景となる経済的理由について説明し、なぜ家庭生活が彼に嫌悪しか与えなかったのかを解説していく。ここには、スラムの住人のふりをして説教するジャックの標準英語による語り、労働者のヴァナキュラーによる語り、そして解説者の語りという三つの語りが混在している。

ここで重要なのは、ジャックの声や解説の声が、労働者の声によって相対化されることだ。まず、家族を生き甲斐にせよと諭すジャックの、いかにも中産階級の価値観に追随した声は、労働者の現実的な話の前に、その甘い現実認識を暴露される。ついで解説の声は、ジャックの受けたショックを受けとめて労働者の立場から、彼の人生哲学を招いた原因が経済的困窮だったことを解説する。家を持ち妻や子どもを扶養できるような収入は火夫には得られるべくもない。中産階級が当然として労働者に説教するような人生など彼らには冗談にも等しいことを、著者は読者に投げつける。

もっともこうして三つの声が提示されることは少なく、スラム住人に扮したジャックの声は解説の声と一体化される場合が多い。解説の声が中産階級的な価値観の偽善性を労働者の立場から暴露することは、ときとして覆されることもある。たとえば労働者像について「彼らは無能か意欲のない労働者であり、……知力が低い」（四二）と、中産階級の識者による偏見をそのまま記述しもする。公園で寝ている浮浪者を通りすがりに眺めて「ぼろと不潔、あらゆる種類のいまわしい皮膚病、……意地悪そうな眼差しをした怪物性、野獣のような顔」（六二）と嫌悪をあらわにする。だがその一方で、著者の声は労働者に可能性を認めようとする方向へも動く。「にもかかわらず、生命の質はけっして悪くはない。あらゆる人間の潜在的な能力がその中にある」（四七）という記述からは、前述の否定的な労働者像とは矛盾する像を著者が提示しようとしていることがわかる。

同時に著者は、前述したように、浮浪者や労働者たちの傍らでじっと耳を傾け、彼らの語りを記録した。たとえば臨時収容所の食堂で男たちが大声で自分の体験や他の収容所についての情報を交換し合う様子は、ヴァナキュラーで話された一言一言に大勢があいづちを打つといった具合に描かれていき、労働者の声が多重に聞こえてくる出色の場面となっている。労働者の声をそのまま写し取るということは、著者が彼らの声を尊重していることの証である。ニューヨークの移民をその出自によってマスとして捉えるリースと違って、ロンドンには出会った一人ひとりの個性や声が重要だったのだ。

さらに、労働者の声と自らの声とを区別したことは、ロンドンが自らの作家としての位置を確認していることにつながるのではないか。貧民の姿をしていてもそれを演じているに過ぎない自分であるのと同様に、観察者として執筆する自分は貧民そのものにはなりえない。ロンドンが引き受けた二重生活は、彼の作家としてのアイデンティティを問題化するのである。

ジョナサン・オーエルバックはこの二重生活に注目し、ジャック・ロンドンが作家というアイデンティティと演じようとするスラムの住人という役割を執筆生活によってかろうじて統一していると指摘する。しかしながら彼によれば、ロンドンは「奈落に入り込めば入り込むほど……作家とキャラクターの間の距離を維持することができなくなることに気づく」(一四〇)。

確かに、ジャックは救貧院を探求しようとしてホームレスの列に加わる場面で、定員外になれば今夜は路上で寝なければならないというとき、「われわれは心配して前を見て数えた」(七二)と書き、「われわれ」として自分をホームレスの一人に含める。ロンドンはこのとき観察者であることをやめて、一夜の宿を求めて必死になる労働者になりきってしまうのだ。救世軍の催す給食所に並んだときも権威的な「副官」に対して「われわれ」の一員としてジャックは激しく憤っている(一三〇–三一)。

以上のように、作家である自分とスラムの住人を演じる自分の見境がつかなくなることは、一方では貧しい人々への共感が深まっていくことを表すように思えるが、オーエルバックは、実はこれはロンドンにとって危険なことだったと指摘する。彼によれば、ロンドンは当時徐々に人気を得てきてはいたが、まだ社会の下層から這い上がったばかりの新進作家で、もしこの作品が失敗すれば再び「プロレタリアの穴」(一三九)へと落ち込むことを懸念していた。スラムという「過去への再訪」(一三九)は、ロンドンに再び「奈落」に落ち込むことへの恐怖を与えることになった、とオーエルバックは主張する。

しかしながら、オーエルバックの言う転落への怯えは作者の中に認められるとしても、他方で労働者とともに憤る作者にはそれだけでないものも感じられる。この作品では、奈落の人々と体験をともにしてあらためて現状を変えたいと願う作者の姿が随所に見られる。

たとえば、前半で最も印象的な「運送屋と大工」の章がある。ジャックは救貧院での宿泊を体験しようとするが、一軒目で定員外となり二軒目を目指すところで二人に出会った。二人とも老人で何も食べておらず、長年の浮浪者暮らしのせいで身体も衰えていて、このまま一晩でも野宿をすれば死んでもおかしくないほどだった。その後疲れた身体を引きずるようにして辿り着いた二軒目の救貧院にも門を閉ざされたとき、ジャックは二人に身分を明かしレストランに誘うと、彼らに馳走を振舞うのだ。著者はこう語る。「見境のない慈善は悪である、と職業的な慈善家は主張する。ならば、私はその悪を選ぼうと決心した」（八五）。二人をどうにかしたいという思いに駆られる著者は、自分が最も嫌う慈善的な行動すら選ぶのである。

また、救世軍の主催する給食所で貧しい食事のあとに課された礼拝に際し、ジャックが一人逃げ出す場面がある。彼は例によって執筆用の部屋に戻り、衣服を着替えて一五時間眠り続けるのだが、そのあと目を覚まして貧しい人々のことを思い巡らす。

横になってうとうとしながら、心は、あとに残してきた礼拝を待つ七〇〇人の不運な人々に戻って行った。彼らには入浴もひげそりもない。清潔な白いシーツも、衣類をすべてぬぎすてることも、一五時間ぶっ通しで眠ることもない。礼拝が済めば、再びうんざりする街頭に出て、夜になる前にパンの皮を入手し、それから路頭で長い眠れぬ夜を過ごし、夜明けには固くなったパンをいかにして入手するかということを考えなくてはならなかった（一三六‐三七）。

ここで著者がこだわっているのは、自分のことではなく自分が救えなかった七〇〇人のことである。自分と違って彼らは逃げ出したら二度と救世軍で食事にありつくことができなくなってしまう。快適な生活へといつでも戻れる自分と、いつまでも奈落の外へ出られない彼らとの間の高い壁――それを実感しながら、自分に何ができるかと自問する著者がここにいる。

こうした社会変革への期待は、ロンドンの社会主義への志向と関連づけて解することができる。同時期に書かれた社会評論「私はいかにして社会主義者になったか」の中でロンドンは、自分が社会主義者になったきっかけの一つを、若い頃に放浪した最中貧しい人々の惨状を目撃して自分もいつ彼らと同じ境遇になるかもしれないと思ったことだと述べている（ラスキン、一二七）。自分も奈落へ落ちるかもしれないという恐れは、同じ恐れを抱いている人々への共感に結びつくのだ。

しかし、実際に自分が労働者であったときに同胞に感じた共感が、すでに作家として地位を確立する段になってもまったく同じく続いていたとは考えにくい。まだ出世作『野性の呼び声』の成功には日があったとはいうものの、アラスカものの短編集が世に認められ、新しい出版社との契約金を使って五エーカーの果樹園が付いた貸家に妻と一人娘を養う幸福な生活に乗り出したばかりだった。それゆえ、オーエルバックの指摘もあながち無視できない。一家を養うためにもロンドンはできるだけ貧困な生活から離れなければならなかったのだ。それでも、自分と同じ成功へ向かう努力をもっと望み少ない環境で行っている貧者に対する共感は、彼の中に一貫して生きていた。

ここで言えることは、ロンドン自身が行動しながら『奈落の人びと』を書く中で、労働者階級出身の社会主義者の職業作家として、いかに書くか、いかに行動するかという課題に直面したことだ。労働者に変装していても彼らに同化することはできないし、同化してしまっては作家でいることができない。それでも労働者の立場に立って現状を変革するにはどうしたらいいのか。そうした作家の問いに伴う揺れは、終始労働者像を分裂させることになったけれども、それは他方でこの作品に独特な臨場感を与えているのではないか。『奈落の人びと』では、自分もまた奈落に落ちるかもしれないという恐れを抱く作者が自分の感情や考えを率直に綴ることにより、切迫感を伴って貧困の状況を読者に提示する。だからこそ、ロンドンの描く貧困は極めて現実的で決して美化されない。貧困の問題は作者にも及びうる問題として捉えられ、さらにはそれが読者の共感を誘って切迫感を生んでいるように思われる。

これに対して『他の半分…』でリースは客観的に貧困を観察する立場を守ろうとしているので、貧困の問題は自分が過去に越えてきて今は自分に及ばないこととしているように見える。もともとデンマーク移民であったリースには、渡米直後不況のニューヨークで一文無しとなって路頭をさまよった経験がある。その後同胞移民の助力もあって自活できるようになり、記者として地方を点々とする中、やがて『ニューヨーク・トリビューン』紙の警察付き記者となって成功した。その後社会改良家となってスラム撲滅運動に取り組んだリースだから、貧者に対する同情は真摯なものだったに違いないが、それは彼らと距離を置いて眺める際にのみ抱きうる同情だったのではないか。リースにとってスラムの問題は、「上の半分」がいかにテネメントの環境を改善するかということへ収斂していき、都市計画やモデル住宅の提案などの狭い解決策に収まっている（二八二–九三）。

4 社会改良主義への批判とロンドンの社会主義

スラミングのルポルタージュはおおかた社会改良家によって書かれたので、改良の主体を形成する中産階級全体や慈善活動そのものを批判したり否定することはない。『他の半分…』の序論でリースは「上の半分」が「他の半分」に対して無関心であることを批判するが、もう一方で親身になってスラム住人のために環境改善をする篤志家については高く評価する。彼が批判するのは、中産階級の一部の無関心層や強欲で無神経な家主、さらには不道徳な違法酒場の経営者、酒や金をえさに移民たちの票を釣ろうとするボス政治家である。総じてリースは同じキリスト教徒であることを常に上層の人々に思い起こさせながら彼らの良心に訴えていく。

「他の半分」を救うことに取り組むと宣言するリースは、彼らを公平に扱っているように見せてはいるが、実際のところリースが救いたいと思っていたのは「他の半分」すべてではなかったようだ。何よりも彼が嫌ったのは暴徒たちであった。リースは序論で「下層の不快と混雑があまりに大きくなり、その結果としての変動が極めて暴力的になってきた」と書き、すぐその次に「一八六三年に起こった暴動」について「暴徒に操られた」ものとするニューヨーク監獄協会長官の証言を引用する（一－二）。リースの伝記作者トム・ブクースヴィエンティは、リースが『スクリブナー』誌に書いた記事の中で、スラム問題の解決が緊急の課題だと述べてこのままでは「革命やアナーキーが社会の他の場所にも及んでしまう」と警告しているくだりを引用しながら、「リースはスラムがやがて広がって国家の根底を覆すと信じていた」と指摘している（ブクースヴィエンティ、二三四）。リースにとって重要だったことは、貧困の根本的な原因を社会構造の中に問うことではなく、貧困な環境とスラム住民たちの抵抗を封じ込めることだったのだ。『他の半分…』を執筆後、セオドア・ローズヴェルト大統領のスラミングの指南役となり友人となったリースは、大統領の革新主義（民衆の不満が高まらないうちに上からの改革を行うことで民衆を抑えこもうとする国家的改良主義）の賛同者でもあった。

一方『奈落の人びと』でロンドンは、慈善や慈善家、さらには中産階級の大半に対して挑発的に批判を繰り返している。前半でホームレスに変装した著者は、公的慈善による救貧院、収容所、給食所での自らの体験を披露して、それがいかに貧しい人々の自尊心を傷つけているか、自立を助けずに慈善への依存を助長しているか、奉仕と称してただ働きをさせて人々から収奪しているかを、十分に描き出していた。読者に対して「おお、親愛なる贅肉たっぷり血の気たっぷりの呑気な人々よ」と呼びかけ、あなたたちには奈落の生活など想像もできないだろう、と嘆く（七五‐七七）。さらに、スラミングを数時間したぐらいで自分が英雄になったように吹聴する慈善家を揶揄する部分もある（七六）。

後半になると慈善への批判はさらに激しくなっていく。その中にはスラムの子どもたちを取り上げた一節がある。まず著者は、子どもたちをイーストエンドのただ一つの美しいものとして挙げる。しかしこの美しい子どもたちもゲットーの環境によってやがては「堕落した惨めこの上ない生きもの」（二七六）になり果て、家庭生活に守られることなく「ハエのように死んでしまう」（二七七）。こうした「罪なき者の虐殺」を推進しているのは「キリストを信じ、神を認め、日曜日には教会へ通う人々」であり、その人たちは「週日にはイーストエンドからもたらされる子どもたちの血の染み付いた家賃や利益によってばか騒ぎをする」（二八一‐八二）とロンドンは痛罵する。

さらにロンドンは、「大学のセツルメントも布教も慈善も、すべて失敗だ」（三〇六）と断定している。なぜなら慈善家は支配階級による搾取（この言葉をロンドンは使わないが）という本質的な問題を正そうとせず気づきもしないからだ。ロンドンは次のように批判している。

誰かが言ったように、彼らは貧者のためと言ってあらゆることをやるが、ただ一つやらないことが貧者の背中から降りることだ。彼らが自分の子どものために湯水のように使っている金は貧者から巻き上げられたものだ。彼らの祖先は略奪を目的として生き残った二足動物であり、いまや労働者とその賃金の間に立ちはだかっているのだ（三〇七）。

この作品にたえず表れる中産階級の慈善活動や慈善家への舌鋒鋭い批判は、作者の社会主義者としての改良主義への思想的闘いに結びつけて読むことができるかもしれない。フィリップ・フォナーによれば、一九世紀半ば以来アメリカ社会主義運動は大衆に影響を持たない小集団だったが、一九〇一年の社会党結成以降一躍勢力を拡大していった（六四）。急速に拡大した社会党内には労働者階級以外の、弁護士、牧師、教師、小企業家、さらには大金持ちさえもが大挙入り込んだ。フォナーは、『共産党宣言』に影響を受け戦闘的なマルクス主義を目指したロンドンが、当時急速に拡大した社会党内のキリスト教倫理主義などの改良主義的傾向との思想闘争を自身の社会主義活動として重視したと指摘する（六五）。

ロンドンの中で改良主義への批判は社会主義的な議論と結びついていた。フォナーによれば、『共産党宣言』を読んで以来社会党離党に至るまで「三つの基本的な概念、すなわち、階級闘争についての信念、生産手段の私有と民衆の大多数の利害は対立するという確信、そして社会主義の必然的な出現への自信は彼からけっしてなくならなかった」（二六）。『奈落の人びと』でもロンドンは、改良主義への批判を、階級間の利害の対立と闘争の必然、社会変革への希求へと結び付けている。

ロンドンによれば、労働者は下層に生まれつくと、いくら真面目に働いても低賃金と高い家賃にあえぐことになる。だから一度不測の事態が生じると家族もろとも奈落へ落ちて行くばかりとなるのだ。本書でそうした実例には枚挙に暇がない。こうした逸話の中にはリースがめったに取り上げない工場労働者の低賃金や労働災害が取り上げられることがあるが、奈落へ落ちた人々も元は普通の労働者であったことをロンドンが見抜いたからだろう。ロンドンはこうした労働者の運命を社会構造の問題として提示する。

つまり、労働者の没落は社会によって、とりわけ支配階級によって意図的に作られているとロンドンは示唆するのだ。「無能力」という章でロンドンは、「労働搾取、飢餓賃金、失業者の群れ、そしておびただしいホームレスや宿無しの発生は、人間のなすべき仕事より仕事をなすべき人間が多いときには避けられない」(一九四)と指摘する。

家を失った労働者たちは救貧院でいまわしい扱いを受けるよりは少しでも自由に過ごしたいと思い、そのわずかな金を得るために働きたいと願う。それでも彼らが働かないのは、人間のなすべき仕事よりも仕事をする人間のほうが多いからだ。こう述べたあと、作者は次のように指摘する。

ここにおいて「奈落」と屠殺場が組み立てられる。産業の全組織を通じて、絶え間なく間引きが進行している。無能者は雑草のように抜き取られ、投げ捨てられる。さまざまな要素が無能を構成している。勤務が不規則で無責任な熟練工は落ちぶれ、しまいにはその地位が、たとえば臨時雇いの労働者のような、本質的に不規則で、責任が少ししかないか、あるいはまったくない職場に落ち着く。動作が鈍くて不器用な人たち、身体または精神の弱さに悩む人たち、もしくは神経的、精神的、肉体的なスタミナを欠く人々は、ときには早ばやと、ときにはじりじりどん底まで落ちて行くことになる。不慮の事故で有能な労働者が不具となり、不能に陥れば、彼もまた落ちていかなければならない。そして老齢になった労働者はエネルギーが衰え、頭脳も鈍るから、どん底と死は別にしても、とどまるところを知らぬ恐るべき転落を始めなければならない。(一九八)

つまり、ロンドンがここで強調するのは、「有能さは労働者自身によって決定されるのではなく、労働力の需要によって決定される」(二〇一)ということだ。労働者の「有能さ」は労働者の資質ではなくて需要供給という経済法則によって決定されている。それをあたかも無能であったためにその労働者は下降したのだと言いくるめ、無能者にふさわしい扱いをしているだけだと開き直る産業社会を、ロンドンはここで告発しているのだ。そしてロンドンは、「現に存在する産業界のさまざまな力により、いかに無能力者がたえず、そして気ままに作り出されるものかを示したい」(二〇一)と宣言する。ここで言われる「産業界のさまざまな力」とは支配階級をほのめかしている。支配階級は労働者の「無能」を意図的に作り出して彼らの労働を搾取しているとロンドンは主張していると解釈できる。

この本の読者はおそらく中産階級だが、ロンドンがこれだけ激しい批判をできるのは、英国のこととして書いていることをカモフラージュとして利用しているからかもしれない。ここでの批判が実はアメリカの中産階級をも念頭に置いていることは、ロンドンの議論が社会システムへと普遍化されていくにつれ自ずと明らかになってくるように思われる。

5　「運営」の曖昧さ ―― 「帝国」と「革命」の問題

『奈落の人びと』を論じる評者が必ず取り上げるのが最終章「運営」である。まずロンドンは、「文明は平均的な人間の運命をより良いものにしたか」という第一の問いを発し、未開の地に住むイヌイト族と文明に暮らすイギリス人の生活を比較する。イヌイト族は食糧が不足して飢餓状態になることがあるが、慢性的に飢餓を経験することはない。他方イギリス人は「申し分なく文明化された民族」で資本力も大きいにもかかわらず、慢性的な飢餓に苦しんでいる。それでは文明は平均的な人間の生産力を引き上げなかったのかというと、これは即座にそうではないことがわかるので、ロンドンは新たに問いを立て直す。「もし文明が平均的人間の生産力を引き上げたのなら、なぜそれは平均的人間の運命を良くしなかったのか」。答えは「運営の失敗」であるとロンドンは述べる（三一四）。

ここでの「運営」や「運営の失敗」をめぐっては評者の間にさまざまな解釈がある。フォナーは「原因は運営の失敗であるとすれば、解答は社会主義国家である」（五二）と言う。しかし、この章には「社会主義国家」をもって解答とするとはとても言えそうにない箇所も多く含まれている。ロンドンの社会主義に重きを置くフォナーのこの作品全体の読みには賛同できるとしても、最終章の曖昧さは気にかかるところだ。

ロバート・ペルーソは、「運営の失敗」を大英帝国のそれと見て、ロンドンは「滅亡しつつある英国の帝国主義への解答として、産業を管理できる有能なアメリカ国家、という見解を作り出してみせた」（七二）と指摘している。つまりペルーソは、帝国主義を支持しアングロサクソン優越主義を抱くジャック・ロンドンが、同じアングロサクソン国家でもすでに斜陽となっている大英帝国になり代わって、物資も豊富で産業も上昇してきているアメリカが新たな帝国としてイギリスをも含めた運営に乗り出すことによりイーストエンドの悲惨な事態も解決されると主張しているのだ。

ペルーソは「運営」の章の中の、「広大な帝国は無能な運営にかかって倒れようとしている」という部分と、その帝国とは「アメリカ以外の各地で英語を母国語とする人々を結合させておく政治的からくりのこと」、つまり大英帝国のことだとロンドンが述べている部分に注目する。このあと文章は、「血の帝国は政治的な帝国よりも大きいし、新世界（アメリカ）と対蹠地（オーストラリア）のイギリス人は相変わらず強く壮健である」（二五七）と続く。「血の帝国」とはイギリスを元宗主国とするアメリカやオーストラリアを指すため、ペルーソは、ロンドンがアメリカ版の帝国主義を支持し喧伝しているという主張に至る。

『奈落の人びと』には、ペルーソが言うように、アメリカは英国よりも国土がひろびろとしていて開放的だとか、アメリカの労働者は英国よりも良い食べ物を大量に食べられるので質の高い労働者として見なされるだろうとか、アメリカに軍配をあげる場面によく出くわす。しかしながら、これらの部分がアメリカ賛美となって作品を圧倒しているとか、アメリカ膨張主義の議論に結びつくように構成されているなどとは到底読めない[11]。

「運営」の章は、出版元のマクミラン社の出版者ジョージ・ブレットに、作品全体があまりに暗いのでヒットさせるためには「恐ろしい状況の改善の可能性を指摘する……楽観的な章」（『書簡集』三三一）を付け加えたらどうかと提案されたロンドンがそれを受けて加えた章である。ブレットは一九〇二年にこの示唆をする前、ロンドンにジェイコブ・リースの新刊書『スラムとの闘い』を見せており、それに対してロンドンは、「リース氏がイースト・ロンドンの特徴として死と絶望を指摘する一方でアメリカのスラムには生命と希望があることを指摘してくれたことをとりわけ喜ばしく思います」（『書簡集』三三一）と返信していた。ペルーソはこのやりとりを自論の根拠にしているが、ここでのロンドンによる出版者への社交辞令をそのまま受け取ることはできないし、結局妥協の理由は本人にしかわからないのだから論拠にはできまい。

「運営」の意味は、作品の外に出て初めて把握できるように思われる。たとえば「運営」という言葉の変遷を追うと、一九〇七年頃までそれはロンドンの作品で繰り返し使われ、アメリカの資本家階級の運営を指していたことがわかる。一九〇五年に書かれた講演原稿「革命」では、アメリカについて語りながら「資本家階級は社会を運営してきたが、その運営は失敗した」と書いている。一九〇八年の『鉄の踵』にある主人公の演説でも、「資本家階級は社会の運営を誤った。それは失敗だ」と述べられる。このように、『奈落の人びと』における「運営」も、資本家階級の社会運営を批判する文脈で捉えることができよう。

一方、ジョナ・ラスキンは「運営」の章の「社会は再組織されなければならず、有能な運営が頭に据えられなければならない」(三一五)という部分を捉えて、「内部からの改良が彼の心の中にあったのだろう」(一一七)と指摘している。ラスキンが本書をこのように改良主義の書と見なすもう一つの理由は、「ロンドンは革命を迫ってもいないし予言してもいない」(一一七)ということである。しかし、革命を叫ばないことをもって改良主義だとは必ずしも言えないだろう。作品中にうかがえる階級間の利害の衝突への暗示や激しい改良主義批判から、ロンドンが社会主義の構えを本書に持ち込もうとしたことは疑いのないところだ。

「革命」という言葉は、前半、運送屋と大工と夜道を歩いたときのことを描いた次のような一節の中に出ている。

二人はよくしゃべった。彼らは馬鹿ではなかった。ただ歳をとっていただけに過ぎない。そして当然、胃袋には路上のくずがたまっていたから、彼らは血なまぐさい革命についてしゃべった。アナーキストや狂信者や狂人がまくしたてるような話し方をした。いったい誰が彼らを責められようか。……哀れな愚か者たち！　彼らのような連中から、革命は生まれはしない。（七九）

ロンドンが暴力革命を含む革命支持を明確にするのは一九〇五年にロシアで起こった「血の日曜日」事件での反動側の弾圧の厳しさを知ったときだったといわれる。一九〇二年のこの時点ではまだ選挙闘争を主要な闘争の手段としていたロンドンは、革命を唱えるアナーキストを狂信者や狂人と同等に並べている。注目すべきは、「胃袋には路上のくずがたまっていたから」彼らは革命を語っているが、このような人々から「革命は生まれはしない」としている点だ。今指摘したことを、一九〇五年に執筆された評論「革命」の次のくだりに直結させることは容易である。

革命家は、社会のどん底にいる飢えて病める奴隷などではない。むしろ大体は、体力も気力もある労働者であって、どん底が自分や子孫を待ちかまえているのに気づき、そこへの下降から身を翻す人間である。極貧層の民衆はあまりにも無力で、自らを救えない（ラスキン、一四五）。

村山淳彦はこの部分に「革命家を民衆に対置する図式」を見て取り、ロンドンは「革命の主体は民衆であるという思想がついにつかめなかった」（村山『ジャック・ロンドン』一六七）と指摘する。村山によれば、ロンドンは革命の必要性を認めたとき、それを惨めな人民による自然発生的な蜂起にとどめないために強力な革命組織を作り上げる必要性を感じた。しかしロンドンが構想した革命組織は「陰謀家集団」とか「テロリスト集団」（二六六）だったと村山は指摘する。これは「革命の産婆」としての革命家の立場を歪めるものであり、その原因として革命の主体をつかめなかった点を村山はロンドンの社会主義の限界としている（二六七）。『奈落の人びと』執筆期は、ロンドンが革命の問題を差し迫ったこととして考える時期には至っていない。それでも、この時点ですでにロンドンは、極貧層の民衆を革命の主体とは見ていなかったと言える。その一方で『奈落の人びと』は、目撃した直後だけに痛めつけられた人々への作者の強い共感が印象を残す。

終章近くに置かれた「夜の幻影」という章で、夜の街に偶然迷い出たロンドンは貧者の群れが街に繰り出す「幻想」を見る。貧者たちは「どぶ板の狼」、「ゴリラ」と動物のイメージで語られ、「穴居人」という退化したイメージも使われる。ここで注意すべきことは、著者が変装のためのぼろ服をこのとき着ていなかったことである。野獣と化した「奈落の人びと」に襲われるように感じて著者は恐怖を覚える。彼らは貧弱な身体をして体力もないように見えるが、「つかんで握りつぶし、ちぎって引き裂く凶暴で原始的な怪力」（二八五）によって上層階級らしく見える者なら誰彼なく殺そうとする衝動を持っていると作者は伝える。ここでロンドンはこのような「奈落の人びと」の自然発生的な恨みの発露を革命だとは言っていない。しかし、この邪悪なエネルギーの混沌に、著者は革命の前触れを表そうとしたのではないだろうか。

「夜の幻影」の章でロンドンは、この後「奈落の人びと」との出会いを反芻したのち、最後は彼らへの同一化への願望をほのめかす次のくだりで締めくくる。

不適、不用の者ども！　社会の屠殺場で死んで行くみじめな者よ、さげすまれた者よ、忘れ去られた者よ。

売春がもたらした子孫――大人と女子供、肉と血、活力と精神の売春、要するに労働の売春の結果生まれた申し子よ。もし文明が人類のためになし得る最善がこれだとすれば、われわれに咆哮するむきだしの野蛮を与えよ。機械と「奈落」の人間になるよりは、荒野と砂漠、洞穴と潜伏場所の人間となったほうがはるかにましだ。(二八八)

「労働の売春」という言葉は衝撃的だ。ここでの「文明」は資本主義社会そのものであり、この社会は「労働の売春」を労働者に強いる社会だとされる。「労働の売春」とは、労働力ではなくむきだしの身体を商品にするしかない労働者がそれを売ってさらに自らを堕落させることの謂であろう。

この部分は最終章「運営」における未開人と文明人の比較が先取りされていて興味深いが、さらに注目すべきことは、ロンドンが「われわれ」と言って「奈落の人びと」に同化しながら共に「咆哮する」ことを夢想していることである。ここで作者の思索は、まだ組織的な革命に結びついてはいないものの、貧者の側に立って社会を変革したいという強い思いに収斂していると読める。

『奈落の人びと』は、ロンドンを体制変革＝革命へ踏み出させる契機となったことにおいて、体制内改革やマックレイキングとは決定的に異なっている。このあと社会主義的な作品を書く際に常にこの作品へと戻っていくことを考えれば、「奈落の人びと」はいつでも蘇る亡霊のようにロンドンに取り憑いたのだ。

6　改良主義を越えて——『奈落の人びと』の現代的意義

『奈落の人びと』はリースが創始したフォトブックの形式を受け継ぎながらも、労働者出身の作家自身が行動し書く姿を前面に出し、貧困をより現実的で切迫したものとして描いた。その写真も、完成度の点ではリースに及ばないものの、より即興的な躍動感に満ち、文章との協調作用に新たな複雑さを付け加えてフォトブックの形式をさらに進化させたように思われる。

また、本書は階級対立の視点の持ち込みや社会全体の変革への気運など、ロンドン特有の社会主義思想の色合いが認められる。ロンドンより一〇歳若い社会主義者ジョン・リードはロシア革命の現場に赴き、闘う民衆の姿を描いたが、そのルポルタージュ『世界をゆるがした十日間』のようには、ロンドンの作品は革命や民衆主体の闘いと切り結んでいない。それでも、『奈落の人びと』は改良主義を越えた思想性を持ってリードへつながる経路を作ったと思う。

さらに、従来事実をありのままに伝えることが旨とされたジャーナリズムに反旗を翻し、作者が大胆に主観を持ち込んで自らの主張を書き込もうとした『奈落の人びと』は、ルポルタージュという新しいジャンルの先駆けになったと言える。(12) また、ロンドンは本書において「書いている自分」に対する意識を持ち続け、その姿を作品中に現し、貧しい民衆と接するごとに自分は誰なのかに言及し続けた。こうした自己言及性は、一九三〇年代に書かれた、ジェームズ・エイジーとウォーカー・エヴァンスによる『さあ名高き人びとを称えよう』などのフォトブックに共通するものだ。ルポルタージュは一九三〇年代にドキュメンタリーへと引き継がれたが、『奈落の人びと』はその先駆であるとも言える。さらに本書は、一九六〇年代に作者の主観性を重んじてジャーナリズムの常識を覆した「ニュー・ジャーナリズム」とその後のドキュメンタリー文学の祖先であるとも言えるだろう。

ジャック・ロンドンにとって『奈落の人びと』は、彼が社会主義を題材にする作品を書く際にいつも回帰する作品であった。さらに本書は、ロンドンが終生最も愛した作品の一つだった。その理由として、「私の本の中であれほど私の若い心と涙を費やしたものはない」からだとロンドンは述べている（フォナー、四九）。民衆を痛めつける階級社会への義憤に裏付けられた火のように燃える言葉と、貧困を社会構造の中で作られたものとして捉える冷静な分析は、さらに複雑化した貧困問題を抱える現代社会においても大いなる指針となるに違いない。

注

（1） この写真集は、『奈落の人びと』のためにロンドンが撮影した写真から始まり、日露戦争の従軍記者として撮影した写真、サンフランシスコ地震を記録した写真、自らのスナーク号の航海記のために撮影した写真（自作に写真を挿入したのはこれが二度目）を収録し、ロンドンがその作家生活、ジャーナリスト生活を通して写真と縁深かったことを偲ばせる。フォトジャーナリズムの黎明期に、ロンドンの写真は記事とともに新聞や雑誌を飾り、多くのアメリカ人に見られていた。ロンドンが撮影した数千枚の写真は現在ハンティントン図書館等に収納されているが、リースマンらがキュレーターとなり、その一部は公に展示されたこともあるという。

（2）「フォトブック」は一九三〇年代に、写真とテキストによって編まれた書物を指した言葉で、ロンドンの時代にはなかった。「ドキュメンタリー」という言葉も、初出は一九二六年に記録映画作家ジョン・グリアソンが最初に使った造語で、同じようにロンドンの時代にはなかった言葉だ。ちなみに、「ルポルタージュ」も一九三〇年代に使われ始めた言葉である。ここでは、そのことを踏まえながら、他に適切に表現できる言葉が見当たらなかったため、これらの言葉をタイトルと本文で使用した。

（3）リースは自分の撮影した写真を、スラム撲滅運動のために自ら開催した講演会でスライド上映の際に使用した。『他の半分…』初版に掲載された写真がスライド用かどうかはわからない。現在、ニューヨーク市博物館の「ジェイコブ・リース・コレクション」に収蔵されている写真の多くは、伝記作家トム・ブクースヴィエンティによれば、リースの死後三〇年ほど経た一九四五年に発見された。写真家アレクザンダー・アランドがリースの息子を介して、納屋や母屋に眠っていた感光板やスライド写真、紙写真を発見し、汚損していた写真類を復元した（二八六-二八七）。現在目にするリースの写真の大半は撮影されてから数十年間、人目に触れていなかったのだ。本論では写真が少ない初版を使用するが、あとの版では初版の版画のうち多くは写真に置き換えられているので、製版技術のせいで初版に掲載されなかった写真については、あとの版の写真も参照した。

（4）後述するが、リースはデンマーク生まれで二一歳のときニューヨークに渡った。のちに『ニューヨーク・トリビューン』紙の警察担当の記者となって頭角を現した。

（5）ブクースヴィエンティはこの有名な写真がリースの写したものではなく、記者として成功したあと写真に興味を持ったリースが作った写真同人集団の中の一人が撮影したとしている（二一二）。当時は写真の著作権はないに等しかった。また、リースは自分の写真をもっぱらスライド写真として使ったほどなので、自分のことを写真家だと思ったことは一度もなかったろう、とブクースヴィエンティは指摘している（二一二）。

（6）リースマンらによれば、コダック3Aは、イーストマン・コダック社が一九〇〇年に発表した初期の携帯カメラである。以前のガラスの感光板に代わりロールフィルムが使われて同じロールで何枚も撮影でき、当時人気のあったハガキサイズの写真が撮影できるとあって、アメリカでの大衆的なカメラ人気を招いた（一六）。

（7）リースマンらはこのロンドンの言葉を受けて、掲載された写真のうちどれが彼自身の撮影したものなのか推察した結果、ロンドンの撮影した写真だったなら本が出版されたあと彼のもとへ戻されているはずだと思った。実際に、ジャックが誰よりも信頼した義姉のイライザ・ロンドン・シェパードによってアルバムに整理されて実在していたという。それらの写真をもとにリースマンらは写真集の中の『奈落の人びと』の章に写真七枚を掲載した。実際にアルバムにあるのはこれより多いという（二七－二八）。

（8）Alan Trachtenberg, "Albums of War : On Reading Civil War Photographs," Philip Fisher ed., *The New American Studies*, 287-318.

（9）『奈落の人びと』に先行する変装した著者によるスラム潜入記として、オーエルバックは、ウォルター・ワイコフの『働く人たち――西部』（一八九八年）を挙げている。これは正確に言えば失業者に変装して放浪した記録で、ワイコフはキリスト教の同胞愛による貧者への同情を読者に訴えているという（一三八）。

（10）本論での『奈落の人びと』からの引用については、新庄哲夫氏による邦訳を一部参照させていただいた。

（11）一九〇二年前後にロンドンが帝国主義を支持することがあったことは、ジョナ・ラスキンも指摘している。ラスキンの書は、戦争や革命に関するロンドンの作品を時期を区切って掲載しながら、それぞれの作品の前書きにコメントを付したものである。一九〇〇年に執筆された評論「クロンダイクの経済学」についてのコメントとしてラスキンは、ロンドンは大英帝国の植民地経営を高く評価して「大英帝国びいき」となったと指摘する。さらに「マルクス主義者ロンドンは帝国主義者ロンドンにもなりえた」（八九）と言う。ラスキンが初めて公刊した評論「地の塩」（一九〇二年）については、コメントでロンドンのアングロサクソン優越思想を指摘している（九八）。どちらの場合もラスキンが言及しているのは、ロンドンの大英帝国への支持についてだけで、アメリカの膨張主義への賛同についてではない。また、ペルーソはロンドンがアメリカには英国のような貧困の問題はないと考えていたかのように述べているが、リースマンらは、一九〇六年にロンドンが『アメリカの奈落』という本を書くことを計画し、その中でアメリカの貧困を暴露しようとしていたことを指摘している（二八）。

（12）村山によれば、リードが創始者となったルポルタージュは、「すでに一九世紀末に確立していた客観性や公平中立性というジャーナリズムの格率に反逆して、著者のラディカルな立場を明確に打ち出しながら社会性の強い題材を報告するタイプの文章」（村山『世界文学』一一ページ）だった。

引用・参考文献

Auerbach, Jonathan. *Male Call: Becoming Jack London.* Durham and London: Duke University Press, 1996.〔オーエルバック〕

Buk-Swienty, Tom. *The Other Half: The Life of Jacob Riis and the World of Immigrant America.* New York and London: W. W. Norton & Company, 2008.〔ブク-スヴィエンティ〕

Foner, Philip S. *Jack London: American Rebel.* New York: Citadel Press, 1964.〔フォナー〕

Gandal, Keith. *The Virtues of the Vicious: Jacob Riis, Stephen Crane, and the Spectacle of the Slum.* New York and Oxford: Oxford University Press, 1997.〔ガンドール〕

London, Jack. *The Letters of Jack London, 3 vols.* Eds. Earle Labor, Robert C. Leitz III, and I. Milo Shepard. Stanford: Stanford University Press, 1988.〔『書簡集』〕

———. *The People of the Abyss.* London: Macmillan & Co. Ltd., 1903.〔『奈落の人びと』〕

Peluso, Robert. "Gazing at Royalty: Jack London's *The People of the Abyss* and the Emergence of American Imperialism." *Rereading Jack London*, edited by Earl Labor, Leonard Cassuto and Jeanne Campbell Reesman. Stanford: Stanford University Press, 1998, 55-74.〔ペルーソ〕

Raskin, Jonah. *The Radical Jack London.* Berkeley, Los Angeles and London: University of California Press, 2008.〔ラスキン〕

Reesman, Jeannne Campbell, Sara S. Hodson and Philip Adam, eds., *Jack London: Photographer.* University of Georgia, 2010.〔リースマンら〕

Riis, Jacob A. *How the Other Half Lives: Studies Among the Tenements of New York.* New York: Charles Scribner's Sons, 1890.

———. *How the Other Half Lives: Studies Among the Tenements of New York.* New York: Dover Publications, Inc., 1971.〔リース〕

Trachtenburg, Alan. "Albums of War : On Reading Civil War Photographs." *The New American Studies*, edited by Philip Fisher. Berkeley and Los Angeles : University of California Press, 1991, 287-318.

松浦総三、柴野徹夫、村山淳彦、内野信幸『ルポルタージュは世界を動かす——ジョン・リードから世界へ』大月書店、一九九〇年。

村山淳彦「社会主義者としての開眼と限界」、大浦暁生監修『ジャック・ロンドン』三友社、一九八九年、一五四-一六九ページ。〔村山『ジャック・ロンドン』〕

——「米国一九三〇年代ルポルタージュの読み直し」、『世界文学』第一一三号、二〇一一年、一一-一九ページ。〔村山『世界文学』〕

ロンドン、ジャック『奈落の人びと』新庄哲夫訳、潮出版社、一九七三年。

9

ジャック・ロンドンに対する薩摩武人の影響
——長沢鼎の場合

森　孝晴
Mori Takaharu

1　薩摩武人とジャック・ロンドン

日露戦争時の陸軍大将黒木為楨《くろきためもと》と薩摩藩英国留学生長沢鼎《ながさわかなえ》がジャック・ロンドンに出会い彼に影響を与えた関係は偶然と言ってもいい。日露戦争の取材のために来日したロンドンが黒木の率いる第一軍に従軍することになったのは、たまたま軍部がそう指示したことによるものだし、長沢はトマス・レイク・ハリスに導かれるままロンドンのいるカリフォルニア州ソノマにやってきたに過ぎない。しかしそこには歴史的必然性があった、という言い方もまたできる。つまり、日露戦争時の日本軍には戊辰戦争に勝利した薩摩の軍人が多数参加していたという背景があるし、それより約四〇年前に薩摩藩は鎖国中にもかかわらず世界の技術を学ばせるために長沢らの留学生を日本でも最も早い時期にイギリスへ（そしてアメリカへ）と送ったという歴史があるのだ。薩摩（ほぼ現在の鹿児島県）が幕末から明治の初めにかけて日本の中心的な存在だったことが多少でもロンドンを薩摩に近づけたと言えようが、彼は薩摩武人に出会う前から日本や日本人、または武士道にある程度関心を持っていたことも事実である。短篇「お春」が書かれたのはロンドンが薩摩武人に出会う前のことだからだ。しかし、黒木や長沢に出会ったことが彼の日本や武士道への関心を増幅させたことは容易に理解される。なぜなら、日露戦争従軍後すなわち長沢と出会って以降に書かれた「日本もの」のほうがそれ以前よりはるかに多く、そこにはロンドンの日本ものの中でも、日本への関心がいっそう鮮明になる短篇「比類なき侵略」や「戦争」、それに未完の遺作『チェリー』が含まれているからである。

黒木との関係についてはすでに別の論文で論及しているので、この論文では主に長沢とロンドンの関係について概観し、二人が実際にはどの程度接触しているかを追究して、影響力について論じていくことにする。ただ、具体的な論述の前に押さえておくべきことが二つあると考える。一つは、ロンドンが青年期から日本に深い関心を持ち、生涯を通じて「日本もの」を書き続けたことだ。その数は一〇作を超え、それ以外にも日本的な哲学が感じられる作品もいくつも存在するわけで、彼の日本や日本人への関心の強さが感じられる。

あと一つの押さえるべき点とは、そのようなことを述べるとアメリカの研究者などから、ロンドンはエッセイ「黄禍論」なども書いて日本を批判していたではないか、彼はむしろ人種主義者で反日主義者だったのではないか、と反論が寄せられることだ。しかし、これについてもすでに論じたことだが、日本を警戒するよう警告するロンドンのこうした主張と日本や武士道への彼の強い関心は必ずしも矛盾しない。簡単に述べると、従軍記や「黄禍論」などに見られる主張の核心は、集団としての日本人や国家としての日本は何をするかわからないところがありアメリカを脅かす可能性があるので甘く見てはならない、というまさに「警告」である。しかし、このような主張の底流にはロンドンが惹きつけられるような日本人の実直さや精神力への強い関心があり、それがあるからこその主張だとも言えるのだ。

ところで、薩摩武人のロンドンへの影響は、文学的影響、すなわち日本人がストーリー展開のうえで題材として面白いというだけではなく、自称無宗教主義者で人種的な純粋さを重んじるロンドンにとっては、自分の価値観にさえ関わる思想的影響でもあった可能性が高いと思われる。この点でもただの異国趣味あるいは日本趣味と言って片付けることのできない関係だと言えよう。またこの影響関係がさらに面白いのは、薩摩武人の影響を受けたロンドンから薩摩の（鹿児島の）複数の文学者が文学的・思想的影響を受けていることだ。このことについてはすでに複数の拙著論文で触れているが、併せて考えるとこれは壮大な影響関係であることが理解されよう。

2 長沢鼎の武士道

武士道では、「武士たるものは、足を伸ばして仰向きに寝てはならない」（氏家、六六）のである。常に警戒しなければならないからで、死の覚悟が心得の中でも最重要だからだ。見苦しくない死を遂げる覚悟が重要なので、「切腹はもっとも武士らしい行為」（氏家、一四四）ということになる。女性の行動とはいえ、ロンドンの初期の短篇「お春」の結末は、「もっとも武士らしい行為」を彼の執筆人生の極めて早い段階で描いたと言えよう。また、武士には「寡黙」が重要である半面、「武士の面目」のためには言葉を惜しんではならない。長沢は非常に寡黙な人であったようだし、そういえば、ロンドンの短篇「恥さらし」の主人公スビエンコウは、読者からすればくだらない虚言を並べ立てながら、結局は介錯に似た形で醜態をさらすことなく死んで行くことができた。「〈武士道〉をまっとうするには、ときにはおのれの生命をも〈義〉や〈名〉のためには、投げ出さねばならない厳しさやすさまじさが伴った」（加来、一一五）わけだが、江戸時代の太平の世の中にあっても、本来の厳しい「武士道」を守りこれをさらに厳しくしたのが薩摩の武士道であった。

薩摩藩は全国平均の五倍以上という武士の比率の特に高い藩で、一九世紀中葉で二〇万人の武士がいて藩の人口の四人に一人が武士だったが（今吉・徳永、九八／星、七七）、それだけに薩摩の武士道は日本の武士道を代表するような厳しく典型的なものであった（加来、五六）。「薩摩士道」または「薩摩士風」と呼ばれるその武士道は西郷隆盛にその典型を見る人が多いが、長沢は西郷よりはるかに先まで生き、しかも外国のカリフォルニアで厳しい薩摩士道を守って生きた「最後の武士《ラストサムライ》」であった。では、自顕流に集約されるこの長沢の武士道とはどのようなものだったのだろう。

鹿児島には昔から「男あ三年に片頬《かたふ》」ということわざがある。男は三年に一度片頬だけ笑えということだが、長沢はいつも口をきっと結び、めったに笑顔を見せない男だった。他にも「山坂達者」「泣こかい跳ぼかい、泣こよっかひっ跳べ」「負くっな。嘘を言《ゆ》な。弱え者《よえもん》ぬいじむっな」というような言葉がよく知られているが、それぞれ、からだを鍛えろ、勇敢に行動せよ、負けてはいけない、などと「強さ」を強調するものが多いのが特徴だ（橋口、三四－一四四）。ちなみに、最後の「負くっな。……」は、郷中《ごじゅう》教育のスローガンだが、この教育は「潔さと勇敢さ、弱者へのいたわりといった寛容に通じるすべてを、身をもって知らしめ養うもの」であり、「したがって、臆病を最も卑しみ嫌忌する」のも大きな特徴だった（加来、六〇）。「寛容」といえば、西郷隆盛は「武士道的寛容さ」「度量ある寛容さ」を持っていたが、これは同様に郷中教育を受けた東郷平八郎や大久保利通や、ロンドンが出会った黒木為楨にも共通しているという（加来、五五）。この中に長沢が入ることは言うまでもないが、さらに、黒木と長沢の共通点として見るとき、この「武士道的寛容さ」はロンドンの「戦争」に描かれる「武士の情け」的な描写を想起させる。

「質実剛健」を旨とする「薩摩士風」は、忠孝仁義をもとにして実践を重んじるもので、薩摩の気候・風土や薩摩人の気質（激しさ、諦めの良さ、明るさなど）が育んできた（宮下、一六、三九）。これは自顕流の誕生にもつながっており、「（自顕流は）なんともすさまじい剣法だが、薩摩藩では郷中制度にこの示現流の修行を組み込み、少年時代から心身の剛毅を育んだ」（加来、六二）。したがって、自顕流に見られる「速さ」と「強さ」そして「意地」（刀を使う際の気概・激しさ・厳しさ・強い覚悟など）が薩摩士道の本質である（森「ジャック・ロンドン、黒木」三三〇－三三一）。

では長沢はこうした薩摩士道をどのように身につけたのであろう。彼は、一三歳で渡英するまでに、薩摩藩の徹底した武士育成教育である郷中教育を強力に受け、全国に知られた薩摩の秘剣である自顕流を修めた。郷中とは町の小さな区割りのことであり、現在の校区に近いものだ。郷中の学校は薩摩藩の教育システムの基礎部分をなしていて、若者たちに薩摩の武士道精神を叩き込んだ。このシステムの第一の目的は郷中内部の結束意識を生み出すことである。第二の目的は子どもたちを教養ある大人に育てることであり、そのため子どもたちは、朝六時から夜六時まで、読書や団体行動や教訓歌を学び、武芸の練習を行った。子どもたちが武士道に従ってさまざまな日常的状況に対処できるようにするために、武士としての常識を養うことに主眼が置かれている。

剣術はまた郷中で重んじられた。これは武士たるものの実戦に備えた準備で、郷中の学校の第三の目的であった。剣術としての自顕流は、薩摩では最も主流の剣法だった。その教義は「剣の目的は敵を攻撃することなり、自己を守ることにあらず」であり、スピードと腕力が身上で、これはまったくもって攻撃的な剣法である。熟練した者はお互いに剣をぶつけ合いながら走るが、そのさまはまるでツバメが飛ぶように見える。たとえ一秒であろうが気を散らしたなら、結果は手ひどい怪我を負いかねない。

3　長沢とロンドンの出会いと関わり

長沢とロンドンが出会っていたとする状況証拠はたくさんあり、ここではまずそれを提示し、そのうえで長沢の死亡記事を提示してその信憑性《しんぴょう》を検討したい。ロンドンが「ブドウ王」「ワイン王」として知られた長沢の存在を知っていたことは長沢の死亡記事がなくとも明らかであり、武士道精神を残している人物が身近にいることに強い関心を持ったであろうことは疑う余地がないからだ(1)。

ジャック・ロンドンは知日家だった。ロンドンは二度来日し、一回目は一八九三年、二回目は一九〇四年、そして実現はしなかったが、亡くなる二年前にもう一度来日する計画があった。一八九三年には漁船員として父島と横浜を訪れている。一七歳のときだった。一九〇四年、二八歳のときには、新聞社の特派員として再来日し、日露戦争（一九〇四–〇五年）を取材した。このとき彼は、横浜、神戸、長崎、門司、そして小倉を訪れていて、その後朝鮮半島に向かっている。

ロンドンは日本と日本人に強い関心を抱く作家だった。いわゆる「日本もの」を生涯にわたって書き、カリフォルニアの自分の農園では、ナカタ・ヨシマツ、関根時之助、世良誓といった日本人使用人を重用した。ロンドンは、明治時代の末（一九〇〇年代）から昭和の初め（一九三〇年代）まで日本で人気のある作家であったし、現在でも多くの作品が翻訳などを通して日本人に読まれている。

多くの社会活動家や作家たちがロンドンに強い影響を受けてきたが、ロンドンがもっとも大きな影響を与えた作家は、日本の二大動物作家である戸川幸夫と椋鳩十だ。動物作家であるとともに児童文学作家でもある椋は、鹿児島に住みそこで亡くなったので、ロンドンは椋を通して鹿児島の文学に好ましい影響を与えたとも言える。

ロンドンにはまた、偶然にも同じ鹿児島で生まれカリフォルニアで亡くなったサムライの友人がいた。長沢鼎だ。長沢は、アメリカに渡って永住した初の日本人移民である。彼は大きなワイナリーを経営していたので、北カリフォルニアでは「ブドウ王」として知られた非常に有名な日本人だった。彼のワイナリーは全米でも一〇本の指に入るほど大きなもので、ロンドンが暮らして亡くなったグレン・エレンの隣町サンタローザで大成功を収めた。

サンタローザとグレン・エレンを含むソノマ郡は、「ジャック・ロンドン・カントリー」として知られている。ここには、ジャック・ロンドン州立歴史公園やジャック・ロンドン財団が存在し、サンタローザは長沢鼎の縁で鹿児島県と友好関係にある。

長沢鼎は、一八五二年に鹿児島城下（現在の鹿児島市）で下級武士の子として生まれ、鹿児島特有の郷中教育を受けて育ち、有名な剣術である自顕流を学んだ。彼は、明治維新の三年前の一八六五年、一三歳のときに薩摩藩主より留学の命を受けて、他の一八人の武士仲間とともにイギリスへと旅立った。日本でも最も早い時期の留学生、いわゆる「薩摩藩英国留学生」である。

長沢はその後、一八六七年に他の五人の仲間とともにさらにアメリカに渡ったが、しばらくして彼以外は全員日本へ帰国した。それから、一人アメリカに残った長沢は、一八七五年、二三歳のときに彼の尊敬する指導者トマス・レイク・ハリスに伴ってカリフォルニア州サンタローザに移住し、丘の上にファウンテングローブ・ワイナリーを創立してワイナリー経営に乗り出す。長沢は、サンタローザに着いた直後に、著名な園芸家ルーサー・バーバンクや有名な詩人エドウィン・マーカムに出会っている。一九一一年に事実上全ファウンテングローブ・ワイナリーの単独の所有者となった彼は、勤勉に農業、特にブドウの栽培や生育を研究し実践して成功し、「カリフォルニアのブドウ王」と呼ばれるまでになった。

一方ジャック・ロンドンは、一九〇四年六月に日露戦争の取材から帰国したあと、二八歳のときにカリフォルニア州グレン・エレンに移り住み、月の谷のソノマ山に広大な土地を購入して定住した。ここに落ち着くとすぐ彼は、ルーサー・バーバンクに農業に関するアドバイスを求める手紙を送っているし、また一九一〇年以降は何度もバーバンクを訪問している。その後ロンドンは次々と広大な土地を買い足して、「ビューティー・ランチ」と名づけた巨大な農場を建設した。彼はここで「農業小説」を含む数々の小説を執筆する傍ら、一生懸命新しい科学的農業を勉強・研究し、それを実践した。家畜を飼育しブドウやその他の作物を栽培し続けたのだ。

したがって、一九〇〇年代初頭のカリフォルニア州ソノマ郡には、三人の有名人、つまり、世界的に有名な人気作家ジャック・ロンドン、「カリフォルニアのブドウ王」長沢鼎、世界的に著名な園芸家ルーサー・バーバンクが住んでいたのだ。バーバンクはロンドン、長沢どちらとも親しい関係にあった。バーバンクは長沢としばしば農業について語り合ったし、ロンドンに農業を教え、ロンドンは頻繁にバーバンクを訪ねた。ロンドンと長沢は、いわばバーバンクの生徒だった。サンタローザにあるルーサー・バーバンク博物館には、バーバンクと長沢が一緒に写った写真と、バーバンクとロンドンが一緒に写った写真が展示されている。

そのうえ、有名な詩人のエドウィン・マーカムもまた長沢とロンドンに共通の親しい友人だった。マーカムは、長沢のファウンテングローブ・ランチとロンドンのビューティー・ランチの共通の客でもあった。マーカムは、長沢の農園に一時期住んでいて、農園を離れてからも生涯にわたって幾度もここを訪ねたし、一九〇六年にはすでにロンドンの親友となっていた。こうしたことから考えて、ロンドンと長沢がワイン製造者や農業者として、また有名人同士として、お互いを知っていたことは間違いないだろう。

長沢鼎は、ソノマ郡とナパ郡のすべてのワイナリーを訪問して、誰とでも率直に言葉を交わした。ジャック・ロンドンは、農業についての情報を得るために多くの場所に出向き、さまざまな農業組織や実験農場と数えきれない書簡を交換した。ファウンテングローブ・ランチで長沢とディナーをするために多くの訪問客がやってきたし、実に多くの訪問客がロンドンのビューティー・ランチを訪れてディナーパーティーに出席したこともよく知られている。ロンドンのディナーパーティーにはルーサー・バーバンクや近隣の農業者も出席した。あるときなどは、若い日本女性がわがヒーローを一目見ようとグレン・エレンから歩いて農場に登って来たが、ロンドン一家は寛大な腕を開いて彼女を受け入れ、この女性は二週間先まで丘を下りて行こうとはしなかったという。ロンドンは、週一回、午後に、二頭の最も足の速い馬に引き具を付けて全速力で一六マイルを走らせてサンタローザに出かけ、バーで酒を飲んだものだ。また彼は、ルーサー・バーバンクに会うために何度となくサンタローザを訪れた。

こう見てくると、ロンドンが実際に長沢に会い、バーバンクの家か彼らの農場でときに言葉を交わしたことはまず疑いない。実際に、一九三四年三月一日（長沢が八二歳で亡くなった日）付けの新聞の夕刊に載った死亡記事がそれを証明している。(2) そこには「晩年の有名作家ジャック・ロンドンがそこ（＝長沢の農場）をたびたび訪れた」と書かれているが、これは記者が当時直接取材して書いたものだけに、その信憑性は極めて高い。ロンドンと長沢はお互いに何度も会っていたのだ。そして二人は、友人同士としてしばしば、農業や日本のことについてさまざまに語り合っていたに違いない。

ロンドンは、ビューティー・ランチを作る際に長沢のファウンテングローブ・ランチから学び、参考にしたのではないか。彼の小説に登場する日本人の中には、長沢のイメージをベースにして描かれてはいるものがあるのではないだろうか。

ロンドンは熱心に農業に打ち込み、さまざまな資料や情報を集めて農業を研究し、広くいくつかの実験も行った。たとえば、ユーカリの木を植栽するというテーマについてあらゆる政府広報を調べ、カリフォルニア大学デーヴィス校に出かけて行って農業の専門家と話をしたり、手に入る限りのあらゆる情報について熟考したりした。ルーサー・バーバンクがサンタローザの自分の実験農場から自ら育てたとげなしサボテンを持ち込んだときには、ロンドンは、何にでも挑戦する気概があったので、それを自分の農場に植栽した。こうしたことにより、彼は農業の専門家になるのに十分な知識を得た。

一方長沢も、新しい農業やワインの製造技術について調査し本を読み、また実験をするのに非常に多くの時間をかけたし、畜牛や馬も飼育した。一八九三年にはカリフォルニア州ワインコンテストに出品して二位を取っている。ロンドンはカリフォルニア州の農業について研究し、カリフォルニア農業を救おうと思い立ったほどなので、長沢の活動に関心を持たないわけにはいかなかった。

一八九三年にはサンタローザのワイン製造者から大量のワインやブランデーが陸路で運ばれたが、その出荷量のうちファウンテングローブのシェアは実に約九〇パーセントに上り、長沢のファウンテングローブ・ワイナリーはカリフォルニア州全体で、つまり全米で一〇本の指に入るほど大きなワイナリーだった。もちろんロンドンは、農業についてはバーバンクから大きな影響を受けていたが、長沢の技術やスタイルも自分のものとしたり、あるいは参考にしたりしていたのではないだろうか。少なくとも、ロンドンは長沢の大地への愛や人道的な農場経営に共感していたはずである。

4 長沢または薩摩武人のロンドン文学への影響

ロンドン文学への薩摩武人の影響については、『チェリー』や『白い牙』などを挙げて、以前に執筆した拙論の中ですでに具体的に実証してきたところだが、さらにほかの作品も取り上げてその実証性を高めていきたい。ロンドンの後半の作品群、特に「農業小説」の中には、カリフォルニアの農場や日本人の登場人物への言及がよく見られる。登場する理想的な農場は基本的に彼のビューティー・ランチを反映していると思われるが、そのイメージの幾分かは長沢のファウンテングローブ・ランチから来ているかもしれない。ロンドンの晩年の作品に出てくる日本人の登場人物には長沢を思わせる人物もいて、注目に値する。次にその例を見てみよう。

ロンドンのすぐれた農業小説『月の谷』の後半には複数の日本人が登場する。特に、第三部の終盤、「月の谷」（カリフォルニア州ソノマ郡のロンドンが暮らした地域の先住民由来の地名）を舞台とする場面では、主人公のビリーが「仔馬に乗って出かけて、実験を続けている日本人化学者と話をしたよ」（『月の谷』五〇八）と述べているが、実際長沢は農業の研究と実験に多くの時間を割いている。長沢以外にそういう人物がいたとは考えにくい。

ロンドンの未完の遺作『チェリー』では、ハワイに住む若い日本人女性チェリーが日本人ヤードボーイの一人「ノムラ・ナオジロウ」に思いを寄せている。この作品の中でノムラは、「彼は優秀なヤードボーイだ。彼はいつも働いている。働き過ぎるくらいだ。他のヤードボーイたちはノムラが好きではない。だが、彼を恐れている」「ひどく恐れている。ノムラがとても粗野な日本人だからである。彼は強い男だ」とか、

彼がとても粗野で強いことは誰もが知っていることだ。……ノムラは強い眼をしている。彼は何も語らない。彼の眼が語るのだ。誰かがなれなれしくするときノムラの眼はより強く見える。だから他のヤードボーイたちが彼を恐れるのだ

とか「ノムラはもっと勇敢だ」そして、

ノムラはすばしっこいわけではない。むしろスローだ。彼の眼が語るのだ。変人の監督官が……ノムラが地位の低い苦力のように素早くないと言って彼の頭を乗馬用の鞭でたたいた。やった！　頭に鞭を受けたノムラは非常に素早かった。ポルトガル人の変人監督官の腕をつかみ……花のように鞍から突き落とすと、監督は地面に仰向けに倒れ、腕が肩の内部でひどく骨折していた

などと説明されている（『チェリー』六〇‐六一）。

ノムラの眼が語る、つまり目でものを言うのである。彼の行動は普段はのろいが、攻撃されると急にその動作はとても機敏になり、激しい男となる。その眼は武士の眼であり、このような素早さは武士のそれ、特に日本の剣術の速さである。では、ロンドンは武士を知っていたのか？　橋本順光が指摘しているように、彼は確かに新渡戸稲造の『武士道、日本の魂』（英文版）を一九〇四年までには読んでいた（橋本、二一八）。エッセイ「黄禍論」の中で『武士道』の一節に触れているからだ（「黄禍論」三四九）。この書は日露戦争後に各国語に訳されてベストセラーになったわけだから（富増、二二）、ロンドンが読んでいても不思議ではないし、むしろ待望の書だったかもしれない(3)。

こうしてロンドンは、『武士道』その他の書物を読んで武士道を勉強していたかもしれないが、来日したときにはすでに日本に武士はいなかったのだ。ロンドンの日本人使用人たちは武士でも武家の血筋でもなかったし、来日時にも日本で実際に武士に会うことはかなわなかった。ところが、同じソノマ郡にいた長沢鼎は正真正銘の武士だったし、言い換えると、ロンドンが実際に本物の武士を見たりこれと接触したりしたことは、武士出身の黒木為楨陸軍大将を除けば、長沢以外にはない。

すでに述べた通り、長沢は薩摩士道を叩き込まれた本物の武士であった。彼は、「一見太っており、背丈は低かったが、非常に敏捷」（門田・ジョーンズ、一三四）だった。また、『ディアボーン・インディペンデント』紙の記者が、あるとき長沢が刀を取り出したその現場に居合わせた。記者は、長沢がさやから刀の刃を引き出すしぐさの中に武士の伝統の名残りを見て取った。長沢は、アメリカにありながらも、若き日にすすんで敵の首を切ろうとするときに行ったように、素早く力強い動きで「抜き」を見せ、鮮やかな刀さばきを見せた、ということを記者は証言している（門田・ジョーンズ、一五六）が、これはまさに薩摩の自顕流の特徴である。

長沢は、郷中精神、すなわち強力な精神的・社会的自制心を十分に持ち続けたし、簿記や金銭管理はあまり好きではなかったが、日本国籍を生涯捨てることなく、武士道精神を保持し続けた。チェリーは人種的に純粋な日本人で、誇り高き血筋だが（『チェリー』五）、長沢もまさに人種的に純粋で、下級武士の出身ながら名門の家柄である。彼は日本人であることを誇りとし、武士道精神を持つ典型的な日本人だ。まさにそんな日本人サムライがジャック・ロンドンの近くに住んでいたのだ。

『チェリー』の中でロンドンは、「多くの日本人使用人が〈ノムラが黒木さんによく似ている〉と言うが、黒木さんというのは高い血筋を引く日本の戦時の大将軍である」（『チェリー』六二）と書いている。だが、ノムラのイメージは薩摩のサムライのそれ、つまり長沢のイメージでもあるのではないか？　ノムラのモデルは長沢である可能性もある。いや、黒木と長沢のイメージを融合したのがノムラなのかもしれない。すでにほかの拙論で指摘した『白い牙』の主人公〈白い牙〉の自顕流的描写も、短篇「恥さらし」の切腹的描写も、さらに短篇「戦争」の〈武士の情け〉的描写も、同じ自顕流や薩摩武士道を修得した黒木と長沢の両方から得たヒントに基づいて書かれたと考えたほうが自然なのかもしれない。また、自顕流的な強さとスピード感を持つ作品は他にも存在するし、厳しい精神性（道徳性、倫理性）を示す作品も存在する。黒木と長沢のロンドンへの文学的・思想的影響は案外大きいかもしれない。

ところで、ロンドンはなぜ強い関心を抱いていたはずの長沢のことに、自分の著作の中で具体的に言及していないのだろう。彼の住所録をすべて調べてみても長沢の名は出てこない。いや、日本人の名前自体がほとんど出てこないというのが事実である。奇妙なことだが、長沢の資料の中にも今のところロンドンの名は見当たらない。おそらくロンドンにしてみれば、日本への警戒を激しく主張した自分が、ごく近距離に住む長沢への関心を公に語れば誤解を生じると考えていたのではないか。そこであえて名前を出さなかったのではないか？長沢は武士としての自覚もあり、階級意識から考えても武士道とは相いれないであろう社会主義を信奉するロンドンには、やはり表向きは距離を置かないわけにはいかなかったのではないだろうか。しかし、逆説的に考えれば、これだけ証拠がそろっていながら名前が出てこない不自然さこそが、かえって二人が親密だったことを示しているとも言えるかもしれない。

ロンドンは一方で、時代背景もあり日本人に対する偏見のようなものも持っていたが、彼の日本人に対する関心は非常に大きかった。矛盾した面もあった彼が日本人や日本人の精神世界にどのような関心を持っていたかは非常に興味深いし、ロンドンの日本人に対する関心と彼の作品世界の関係についても、もっと注目されるべきであろう。

注

（1）本論文で扱うロンドンと長沢の伝記的な情報は、Russ Kingman, *A Pictorial Life of Jack London* と Kadota and Jones, *Kanae Nagasawa—A Biography of a Satsuma Student*— および門田・ジョーンズ『カリフォルニアの士魂——薩摩留学生長沢鼎小伝』からのものだが、いちいち記載ページは示さない。

（2）この記事は、二〇年ほど前にサンタローザ市在住の地方歴史家ファーン・ハージャー氏よりそのコピーを提供していただいたもので、氏によれば、ソノマ・カウンティ・ライブラリー（ソノマ郡図書館）で見つけたものだということだ。コピーには「要保存　歴史的価値あり」という印があるが、その後、筆者が自分で一年以上にわたって調べてみたものの、どこの新聞かはいまだ突き止められていない。なお、この記事のコピーの写真は、拙著『椋鳩十とジャック・ロンドン』（高城書房、一九九八年）に掲載されている。

（3）アメリカ第二六代大統領セオドア・ローズヴェルトや日露戦争時のロシア皇帝ニコライ二世も読んで、感動したそうだ（富増、二九）。

引用・参考文献

Kadota, Akira and Terry Jones, *Kanae Nagasawa—A Biography of a Satsuma Student—*. Kagoshima: Kagoshima Prefectural College, 1990.

Kingman, Russ. *A Pictorial Life of Jack London*. New York: Crown Publishers, Inc., 1979.

London, Jack. *White Fang*. New York: The Macmillan Company, 1906.〔『白い牙』〕

———. *The Valley of the Moon*. New York: Grosset & Dunlap Publishers, 1913, 1916.〔『月の谷』〕

———. "Cherry." *Jack London Journal, No.6,* 1999.〔『チェリー』〕

———. "O Haru." *The Complete Short Stories of Jack London, Vol.1.* Eds. Earle Labor, Robert C. Leitz, III. and I Milo Shepard. Stanford: Stanford U P, 1993.〔「お春」〕

———. "The Yellow Peril." *Jack London Reports*. New York: Doubleday & Company, Inc., 1970.〔「黄禍論」〕

———. "The Unparalleled Invasion." *The Complete Short Stories of Jack London, Vol.2*.〔「比類なき侵略」〕

——. "Lost Face." *The Complete Short Stories of Jack London, Vol.2.*〔「恥さらし」〕

——. "War." *The Complete Short Stories of Jack London, Vol.3.*〔「戦争」〕

Nitobe, Inazo. *Bushido The Soul of Japan.* Tokyo: IBC Publishing, Inc. 2007.〔『武士道、日本の魂』〕

今吉弘、徳永和喜編著『鹿児島県謎解き散歩』新人物往来社、二〇一二年。

氏家幹人『武士マニュアル』メディアファクトリー、二〇一二年。

加来耕三『西郷隆盛と薩摩士道』高城書房、一九九七年。

門田明、テリー・ジョーンズ『カリフォルニアの士魂——薩摩留学生長沢鼎小伝』本邦書籍、一九八三年。

富増章成「新渡戸稲造の「武士道」」『男の隠れ家』二〇一三年五月号、プラネットライツ。

橋口満『よみがえれ！　鹿児島の品格』高城書房、二〇〇九年。

橋本順光「ジャック・ロンドンと日露戦争——従軍記者から「比類なき侵略」（一九一〇）へ」日露戦争研究会編『日露戦争研究の新視点』成文社、二〇〇五年。

星亮一『会津藩VS薩摩藩　なぜ袂を分かったか』ＫＫベストセラーズ、二〇〇八年。

宮下亮善編『西郷《せご》どんと薩摩士風』西郷隆盛公奉賛会、二〇〇九年。

森孝晴『ジャック・ロンドンと椋鳩十』高城書房、一九九八年。

——「ジャック・ロンドンに対する薩摩武人の影響——黒木為楨《ためもと》の場合——」立命館大学編『立命館経済学』第五八巻第三号、二〇〇九年九月。〔「ジャック・ロンドン、黒木」〕

——「長沢鼎の武士道精神について」、『鹿児島国際大学考古学ミュージアム調査研究報告』九、二〇一二年三月。

第Ⅲ部

ドライサーをめぐって

10

ドライサーのヒューマニズムを求めて

——『「天才」』を中心に

中島好伸
Nakajima Yoshinobu

1 無視できない問題作

ドライサーの『「天才」』[1]が自伝的作品であることはもはや言うまでもない。(ドライサーのインディアナ州ではないが)イリノイ州アレクサンドリアという田舎町出身の主人公ユージン・ウィトラが、成功を求めてシカゴ、ニューヨークへと移動し、(小説家ではないが)画家として、さらにはアート・ディレクター、雑誌の編集長として出世していく過程が描かれる。そればかりか、「シカゴから八五マイルの町」ウィスコンシン州ブラックウッド出身の女性アンジェラ・ブルーとの結婚、性格の不一致による二人の確執、あげくの果てには、画家としての最初の成果を世に問うたあと精神衰弱に陥り、鉄道会社の日雇い作業員として働きながら回復を期するところまで、ドライサーの人生をそのまま作品化したと言っても過言ではない。

ここまで自伝的要素が鮮明になぞられると、『「天才」』までにドライサーが発表してきた『シスター・キャリー』や『ジェニー・ゲアハート』に見られる弱者への共感について『「天才」』の中でどう扱われているか、また自伝的主人公ユージンがこの共感をどう獲得していっているのか、という興味がわいてくる。シグネット版『「天才」』の「あとがき」で、ラーザー・ジフが「無情な自然主義に共感的な仲間意識を深く融合したもの」または「新しい共感的自然主義」（ジフ、七二五）と呼ぶもののことだ。

しかし、『「天才」』が小説であって、虚構が多く施されていることも、多数の批評家によって指摘されてきた。一目瞭然である画家への変更の他に、たとえばF・O・マシセンは、「ウィトラの最初の絵画の成功（『シスター・キャリー』は成功しなかった）、主に過労によってもたらされた衰弱、そしてアンジェラの出産による死」をあげる（マシセン、一六〇）(2)。小説であるとすれば、村山淳彦が言うように、「折角芸術家小説としての枠組みを与えられているにもかかわらず、芸術家小説になりそこなっている」（村山、一四九）と言わざるを得ないのも事実だ。『シスター・キャリー』や『ジェニー・ゲアハート』に見られる弱者への共感を考えれば、ユージンの出自は中産階級であると言わざるを得ず、弱者への共感は見られないと言っても過言ではない。では、『シスター・キャリー』と『「天才」』、それに『アメリカの悲劇』と並べたとき、この『「天才」』はドライサーの作品群で異色な作品、誰もが指摘する失敗作なのだろうか。

小説としての結構は確かに整っているとは言い難いが、だからと言って『「天才」』を無視してしまうのはドライサー研究にとってあまりにも軽率である。ローレンス・ハスマンの言うように、「示唆に富んだ自画像を提示している」（ハスマン、九二）からだ。この作品の中には『アメリカの悲劇』に至るドライサーの創作法の重要な鍵が眠っていると思われるからだ。『「天才」』は、『ジェニー・ゲアハート』を書き終えた直後の一九一一年に書き始められたと言われている。その後、作者の関心はチャールズ・タイソン・ヤーキーズの人生に移り、『資本家』、『巨人』の出版を見たあと、一九一五年に『「天才」』が出版された。『シスター・キャリー』および『ジェニー・ゲアハート』では部割構成はされていないが、『資本家』、『巨人』に『禁欲の人』を加えた欲望三部作を一つの作品の三部構成と見れば、『アメリカの悲劇』、さらには『とりで』に至るまで三部構成が維持され、ドライサーの作風の転換点にこの作品が位置していることがおおよそわかる。厳密に言えば、一九一一年に書き始められた『天才』では三部構成が採用されていないが、出版の直前に三部構成（第一部「青春」、第二部「努力」、第三部「反抗」）へと変更になっている。[3] いずれにしても書き出しから出版という『「天才」』（もしくは『天才』）に関わった期間がドライサーの作風の変化に関わっていることに変わりはない。岩本巌によれば、『「天才」』は、『あけぼの』、『私自身の本』（のちに改題『ニューズペーパー・デイズ』）の続編として読めると言う（岩本、一三三―三四）。こう読めば、自伝の部分も三部作となる。

さらに、『シスター・キャリー』のキャリーが、満たされない欲望にさいなまれるとはいえ、成功して結末を迎えるのに対して、（出版順は異なるが）『「天才」』以降、『資本家』のクーパーウッドも『アメリカの悲劇』のクライドも、成功への階段を上りながらもその挫折が描かれる。ユージンの人生と同じ軌跡をたどるのだ。また一九一一年版と一九一五版の結末部分の違いも見逃せない。前者ではスザンヌがユージンのもとへ帰り結婚で終わるが、後者ではスザンヌとの関係は完全に切れて終わる。したがって、一九一一年版では、どちらかというと『シスター・キャリー』に近い想定がされていると見ることができるのに対して、一九一五年版は『アメリカの悲劇』に近づいている。ここまで見てくると、『シスター・キャリー』と『「天才」』の間には創作上の何かが変化したと考えざるを得ない。そしてその変化は傑作『アメリカの悲劇』に大きな影響を与えたはずである。『シスター・キャリー』から『アメリカの悲劇』への流れの中に『「天才」』を置いたとき、ドライサーが作風を変えながらも、作家として一本の軌跡を描いていることがわかる。そうだとすれば『シスター・キャリー』や『ジェニー・ゲアハート』で描かれ、のちに『アメリカの悲劇』で大成される弱者への共感は、『「天才」』の中でどう描かれるのだろうか。

この論文では、以上のような視点に立って、『「天才」』の再検討をしてみたい。その際の課題は、ドライサーのヒューマニズムと言えるかもしれない「無情な自然主義に同情的な仲間意識を深く融合したもの」、または「新しい共感的自然主義」とはどういうものか、そしてどこから来るのか、の検討である。

2　時代に合った想像力――ユージンの弱点

ユージンは、ドライサー自身のような貧困階級の出身ではない。彼の家庭は、「けっして貧しくはなかった。いや、少なくとも貧しいとは考えていなかった。かといってけっして金持ちでもなかった」(九)と描かれ、中産階級と位置づけられている。マシセンが指摘するように、自伝的とは言えないところである。しかも、最初の神経衰弱後の生活不安、スザンヌの母の密告による失職があるものの、この生活苦がユージンに「共感的な仲間意識」をもたらしたと読むことはできない。もしユージンに「共感的な仲間意識」が読み込めるとしたら、それは彼の他の要素に注目しなければならない。その要素とは何か。

ユージンの最大の特徴は、ふんだんに使われる「芸術家的」という形容詞で修飾された想像力であろう。しかもこの想像力は、「乱交的」とも言われた女性遍歴に関係があるようにも思われる。

ニューヨークへ出たユージンは、古い価値観を持ったアンジェラとの結婚に躊躇し、むしろクリスティーナ・チャニングのような知的な女性と結婚できればと思いながら、彼女との逢瀬を楽しんでいた。しかしクリスティーナは、「普通の生活と芸術は共存できないの」と言い、「私の知るたいていの歌い手は結婚に縛られて大した仕事はしてないわ」「女性芸術家は悲惨な状態にあるのよ」「労働者と同じように新しい性生活が必要なの」（二四八）と続ける。ここでクリスティーナが労働者の性を引き合いに出しているのは面白いが、詰まるところ、芸術と結婚は共存できないという価値観を新しい性関係で解決しようとするのだ。結局、クリスティーナとの関係は数あるユージンの女性遍歴の一つとして終わるが、このエピソードは作品全体との関連で何を暗示するのだろうか。芸術的想像力と結婚の問題だが、まずユージンの結婚から見てみよう。

クリスティーナとの関係と同じ頃、アンジェラの妹マリエッタから姉の状況を伝える手紙が届く。「頻繁に手紙が来ないと姉はしょげてしまうの。あなたをここに迎えたがっていると思う。アンジェラと結婚したらどうなの。」（一六三）この手紙を読んだユージンはブラックウッドへ急ぐ。アンジェラは結婚か死を選ぶかの選択に迫られたとユージンに打ち明け、ユージンは同情と不安の狭間で結婚を決意する。

彼女の激情か。彼女の死が自分に降りかかってくる。そんなことは我慢ならない。それは彼を恐れさせた。そんな悲劇がときに新聞に出ている。感傷的な物語が確信を持って述べられて。でもこんなことが自分の人生に起こってなるものか。彼女と結婚しよう。いずれにしてもかわいいじゃないか。結婚しなくちゃ。そろそろ決心したほうがいい。（一七六）

このように、ユージンの結婚はまるで対処療法的な対応によってなされていることがわかる。このことは彼の芸術と照らして考えるとわかりやすい。ユージンの描く絵は当時一世を風靡したアシュカン・スクールばりの画風で、中でもエヴェレット・シーンが彼のモデルであることはほぼ批評家の一致するところだ（エビィ、七七二-七七六）。一九〇八年のジ・エイトが開いた展示は、アカデミーがメンバーの絵を拒否したことへの抗議だった。伝統を重んじるアカデミーは、ニューヨークのありのままの姿を描いたジ・エイトばりの絵を芸術と認めなかったのだ。ユージンの芸術的想像力は眼前に広がる風景を生の形で受け入れるリアリズムをその特徴としていると言っていいだろう。しかも、ユージンの眼前に広がる二〇世紀初めのニューヨークは、急速な変化を遂げた場所だ。そのスピードはそのままユージンの想像力を刺激しただろうし、彼の想像力が外界の変化と同じく速いスピードに対応する特性をもっていたに違いない。女性に関して言えば、目の前に現れた女性にその都度反応する、それがユージンの女性遍歴なのだ。

そんなユージンに結婚式の誓いが提示される。「〈ユージン・ウィトラ、あなたは、この神聖な結婚式の誓いに則り、この女性を一緒に住む妻としますか。あなたは病めるときも健やかなるときも彼女を愛し、彼女を慰め、彼女を敬いますか。あなたがた二人が死ぬまで、他を顧みず、お互いに添い合うことを誓いますか〉〈はい、誓います〉」この誓いは、一九一一年版から作品の扉に掲げられ、この作品の当初の意図が結婚問題にあったことを暗示しているが、要は、眼前の変化に対応できる想像力を備えたユージンを、変化を禁じた結婚が束縛するという構図であろう。先のクリスティーナのエピソードは、ユージンの場合と同じような芸術と結婚の関係を映し出すものであった。マシセンはこのことについて、「もっと多くの女性を知りたいという彼の不断に活動する欲望は、彼の基本にある不安定さの産物である。自分自身を証明し続けたいという必要性の産物にほかならない」（マシセン、一六六）と言い、土台にある不安定さがたえず自己証明を必要とする、それがユージンの女性遍歴であると言っている。マシセンの「不安定」という形容は、ユージンを外側から見たものであろう。彼を内側から見たときの彼の想像力は、眼前の変化に呼応して働く即妙性を持ち、彼の芸術を支えるものだからだ。それを外から見ると「不安定」と映る。ユージンの想像力は、彼を「天才」にもすれば、彼の弱点にもなる。

ユージンを外側から見てみよう。彼と対照的に「冷たい」という形容詞が当てられた企業人カルヴァンとコルファックスは次のように語る。

ニューヨークに転職の話があるというユージンに対して、カルヴァン社のオバディア・カルヴァンは言う。

「……私は君が立ち止まって十分に考えているとは思わない。アイディアはたくさんある。それは君の頭の中でミツバチのようにうごめいている。ときにはそれを君は一度に吐き出して、それは君のまわりを飛び回り、君や関係する人々を苦しめる。……」

「具体的な証拠があるわけじゃあない。一つとして。君の最大の弱点はおそらく女性の方面と言うよりは、贅沢そのものを愛しているところにある。女性は贅沢の一部となりうる。たいていの場合そうだよ。」（四二九）

デイル夫人の告発を受けて、ユナイテッド・マガジン・コーポレーションのハイラム・C・コルファックスはユージンに次のように話す。

「いいか、君。君は前もって出費を考えない。計算も正しくない。君は計画を立てたことがない。君について漠然と思っていたことを証明するものがあるとすれば、こういうことだ。君は十分注意して計画を立てたりしない……」(六四五)

企業人が指摘するユージンの特質を簡単にまとめれば、ユージンは想像力に富んでいるがそれをコントロールする計画性がないということになる。よく言えば、想像力を持った「天才」で、これはコルファックスも認めているところだ。つまり、ユージンの弱点は、想像力であり、言い換えれば「天才」であることが弱点となる。

『「天才」』という作品は、ユージンの想像力をユージンの内側から捉えるのか、それとも外側から捉えるのかが曖昧な作品である。内側から捉えれば、村山の指摘にあるように芸術家小説となるのだろう。しかし視点は、次第にユージンの外側から彼の想像力を見るようになっていく。小説の構想ははじめ結婚という私的題材を核にユージンの内側から構想されたのかもしれない。その意味では『シスター・キャリー』や『ジェニー・ゲアハート』に極めて近い。しかし、作品は次第に外側から、つまり社会的にユージンの想像力を見つめるように変化していく。こうなったとき、作品は『アメリカの悲劇』に近づいていくのだ。

3　システムの中のユージン

『「天才」』を間に挟んで、『シスター・キャリー』と『アメリカの悲劇』を比べた場合、そこには、満たされない欲望にさいなまれる重要なコーダがあるとはいえ成功するキャリーと、自己の罪について自問しながら死刑になるクライドという対照が見られる。この違いは何に由来するのだろうか。キャリーもクライドも自己の良心に苦しめられるという共通した要素が見られるが、キャリーを力で導く存在はドルーエ、ハーストウッドという個人なのに対して、クライドを陥れる力として無視できないのが、検察という組織である。『シスター・キャリー』でも組織がないわけではないが、家族を一つの組織と見れば、キャリーは初めに家族から切り離されているし、作品の中で家族に疎外されるのはむしろハーストウッドだ。組織と言えるかどうかわからないが、酒場の経営者によって彼はクビを切られる。シカゴでは大魚であってもニューヨークという大都会では雑魚に過ぎないと語られ、死への階段を下っていく姿に組織の萌芽を見ることもできるが、『アメリカの悲劇』の検察ほどはっきりとした形は与えられていない。次作の『ジェニー・ゲアハート』でも、政治家ブランダーは死に、ジェニーの結婚を阻むのは家族経営の車両会社である。次第に形が明確になってくるが、『「天才」』(再度確認したい。書き出しは一九一一年)で組織はユージンの人生を完全に翻弄する。

ユージンは最後にスザンヌの母デイル夫人の告発によりユナイテッド・マガジン・コーポレーションの職を失うが、そこに至るユージンの地位上昇は、組織の拡大と軸を一にしている。ユージンが初めに父の紹介で働き出したアレクサンドリアの新聞社モーニング・アピールは、「『アピール』にはほとんど社員がいなかった」(二二)と描かれる小さなものだった。さらにユージンは、神経衰弱の治療も兼ねて鉄道会社で働いた後、サマーフィールド広告代理店でアート・ディレクターとして採用される。この代理店は次のように説明される。

サマーフィールド広告代理店は、ダニエル・C・サマーフィールドが社長だが、ビジネス界でしばしばお目にかかるような、個人の個性が剝離し開花したものだ。背後にはいつも目立つ個人がいる。ダニエル・C・サマーフィールド氏の考え、熱意、力が代理店のすべてなのだ。確かに多くの労働者が彼のために働いている。広告の注文取り、広告作者、財政会計士、画家、速記者、簿記係などなど。しかし、彼らはダニエル・C・サマーフィールド氏の発散または投影に過ぎない。(三九〇)

確かに大きな組織だが、この会社は社長の人格がすべてを代表するような組織体で、従業員は多いが組織的には個人を印象づける描かれ方をしている。次にユージンは、フィラデルフィアのカルヴィン株式会社に移り、組織の責任者になったことを自覚して息を呑む。

ユージンは、フィラデルフィアだけで約一五人の有能な広告人の責任者になったことを知って息を呑んだ。他にシカゴ支店にあと八人、国の他の地域、極西部、南部、南西部、カナダのノースウェスト準州などの巡回従業員がいるんだ。(四二七)

さらにユージンはニューヨークのユナイテッド・マガジン・コーポレーションへ移籍するが、この会社は印刷部だけでも五つあると言われ、編集、出版、配送、美術、それに広告部を備えた大出版社で、ユージンはここで二万五〇〇〇ドルの年俸を約束される。組織体を効率よく動かすことを任されたわけだ。

先の引用で、コルファァックスがユージンに対して「君の計算は正しくない」と言っていたことを想起しよう。ユナイテッド・マガジン・コーポレーションという組織体を効率よく動かすためには、計画的で計算も正しくなければならない。対してユージンは、想像力はあるが不安定だ。数学的な正確さが求められる組織体と想像力が求められる芸術。さらに大胆にこの対照を敷衍すれば、正確、一貫性、計画性、緻密、つまり言い換えれば完全性、これに対して不正確、脱線、無計画、ずぼら、一言でいえば不完全。このような二項対立が浮かび上がるかもしれない。企業体が求める利潤は、完全性を追求することによって生まれると言われている。

『「天才」』の舞台は初め一八八四年と一八八九年の間と指定される。そのころユージンの父トーマス・ジェファソン・ウィトラはミシン代理店を経営し、ミシンを売ると同時にミシンを買い修理もしていた。そのうえ、ささやかな副業として保険業も営もうとしたというのだ。一九世紀の企業は、いうなれば単細胞動物的企業体だったと言える。それから約二〇年、ユージンが這い上がっていった企業は、すでに高等動物と化し、さまざまな機関がそれぞれの働きをしながら一つの組織として「章魚《たこ》」のように足を広げる。二〇世紀に入り、実業界が急速にこのような企業のありようを拡大していったことが容易に想像できる。たとえば、自動車王フォードが一九〇八年にT型の生産に乗り出し、フォード・システムと呼ばれる組み立てラインを導入したのが一九一三年であることを想起しよう。時代は確実に分業の時代に入り、このような肥大化した組織を有効に動かすためには、正確さや一貫性、計画性、緻密さが要求された。村木明によれば、アメリカの近代美術は広告を支えたイラストレーションとともに発展したが、それを担った画家たちが同一人物であったことが理由だと説明している。ちょうどユージンが画家でありながらイラストレーションに手を伸ばすのと同じなのだ。そのうえでアメリカの広告業が爆発的な進化を遂げる重要な要素は、この画家たちを組織的に利用したことにあるらしい（エビィ、七七七）。ところが、ユージンは計画性がなく組織的ではない。つまり、芸術的には「天才」と言われるユージンが、このような組織的で完全性を求める社会では、「天才」の意味をなさない。一九一五年版の『「天才」』につけられた引用符には、このような意味合いがあると言えないか。

ではドライサーは、このようなユージンを否定しているのだろうか。

4　資本主義の発展と組織・人間

一九〇七年から一九一〇年までドライサーはバタリック社で『デリニエーター』、『デザイナー』、『ニュー・アイディア・ウーマンズ・マガジン』の編集長を務める。ドライサーは、この『デリニエーター』の編集助手の娘セルマ・カドリップに夢中になった。彼女の母親は、ドライサーが妻帯者であることから、この交際に反対し、娘をヨーロッパへ留学させるなど、その経緯はそのまま『「天才」』に取り入れられている。ユージンと同じように、ドライサーはバタリック社の職を失い、以後、彼は小説に専念するようになる。ドライサーもユージンも完全性を要求する組織から放出されたのだ。自分の才能が（人によっては「天才」と呼んでくれる才能が）、無能であると位置づけられた。果たして本当か。ドライサーの疑問はそんなところにあっただろう。

もちろんドライサーは自分を信じた。自分のような才能を放り出す社会のほうに問題がありはしないか。自ら貧困に苦しみ、『シスター・キャリー』、『ジェニー・ゲアハート』と貧困の非人間性に注目してきたドライサーは、組織の中にも非人間性を見つけ出した。完全を求める組織の存在を小説で追及し出す。セルマとの関係からバタリック社の仕事を失ったのが一つのきっかけとなって、『「天才」』を書き始めた。そこには『シスター・キャリー』や『ジェニー・ゲアハート』では漠然としていた組織の姿が鮮明に浮かび上がる。そしてそのテーマは『資本家』『巨人』と引き継がれ、『アメリカの悲劇』で壮大なアメリカ的テーマとなる。『シスター・キャリー』と『アメリカの悲劇』の違いはこんなところにあると言える。
『「天才」』の組織に戻ろう。スザンヌが社交界に出るところで、彼女はまわりの男たちの非人間性を見抜いている。母のデイル夫人が娘と結婚してほしいのは、ユージンのような男ではなく企業のトップと思っているのだから、社交界に集まる男たちが企業側の人間であることに間違いはない。

彼女には彼らが考えに値するほど人間的には見えなかった。彼らのほとんどは、気楽で詩的な彼女の精神に対して、冷酷で、自己中心的、ひどく人工的だった。(五二八)

ここで「人間的」という言葉が使われているが、『「天才」』には「人間」または「人間的」という言葉が多用される。たとえば、ユージンの女性関係を気にするアンジェラは次のように思いを馳せる。

彼は七時に起床、着替えて八時半までには事務所へ行く。一時頃昼食をとり、夜八時か九時には帰宅するだけ。ときにアンジェラはこのことで腹が立った。ときには非人間的なけだものとサマーフィールドをなじった。しかし、アパートも綺麗だし、ユージンはうまくやってくれているし、どうして彼と喧嘩することができるの。(四一四)

ここでも企業側の非人間性が強調されている。このようにドライサーは、企業の完全性に対して非人間的なものを感じている。面白いのは、「乱交的」と形容されるユージンは「獣的」という単語で批判されてきたが、ここでは「獣的」は企業側に使用されていることである。ドライサーの自然主義は人間の野生の問題から企業の残酷さへと移行していると言わざるを得ない。そして、正確、一貫性、計画性、緻密、すなわち完全を求める企業に対して、不正確、脱線、無計画、すなわち不完全性は、極めて人間らしい特性だ。ドライサーはこのように言っているように思えてならない。ここまでくれば『アメリカの悲劇』はもう目の前である。ここでユージンの、クライドを予告しているかのような言葉を引いておこう。

人生を厳しく厳格なルールで支配することはできない。誰だってこれはわかっている。自己保存、世間体のためにできる限り自分を制御しなくちゃいけない。しかしもし間違えたとしても、しかも簡単に起ることだが、それは罪ではない。(二一一)

ここまで来れば、『アメリカの悲劇』もすぐそこまで来ていると言える。ドライサーが『アメリカの悲劇』を構想するため、類似の事件を収集していたことはよく知られている。『アメリカの悲劇』の直接のモデルとなったジレット゠ブラウン事件が起こったのは、まさに『「天才」』執筆の直前一九〇六年のことだが、一八九八年に起こったローランド・B・モリノー事件を題材にして『道楽者』という小説を書き出したのも一九一五年のことである。不完全な人間、しかしそれが人間たる理由だ。完全を求める社会において、不完全な人間は弱者になりうる。しかし弱者は不完全ゆえに人間的なのだ。ここではこの弱者に対する共感をドライサーのヒューマニズムと呼んでおきたい。

注

（1） テクストは Theodore Dreiser, *The "Genius."* A Signet Classic, 1981を使用した。本書からの引用は、引用後の括弧内にページを漢数字によって示す。訳は拙訳による。なお、普及版とは違い、ドライサーが最初に書き上げた原稿が一九一一年版として University of Illinois Press から出版されている。こちらも比較参照した。

（2） 自伝的要素と虚構については一九一一年版所収の "Historical Commentary" に詳しい。"Historical Commentary." *The Genius*. Ed. Clare Virginia Eby, 769–71.

（3） "The Composition of *The Genius:* The 1911 Version to Print." *The Genius*. Ed. Clare Virginia Eby, 757.　一九一一年版には普及版に付されたクォーテーションが付いていない。これも一九一一年から一九一五年に至る変化である。

引用・参考文献

Dreiser, Theodore. *The "Genius."* A Signet Classic, 1981.

———. *The Genius.* Ed. Clare Virginia Eby. University of Illinois Press, 2008.

Eby, Clare Virginia. "Historical Commentary." *The Genius*. Ed. Clare Virginia Eby. University of Illinois Press, 2008.〔エビイ〕

Hassman Jr., Lawrence E. *Dreiser and His Fiction.* Philadelphia: University of Pennsylvania Press, 1981.〔ハスマン〕

Matthiessen, F.O. *Theodore Dreiser.* New York: William Sloane Associates,1951.〔マッシセン〕

Ziff, Larzer. Afterword of *The "Genius,"* A Signet Classic,1981.〔ジフ〕

岩本巌『シオドア・ドライサーの世界――アメリカの現実　アメリカの夢』成美堂、二〇〇七年。

村木明『近代アメリカ美術の展開』美術公論社、一九七八年。

村山淳彦『セオドア・ドライサー論』南雲堂、一九八七年。

11

モダニストのドライサー、自然主義的なベロー

――『シスター・キャリー』と『この日をつかめ』の「海」

岡﨑　浩
Okazaki Yutaka

1　モダニズム対自然主義という二項対立的見方を攪乱

本稿の主たる目的は、ソール・ベローを経由してセオドア・ドライサーの『シスター・キャリー』を読むことをとおして、ベローが意図したと思われる、モダニズム対自然主義という二項対立的見方を攪乱する視覚を提示することである。

この目的を達成するため、本稿は以下のような手続きを踏む。まず、議論の前提として、第二次世界大戦後のアメリカ文学における評価規準の移行を確認し、そこに『この日をつかめ』におけるモダニズム的手法を接続する。そのうえで、『シスター・キャリー』に見られる海をめぐるイメージ連関を確認し、そのイメージを

同時代の自然主義文学の作品群と接続する。この手続きを経ることで、『この日をつかめ』におけるベローの戦略性を明らかにしたい。

2　市場原理の場だが再生も示唆する『この日をつかめ』の「海」

議論の手始めに、第二次世界大戦後のアメリカ文学において、一九三〇年代に勢力を得たリアリズムではなく、モダニズムが主流の文学様式になったことを確認しておこう。第二次世界大戦をはさんでアメリカ文学の評価規準が移行したことはよく知られているが、その際に鍵となったのはライオネル・トリリングであった。トリリングは『リベラル派の想像力』で、一九三〇年代に勢力を保っていた、リアリズム・自然主義の代表的作家であるドライサーのこき下ろしを行い、その一方で、人間の意識に寄り添って精神の現実を描くことに力を発揮するヘンリー・ジェームズを評価する議論を行っているが、そのとき、トリリングの文学観は、「現実を構成するのは人間の精神とその働きであると考える」、歴史学におけるコンセンサス学派の現実観と相通じるものであった。ヴァーノン・パリントンに代表される革新主義派の歴史家が「事実に即して」「歴史の現実」を解明しようとするのに対して、コンセンサス学派の歴史家は「人間が現実をどう感じているかということ、そして、神話や象徴がそうした現実感覚をいかに劇的に表現しているかということを優先」する（ライシング、九五・一〇二）。このようなコンセンサス学派と同様の現実観を持つトリリングはいわゆるニューヨーク知識人のひとりであるが、ニューヨーク知識人が一九三〇年代に『パーティザン・レヴュー』誌の周辺に集まった際、彼らに共通する要素はマルクス主義とヨーロッパのモダニズムであった。周知のごとく、ニューヨーク知識人の多くは後にマルクス主義の陣営を離れていくが、モダニズムを評価する姿勢は戦後に残ってゆく。たとえば、トリリングは『リベラル派の想像力』所収の論文「文学的観念の意義」で、英詩におけるモダニズムの代表的作品である『荒地』を書いたT・S・エリオットに、次のように言及している。「ヘンリー・ジェームズについての論文の中で、エリオット氏は、ジェームズの精神は極めて洗練されていたので、いかなる観念もこれを犯すことはできなかったという有名な批評を行っている」(二七五)。トリリングの考えでは、「われわれの文化において観念はイデオロギーに堕落しかねない」(二七七)と述べていることからもわかるように、「観念」は一九三〇年代的な社会運動や「イデオロギー」に結び付くので、この一節では、一九三〇年代的な「観念」を対立項にして、ジェームズが「洗練」された精神を持つ者であると認めるエリオットを評価していることになる。大きな傾向として、トリリングがリアリズム・自然主義ではなく、モダニズムを評価していることは明らかだが、このような評価規準が戦後アメリカ文学批評では主流となる。なお、トリリングが評価しているモダニズムは、エリオットへの言及があることからも明らかなように、いわゆるハイ・モダニズムであって、たとえば、バーバラ・フォーレイがプロレタリア文学をモダニズムだと主張する際や、マイケル・デニングが人民戦線の文化をモダニズムと位置づける際に彼らが念頭に置いていたモダニズムよりも、範囲の狭いものと言えそうである。

第二次世界大戦後に文壇で地位を築いていくベローは、明らかに、一九三〇年代に顕著だった社会性の強い文学ではなく、精神・内面の現実を描く文学を基本とする作家で、その意味でトリリングの現実観と基本的には一致する文学傾向を持っている。そして、一九五六年の『この日をつかめ』も、トリリングが称揚するモダニズムの手法が使われている作品として読める。ニューヨークを舞台とする『この日をつかめ』は、資本主義社会の敗残者と言える主人公が破産する一日を描いているが、最終的な価値観としては人間愛の重要性という認識を結末で主人公を通して読者にもたらす可能性を秘めた作品である。作品の最後に、先物取引市場における価格下落で最後の七〇〇ドルを失った主人公ウィルヘルムは、偶然紛れ込んだ、無関係な他人の葬儀で泣き崩れるが、最後の文は、「波濤のとどろきにも似た荘重な音楽（the heavy sea-like music）」が流れるなか、ウィルヘルムは「心が究極に求める願望の成就へと向かって、悲しみよりもなおいっそう深いところへ沈んでいった」（一五九、一六〇）と結ばれている。言い換えると、主人公の経済的な身の破滅には、「海のような」音楽に包まれて、深く沈んでいくイメージ、すなわち、溺死のイメージが付与されている。そして、この溺死のイメージは、作品冒頭の数ページで、ホテルのカーテンが船の「帆」に喩えられ、あるホテルの建物が「海の水（sea water）」のように見える、もしくは、「深い水にその姿を移している（the image of itself reflected in deep water）」ように見えるなど、作品の幕開けでニューヨークの街に付与されたイメージと呼応している（八、九、一〇）。そして、主人公が口ずさんで心を動かされる、「されど今一度、おお、月桂樹よ」や「大海原の水底に、彼のからだは沈めども……」といった詩文を参照することで、この作品がイメージ連関によるハイ・モダニズムの手法を用いていることが明確になる。これらの詩文は、新潮文庫版の翻訳で大浦暁生が訳注で示しているように、ミルトンの『リシダス』からの引用である。『リシダス』は難破溺死した友人を弔う悲歌だが、ベローは結末で主人公に溺死のイメージを付与する作品全体の大きな枠組みの下敷きとして、英詩の古典を用いていると考えられる。エリオットが『荒地』の下敷きとしてダンテの『神曲』を用いたように、また、ジェームズ・ジョイスが『ユリシーズ』の下敷きとしてホメロスの『オデュッセイア』を用いたように、ベローも『この日をつかめ』の下敷きとしてミルトンの『リシダス』を用いていると考えられる。このように、『この日をつかめ』

には、明らかに、ハイ・モダニズムの手法が使われている。

ただ、『この日をつかめ』における海については、注意して見ておかなければならない点がある。それは、作品冒頭でニューヨークの街に付与されたイメージである海と、作品末尾で主人公が溺死するイメージで描かれる海は、その意味内容がウィルヘルムにとって、相対立することである。まず、前者の海から調べていこう。前の段落で、作品冒頭のニューヨークに海のイメージが付与されていることを確認したが、ウィルヘルムを乗せたエレベーターが「下へ下へ沈んでいった」(七)とあるように、主人公は、ホテルの部屋から階下へ降りたときには、イメージとしては、海の中にいることになる。失業し、家を出て、全財産の七〇〇ドルをいかさま師と思《おぼ》しきタムキンに預けて投資し、妻からの生活費の請求にも応えられないウィルヘルムは、この時点でさえもイメージ的には、ほとんど「溺死」しかけている。朝食時の父アドラーとの会話で我を失っていくウィルヘルムは、「手の届かないところで流される、波間に漂うボールのように、彼の自制心は失われていった」(七三)と描写されているように、金銭的な援助を父に頼みたいが受け入れてもらえず、海の力に翻弄されるイメージで描かれている。そして、第四章の最後で、タムキンから奇妙な詩を聞かされて、この心理学者への不信感を強めていくウィルヘルムは「地球上の海や川の水〔The waters of the earth〕は僕の上に波打つことになるのだろう(か)」(一〇四)と考えているが、この"The waters of the earth"という表現は、"the earth"が海に対して「陸地」を表すことから、「陸上の海」と解釈することができ、ニューヨークに付与されたイメージとしての海と呼応していることがわかる。すると、タムキンによって騙されて全財産を失うことから考えると、この「陸上の海」は金銭が取り引きされる資本主義的市場原理に基づく場であると判断される。つまり、市場原理に基づく社会でうまく生きていきたいと願うウィルヘルムには、市場の諸力によって自制心を失って自分を見失い、破産して「溺死」していくというイメージが付与されていることになる。

次に、最終場面での海のイメージについて考えることにしよう。ウィルヘルムは、タムキンから「この日をつかめ」と言われ、経済的な成功を求める気持ちから離れて、真実の心で愛するように説かれるが、それによって、タイムズスクエアで数日前に、不完全な人たちに対する人間愛の情を抱いたことを思い出す。最終場面でのウィルヘルムの象徴的な溺死にはこの人間愛が関係している。先物取引市場の価格の下落で全財産を失ったウィルヘルムがブロードウェイに出ると、「ありとあらゆる人種の何百万という尽きることのない人の流れが流れ出ている」（一五五）とあり、実質的に破産した主人公が海の中で流されていくイメージが読み取れる。そして、その流れに押し流されて、ウィルヘルムは見知らぬ人の葬儀に紛れ込むが、死者の棺を前にした彼は次のように描写されている。

まもなくウィルヘルムは、言葉もなく理性も失って〔past word, past reason, coherence〕、思いは千々に乱れてしまった。彼はもうとどまるところを知らなかった。ありとあらゆる涙の源がにわかに内部から黒く深く熱く、せきを切ったかのようにどっと湧いて出て外にあふれ、彼のからだを激しく震わせた。がっしりとした首〔head〕はまがり、肩はかがみ、顔はひきつって、ハンカチを握りしめた両手すらも思うように動かなかった。気をしずめようといくら努めてみてもむだだった。喉の奥の苦しみと悲しみの大きなかたまりが上のほうにふくれ上がってきて、彼は我を忘れて泣き崩れ、顔を抑えてさめざめと泣いた。心の底からの泣き叫びだった。（一五九）

はじめウィルヘルムが死者を前にして、大きな、息が詰まるような悲しみを感じていたことから考えると、他人の葬儀で泣き崩れることは、タイムズスクエアで感じた人間愛とつながるものと考えられる。そして、上記の一節では、ウィルヘルムの理性・悟性ではなく、感情が、別の言い方をすれば、頭ではなく心が、強調されていることがうかがえる。頭を使って計算して利潤を出すことを旨とする市場原理とつながる思考を超えた感性の領域で、ウィルヘルムは泣き崩れているのである。そのように考えてくると、この作品の最後で主人公が「心が究極に求める願望の成就へと向かって、悲しみよりもなおいっそう深いところへ沈んでいった」と描写されるとき、象徴的に溺死したあとのウィルヘルムが復活・再生へ向かうことが予想できるであろう。すなわち、ウィルヘルムが「沈んでいく」海は、市場原理に基づく海であるとともに、沈んだあとに浮き上がることが予想される、人間愛に基づく心の復活・再生を示唆する海でもあることになる。『この日をつかめ』の、海のイメージ連関を使ったハイ・モダニズムは、このような形で機能している。[1]

しかし、ベローを研究する者はこの認識に安住していていいだろうか。自然主義文学におけるイメージを探ると、『この日をつかめ』のモダニズムを捉え直すことができはしないだろうか。

3　アメリカの大都市を表す『シスター・キャリー』の「海」

『シスター・キャリー』の主な舞台はシカゴとニューヨークだが、これらのどちらの都市にも海のイメージが与えられている。まず、この点を確認しておこう。

「ここはノースウェスト・シカゴです。あれがシカゴ川」こう言って、ドルーエは濁った小さな流れを指さした。そこには遠くの水域からやってきた巨大な帆船がひしめいて、黒い杭の並んでいる岸壁に接近しようとしていた。列車は煙を吐き、鐘を鳴らし、レールの音を轟かせて、この光景をあとにした。「シカゴはすごい街になりますよ。こいつは奇跡です。ここでは見るべきものに事欠きませんね」

その言葉は、キャリーの耳にはあまり入らなかった。一種の恐怖を覚えて心が落ち着かなかった。ひとりぼっちで家庭から離れ、世間の荒波騒ぐ大海に飛び込もうとしているという事実が、こたえてきたのだ。

（七）

右記の一節は第一章からの引用で、キャリーとドルーエを乗せた列車がシカゴに近づいたときの描写だが、この場面で、ドルーエは車窓から見えるシカゴの光景に興味をもつキャリーに対して名所を指摘し、説明を加える。その名所解説の唯一の具体的せりふが右のシカゴ川の指摘である。シカゴは、言うまでもなく、ミシガン湖沿岸の都市で、川で他の都市とつながれた場所として、「巨大な帆船」を使って交易している様子がなにげなく指摘されている。そして、そのような都市シカゴは、キャリーの心象風景と呼応する形で、「世間の荒波騒ぐ大海〔great sea of life〕」に喩えられ、海のイメージが付与されている。そして、シカゴという都市に付与された海のイメージは、第一章最後の一節中の「ドルーエの姿が見えなくなると、いなくなったことが身にしみた。姉と一緒にいるくせに、とても寂しい。さながら無慈悲な荒海に投げ出された孤独な人影だった〔a lone figure in a tossing, thoughtless sea〕」（八）という表現によって強化されている。

海のイメージが与えられているのはシカゴだけではない。まず、第二九章後半で、ハーストウッドとキャリーを乗せた列車がニューヨークに近づいた際の描写を見てみよう。「ここの眺めは（シカゴとは）違っていた。ハーレム川には何艘かの船が浮かび、イースト川にはもっと多くの船が見えてくると、若い心が躍るのを感じた。それは大海原に近づいた最初のしるしだった」（三一二―一三）。キャリーの視点から描かれているこの一節では、ニューヨークが物理的に「大海原〔the great sea〕」に面しており、内陸とは川でつながれ、船を使って交易が行われていることが示されている。そして、字義通りの「海」と「川」のある都市であるニューヨークは、第三〇章冒頭で、次のように描写されている。

言うまでもないことだが、ハーストウッドのような男は、シカゴではどうあれ、ニューヨークのような大海では、とるにたらぬ一滴の水に過ぎない。当時まだ人口五〇万人ほどのシカゴでは、大金持ちの数もたかが知れている。金持ちといっても衆目をさらうような富豪にはなっていないし、かなりの年収を得ている者も、だれも太刀打ちできないほどではなかった。地元の演劇や芸術の世界、社交界や宗教界に、目を奪われるような名士はおらず、安定した地位についてさえいれば、だれでも一目置かれるだけの余地があった。（中略）だが、ニューヨークでは、何十もの分野で出世が可能で、それぞれの分野で何百人もが懸命に覇を競っているし、有名人もそれだけ多い。こちらの海にはすでにたくさんの鯨がいる。ありふれた小魚などは、とっとと姿を隠すように――みとがめられないようにするほかない。要するにハーストウッドは無に等しかった。（三一四）

この一節で、これからハーストウッドとキャリーが暮らすことになるニューヨークは、シカゴと同様に海に喩えられているが、しかし、シカゴとは比べものにならないほど大きな都市だとも書かれている。ここで気になるのが、ハーストウッドがニューヨークでは「とるにたらぬ一滴の水」で「無に等しい」存在だというのは具体的にはどういうことかである。この問題について考察するためには、まず、シカゴやニューヨークを海に喩えることが何を意味するのか、解明しておく必要がある。

アメリカの都市を海に喩えることには主に二つのレベルの意味合いがあると考えられるが、ここでは、さしあたり、単純なレベルの解答を提示しておこう。その解答とは、海は市場を表すメタファーということだ。たとえば、アダム・スミスは一七七六年の『国富論』の第一編第三章で次のように述べている。

水上運送によって、陸上運送だけが提供しうるよりも広範な市場が、どの種類の産業にも開かれるから、あらゆる種類の産業が自然に細分され改良され始めるのは、海岸や航行可能な河川の沿岸であり、そうした改良が国の内陸地方に広がるのは、ずっとのちになってからであることが多い。(四四‐四五)

水上輸送の利益はこれほどのものであるから、技芸や産業の最初の改良は、この便宜によって全世界があらゆる種類の労働の生産物にたいする市場として開かれているところで行われ、その内陸地方に改良が広がっていくのはつねにずっとのちになってからであるというのは、自然なことである。その国の内陸地方は長いあいだ、そのまわりにあってそれを海岸や航行可能な大河から隔てている、周辺の地方以外には、品物の大部分にとっての市場をもつことができない。そのため内陸地方の市場の範囲は、長いあいだ周辺地方の富と人口に比例せざるをえず、したがってまたその改良はつねに周辺地方におくれざるをえない。(四六‐四七)

右記の引用によれば、アダム・スミスは、陸上輸送しか使用できない地域の市場は制限されるが、海岸や河川沿岸の地域はより大きな市場とつながることができると言っていることになる。もちろん、河川沿岸地域よりも海岸地域のほうが、より広い市場とより自由なつながりをもつことができるので、海は広く自由な市場を含意するメタファーになり得ると考えられる。同様な考えは、一八一二年に出版されたヘーゲルの『法哲学』二四七節にも確認することができる。

家族生活の原理にとっては、大地すなわち不動の地所が条件である。それと同じように産業にとっては、産業を海外へ飛躍させる自然的要素は、海である。産業は営利欲をもちながらも、営利を危険にさらすことによって同時に営利を見下し、土塊や市民生活の限られた諸範囲に執着して市民生活を享受し熱望する態度の中へ、流動、危険、破滅の要素を注入する。こうして産業はさらに、海という結合の最大の媒体によって、遠く隔たった国々に取引上の繋がりを、すなわち契約を始める法的関係の繋がりを、結ばせる。

（四七二）

右の一節は、『シスター・キャリー』に登場する二つの都市が海に喩えられていることを考えると興味深い。一八歳の若い娘キャリーは、ウィスコンシンの田舎町をあとにして、「遠く隔たった国々」と「取引上の繋がり」を有する、海に喩えられる都市へやってくると考えられるが、その行為は都会の生活の恩恵にあずかりたいという自己利益の追求を含むとともに、「流動、危険、破滅の要素」を含んでいると言える。いずれにせよ、海には市場とつながるイメージがあり、『シスター・キャリー』における海にも市場を表すメタファーとしての役割が与えられていると推察できる。その際の市場とは、一九―二〇世紀転換期ということを考えると、資本主義社会における市場であることは言うまでもない。そして、そのような市場を表す海のメタファーがシカゴやニューヨークといった都市に用いられているのだから、その際に海が表しているものは、より具体的には、資本主義の市場原理に基づいて生活が営まれる場もしくは社会と言えるであろう。(2)

では、先に示した論点に立ち返って、ハーストウッドが「無に等しい」とはどういうことか解明することから議論を開始しよう。先に示した引用では、ニューヨークがシカゴよりも大都市であると書かれていた。一方のシカゴでは、「安定した地位についてさえいれば、だれでも一目置かれるだけの余地」があるのだから、名士が頻繁に訪れる有名な酒場の支配人という「安定した地位」についていたハーストウッドは「一目置かれるだけ」の存在だったことになる。他方ニューヨークでは、「何十もの分野で出世が可能で、それぞれの分野で何百人もが懸命に覇を競っているし、有名人もそれだけ多い」。そこで、有名人が「鯨」に、そして、ありふれた人が「小魚」に喩えられていることを考えると、ニューヨークにやってきたばかりのハーストウッドを「無に等しい」と表現することは記述の流れから納得できるように感じられてしまう。しかし、以下の議論のためには、この記述はもう少し詳しく検討しておく必要がある。先の一節では、シカゴは「当時まだ人口五〇万人ほど」とされているが、一八九〇年にはシカゴの実際の人口は一〇〇万人を超え、アメリカ第二の都市だった。一方、ニューヨークの人口は、ハーストウッドの言葉によると「一〇〇万かそれ以上」(二一三)だが、一八九〇年時点で実際には一五〇万人である。(3) この小説におけるシカゴは一八八九年に始まる物語の年代よりずっと古い時代のシカゴをイメージしていることになる。そのようなシカゴにいた頃のハーストウッドは安定した職に就き、妻名義にはなっているが「四万ドル以上」の財産があり、知人も多い(一九二)。その一方、ニューヨークに着いたばかりの彼は、盗んだ金のうち「九五〇〇ドル」を返却し「一三〇〇ドルを自分で使うためにとっておく」（二二二）と書かれているように、全財産が一三〇〇ドルで地縁もない。そのような少額の資産しかないハーストウッドは、ニューヨークの金持ちに比べれば「無に等しい」存在ということになる。

上述したように、「無に等しい」とは、端的には少額の資産しか持たないことを意味するが、これは本テクスト読解の鍵になり得るポイントなので、さらに詳述してみよう。そのための準備作業として、ハーストウッドのニューヨークにおける顛末を確認しておこう。自分が「無に等しい」存在であることをニューヨーク到着時点のハーストウッド自身はわかっている。たとえば、「これほど豪勢な都会では、一〇万ドルから五〇万ドルぐらいの収入があっても、人並み以上の生活を送る特権を手に入れることなんか、できっこないのだ。流行に遅れず、派手な暮らしをするには、もっと多額の金が必要であり、貧乏人の出る幕はない。この都市に立ち向かおうとする今になって、こういうことがいちいち、じつに身にしみてわかった。友人たちとの交渉を断たれ、ささやかな資産を失い、名前さえなくして、地位と安定した暮らしを獲得するためのたたかいを一から始めなければならないのだ」（二一五）といった具合である。それゆえ、生活の必要に駆られてウォーレン通りにある酒場の共同経営権の三分の一を一〇〇〇ドルおよび支配人としての労働で買おうとするとき、そこからあがるその時点での利益が、快適な生活を送るのにかかる必要経費より低く見積もられても、「躊躇している場合ではない」（二一七）と考え、契約する。その後、二年目になると、事業改善の効果が出て「月一五〇ドルの利益をいつもあげられるように」（二二一）なるが、しかし、三年目には、ハーストウッドに衰えが見え始め、商売がうまくいかなくなり安いアパートに引っ越す。これも相まって、「ハーストウッドと共同経営者との溝が深まり」（二四四）、店の不動産所有者の変更により商売を畳むことになる。ハーストウッドは、職業と投資先を失い、残った所持金七〇〇ドルでは新たな投資先も見出せず、また賃労働の職も見つからず、急激に没落し、キャリーから見放され、ホームレスになり、最終的には自殺する。

ハーストウッドが職を失い没落していくのは、究極的には偶然と言えるかもしれないが、本テクストの語り手は明確にその理由づけをしている。第三三章で語り手はハーストウッドのビジネスと関わる状況を説明するために、「人間の運とか蓄財とかは、その人間の肉体の成長と、ほぼ平行している」(二三九)という独自の理論を述べているが、これがハーストウッドの没落の説明に使われている。語り手によると、人間は、「青年から一人前の男になっていく過程で、たくましく精力がみなぎり、世故に長けてくる段階」にあるか、あるいは、「気弱になり、老けて、精神的な鋭敏さを失っていき、老年に向かう段階」にあるかのいずれかしかない。ニューヨークで酒場の支配人を始めた頃のハーストウッドは前者からの後者への移行期にあり、初め徐々にその後急速に「衰退」へ向かうことが示唆されている。そして、実際の物語もそのように進む。しかし、留意しておくべきことがある。それは、語り手によって、次のように明言されていることである。「近ごろはよく、金持ちが若い頭脳を雇えるおかげで、このような転落を免れている。雇われた若い頭脳は、雇い主の運勢をみずからの利害のごとくみなして、その勢いを維持したり方向づけたりする。もし一人ひとりが、けっして他人に頼らずに利害を守っていかなければならないとすれば、時間が経ってひどく老いぼれたときの運勢(／資産)は、体力や気力の衰えとともに下降していく」(二三九 - 四〇)。語り手の理論を言い換えれば、たとえ店の所有者・経営者が老いて衰える年齢になっても、若い有能な雇用者に効果的に仕事をさせることができれば、過去に築き上げた資産を失わずにすむことになる。そして、そのためには、ハーストウッドがキャリーに対して「しばらく貯金ができさえすれば、たっぷり儲かる店を開くことができると思うのだがね」(二四二)と希望的観測を述べているように、「金持ち」でなければならない。語り手の理論にしたがえば、もしも仮にたとえばハーストウッドにシカゴで築き上げた四万ドルの資産があったなら、ハーストウッドは没落しなくてすんだ可能性が高いことになる。別の言い方をすれば、ニューヨークでハーストウッドが「無に等しい」と言うとき、語り手は、中年のハーストウッドの資本がニューヨークでは十分ではなく、没落していく可能性が高いことをわかっていたことになる。

これまで論じてきたように、語り手の理論に基づく、テクストが示唆するハーストウッドの没落の原因は資本不足と年齢的衰えと考えられたが、先の引用で見たように、このこと――ハーストウッドが「無に等しい」こと――は、資本主義的市場経済に基づく都市を表す海のイメージと関連していた。ここから、この関連について探っていこう。第二九章のタイトルは原文では"THE SOLACE OF TRAVEL: THE BOATS OF THE SEA"(二〇〇三)と題されているが、村山淳彦が岩波文庫で「旅の慰め――海上に漂う舟二隻」と翻訳しているように、"THE BOATS"はハーストウッドとキャリーを象徴していると考えられる。この章では、金を盗んだハーストウッドがキャリーを強引に引き連れて列車でモントリオールに入るところから、モントリオールを離れニューヨークに入るまでが描かれているが、シカゴの土地から切り離されて、それまでの寄る辺を失った二人が「海に浮かぶ舟」に喩えられている。もちろん、この比喩はこのときの二人が市場原理に基づく社会で生きていかなければいけないことを暗示していると捉えられるが、しかしそれと同時に、名前の問題とつながっている。本章で、ハーストウッドはキャリーと結婚し、新しい名前に変えて新しい人生を歩もうとするが、その際、ハーストウッドはいったん宿帳に書いたマードックという姓に変えると言うが、しかし、キャリーからその名前は好きではないと言われ、結局、ホイーラーという名前を選択する。「マードック〔Murdock〕」という姓の原義は「水夫〔mariner〕」である一方、「ホイーラー〔Wheeler〕」は「荷車引き」という意味だ。つまり、海と関わるイメージ連関の世界で、ハーストウッドは、市場をうまく渡っていくことができる「水夫＝マードック」というアイデンティティをキャリーから拒絶され、仕方なく、地面がなければ生きていけない（＝海では生きていけない）「荷車引き＝ホイーラー」というアイデンティティを選択したことになる。

このように考えてくると、ジョージ・ハーストウッドという氏名にも着目せざるをえない。ハーストウッドのファースト・ネームである“George”の原義は“farmer”「農民」である。一方、“Hurstwood”という姓は、『リーダーズ・プラス』に本小説の登場人物として出ていることを除いては、主要な英和辞典、英語姓名に関する辞典、『固有名詞発音辞典』などに出ていないことを考え合わせると、希少な姓であるか、作者のドライサーによって考案された姓ではないかと考えられるであろう。英語の“hurst”は「森（のある丘）」や「砂州」という意味で、一方、“wood”は「木」（もしくは「森」）が原義である。丘もしくは砂州に木が植わっているイメージの姓と捉えられる。それが海に投げ出されれば、土は削られ、木は立っていられないであろう。このようなイメージ連関を先に見たハーストウッドの没落と関係づけると次のように言うことができるであろう。物語世界では、ハーストウッドの没落の主たる原因は資本不足と年齢による衰えであった。一方、イメージ連関の世界では、ハーストウッドは徹底的に海や大量の水に弱い人物と考えられた。二つの世界を繋げば、ハーストウッドは資本不足と年齢による衰えが原因で海の力に屈して没落したことになる。このとき、海は市場を表すメタファーなのだから、ハーストウッドが資本主義的市場経済に基づく社会の諸力に影響を受けて没落したことが、イメージ連関によって強調されていることになる。

4 世紀転換期アメリカ自然主義文学の「海」

アメリカの都市に海のイメージを付与し、その市場としての海の力が人間を翻弄する設定には、明確な歴史性があると考えられる。ここで現実のアメリカの歴史に目を向けなくてはならない。海のイメージと関わると思われる主な歴史上の（象徴的）出来事は、一八九〇年のフロンティア消滅と一八九八年の米西戦争である。まず、フロンティアを社会の安全弁と考える説にはもちろん階級流動性の捉え方に関する論点があるが、しかし、開拓できる土地がなくなったという国勢調査局の宣言は、アメリカ国民の間に海外進出への思いを持たせるきっかけになったことは想像に難くない。実際一八九〇年代に、アメリカは海外に市場獲得を求めるようになり、そして、イエロージャーナリズムの煽りなども受けて米西戦争を戦い、フィリピン、プエルトリコ、グアムを獲得することになる。その後、第一次世界大戦を終える頃までには、世界の覇権はイギリスからアメリカへと移っていった。つまり、一八九〇年を境に、アメリカはそれまでの大陸国家からいわば海洋帝国へと変貌していったと言える。このような歴史に照らしてみると、『シスター・キャリー』がアメリカの人口上位二つの都市を海として描いていることは、「陸」の国家から「海」の国家へ変わっていくアメリカの姿を、もっとも海外市場に近く、いち早く変貌が現れる大都市にイメージとして付与する行為であったと解釈できる。大都市では、国家の方針と関わる資本主義的市場を表す「海」の諸力が、常に身近にあるものとして、すなわち「自然」として存在している、そのような認識が背後に隠れていることになる。このような「海」の諸力が都市生活における「自然」としてイメージ化されたのが揺り椅子であろう。ハーストウッドもキャリーも揺り椅子に座っている姿が描かれているが、座っていてそこにいるだけでも揺れているとは、海上の船内で波に揺られている状態のイメージ化と考えられ、揺り椅子はそのような形で「市場＝海」というイメージ連関の一部をなしていると考えられる。

アメリカに資本主義的市場の諸力が浸透したことを示すためにアメリカを「海」として描くドライサーの「自然」主義は、もしかすると、世紀転換期の自然主義作家に共通する特徴なのかもしれない。フランク・ノリスの『オクトパス』のタイトルである「タコ」はアメリカに広まった鉄道の象徴だが、その鉄道がタコに喩えられているのだから、アメリカ全土が海になったイメージで捉えられる。その「タコ」を表す鉄道が資本主義の象徴であり、それに対立するのが前の時代の象徴の農場主であるとは、『オクトパス』でも、潜在的な形の「海」で表現される資本主義の論理がアメリカに行き渡っている、すなわち新しい時代の「自然」になっていると考えられる。スティーヴン・クレインの「オープン・ボート」は初期自然主義の代表的短篇で、船上でのサバイバルの物語だが、海を舞台にした登場人物たちの生き残るための闘いが出版当時評価された背景には、アメリカ資本主義社会において激化する生存競争の比喩が海の上でのサバイバルの中に見出せたからかもしれない。ここにおいては、海上を競争社会の縮図として捉える感覚が働いていたことになる。そして、ジャック・ロンドンの『海の狼』は主人公ハンフリー・ヴァン・ウェイデンの成長物語と言えるが、軟弱さをもつ文明人であったハンフリーが厳しい現実世界で生きるすべを身につける学習は海上で余儀なくなされる。この海が弱肉強食の論理、「自然」界の論理を象徴する場所であることは明らかだが、そこに世紀転換期の激化した競争社会のイメージ化を読み取ることも可能だろう。ここでも、自然として表象される海は、資本主義的市場に基づく、競争が激化した社会を象徴的に表していることになる。このように、世紀転換期のアメリカ自然主義作家の作品には、競争が激化した、資本主義的市場の論理に基づく社会を、象徴的海すなわち「自然」としてイメージ化する様子が散見される。

上述した見方に立てば、ドライサーが『シスター・キャリー』で用いた手法の性質がいっそう明確になる。この作品での海をめぐるイメージ連関は、その根底に、同時代の自然主義作家と共有できる感覚――アメリカは資本主義的市場の論理が「自然」として存在している場だという感覚――があることになる。そして、このイメージ連関の手法は、『この日をつかめ』のイメージ連関を参照すれば、モダニズムの先駆けとも捉えられるであろう。『この日をつかめ』と同様に、『シスター・キャリー』にも、海を基盤にしたイメージ連関が仕掛けられているが、『この日をつかめ』のイメージ連関がミルトンの古典的詩を下敷きにしたハイ・モダニズムの手法だったのに対して、『シスター・キャリー』のそれは、古典的作品は根底にないものの、特にイメージ連関についてベローのモダニズム的手法と明らかな類似性がある。『シスター・キャリー』で用いられたイメージ連関の手法は、その根底に競争が激化した時代背景について自然主義作家たちと共有される感覚があることを考慮すると、あえて言葉にすれば、「自然主義的モダニズム」と名づけることができよう。

5　ベローの戦略

私たちは、『シスター・キャリー』の読解を通して、「自然主義的モダニズム」と名づけることができる手法をドライサーが本作品で用いていることを確認した。それは、たとえばニューヨークという都市を資本主義的市場の原理が浸透した場所としてイメージ化するために、海と関わるイメージ連関を仕掛けるというものであった。それでは、この発見――ドライサーが「自然主義的モダニズム」を用いていたという読解――は、べロー研究にどのような恩恵をもたらすであろうか。

確認したように、ベローは『この日をつかめ』において、第二次世界大戦後に勢力を得るトリリング流のハイ・モダニズムの手法を用いていた。それは、具体的には、舞台であるニューヨークに海のイメージを付与してイメージ連関を形成し、古典的詩を下敷きにして作品全体を構成するというものであったが、本稿のドライサー読解を経ると、ベローが『シスター・キャリー』におけるイメージ連関を念頭において『この日をつかめ』を書いた可能性が高いことが浮上してくる。まず、第二次世界大戦後のドライサー批評戦争にベローが参戦していたことを考えると、ベローがドライサーを読んでいたことは言うまでもない。また、『この日をつかめ』の主人公ウィルヘルムは、ハーストウッドと同様に、資本主義社会において破滅する。その際、酒場を畳んだあとのハーストウッドの所持金は七〇〇ドルだが、ウィルヘルムは最後の所持金の七〇〇ドルを先物取引市場に投資する。さらに、ハーストウッドは、その七〇〇ドルの大半を賭博で失うが、ウィルヘルムが七〇〇ドルを投じた先物取引は投資のなかでもギャンブル性の高いものとして知られている。そして、ハーストウッドが海に象徴される市場の諸力に影響を受けて没落して自殺するのに対して、ウィルヘルムは、実際には死なないが、同じニューヨークで、海のイメージ連関において「溺死」する。このようなことから、ベローは『シスター・キャリー』における「自然主義的モダニズム」を念頭において『この日をつかめ』を仕上げたと推察できる。

上述したような考察を経ると、ベローの戦略性が見えてくる。『この日をつかめ』においてハイ・モダニズムの手法が使われていることからもわかるように、ベローは、第二次世界大戦後に主流となる文学観を基本的には受け入れていると考えられる。その文学観はトリリングが後押ししたものだったが、トリリングがドライサーをこき下ろしたのに対して、ベローは「ドライサーと芸術の勝利」という文章でドライサーを悪文作家ではあるが「力強い小説家」（二四六）として評価している。ベローは、トリリングが評価するハイ・モダニズムを基本的には受け入れつつも、トリリング流の文学観のある部分には、特にドライサーをめぐっては、対立していた。おそらくベローは、ハイ・モダニズムが基調の『この日をつかめ』に、ドライサーが用いた「自然主義的モダニズム」を最終的に印象深く混入することによって、戦後アメリカ文学における主流派の文学観を撹乱しようとしたのではないだろうか。

ドライサーにモダニズムの先駆けを確認できると、モダニズムと自然主義の境界線を不安定化する、ベローの戦略を垣間見ることができる。

注

引用文は、翻訳書のあるものについては、基本的にはその訳文を借用したが、適宜変更した。

（1）ハイ・モダニズムと関わる、海もしくは水のイメージ連関については、Trowbridge の議論を参照のこと。

（2）市場としての海に関する哲学的な議論に関しては、福士を参照のこと。

（3）ノートン版の注より。また、ノートン版巻末の「『シスター・キャリー』の年表」によりながら、舞台設定の歴史性を確認しておこう。この小説は一八八九年夏に始まり一八九六―九七年の冬に終わる設定だが、テクストに明示されている年号は「一八八九年」だけである。ドライサーがこの年号を決定したのは、ニューヨークが舞台になっている後半を書いているときと思われるが、この年号に関しては「一八八四年」にするかどうかで作者は迷ったらしい。この年表の作成者によると、「キャリーの（シカゴ）到着の年についてドライサーが正確さを欠いたことの主な効果は次のようなものである。この小説は社会史の描写において詳細で正確な印象を与えるけれども、この印象は実際にはニューヨークを扱った箇所についてのみ「当てはまる」。馬車や新しく発展したデパート、特定の劇の上演などを描いた、『シスター・キャリー』に登場するドライサーのシカゴは一八八九–九〇年ではなく一八八〇年代半ばのシカゴである」（五七六）。この記述によれば、ニューヨークが舞台になっている後半のほうがシカゴを舞台とする前半よりも、現実の歴史との整合性が高いことになる。この理由として、ドライサーは、一八八九年という年号を明示することによって、「キャリーとハーストウッドの経験を、九〇年代半ばのニューヨークの生活に関するドライサー自身の知識と共時性を持たせることができる」（五七六）と考えたらしい。多少の誤謬を含むことを恐れずに言えば、シカゴよりもニューヨークの社会を歴史と合致させて描きたかったことになる。

引用・参考文献

Bellow, Saul. "Dreiser and the Triumph of Art." *The Stature of Theodore Dreiser.* Eds. Kazin and Shapiro, 146-48.（「ドライサーと芸術の勝利」）

———. *Seize the Day.* 1956; London: Secker & Warburg, 1957.（大浦暁生訳『この日をつかめ』新潮文庫、一九九三年改訂版。）

Denning, Michael. *The Cultural Front: The Laboring of American Culture in the Twentieth Century.* London and New York: Verso, 1997.

Dreiser, Theodore. *Sister Carrie: An Authoritative Text, Backgrounds and Sources, Criticism: Second Edition.* Ed. Donald Pizer. New York: W. W. Norton & Company, 1991.（村山淳彦訳『シスター・キャリー』岩波文庫、一九九七年。）

Foley, Barbara. *Radical Representations: Politics and Form in U.S. Proletarian Fiction, 1929-1941.* Durham and London: Duke UP, 1993.

Kazin, Alfred and Charles Shapiro, eds. *The Stature of Theodore Dreiser: A Critical Survey of the Man and His Work.* 1955; Bloomington: Indiana UP, 1965.

Reising, Russell. *The Unusable Past: Theory and the Study of American Literature.* New York and London: Methuen, 1986.〔ライシング〕

Trilling, Lionel. *The Liberal Imagination: Essays on Literature and Society.* Garden City, New York: Doubleday & Company, 1950.〔トリリング〕

Trowbridge, Clinton W. "Water Imagery in *Seize the Day*." *Critique* 9.3（1967）: 62-73.

岩崎武雄編『ヘーゲル』（世界の名著三五）、中央公論社、一九六七年。

スミス、アダム『国富論1』水田洋監訳、杉山忠平訳、岩波文庫、二〇〇〇年。

福士久夫「市場と自我――『白鯨』の社会経済学」、『批評理論とアメリカ文学――検証と読解』中央大学人文科学研究所編、中央大学出版部、一九九五年、三-四五ページ。

あとがき

本書は、アメリカ自然主義文学を論じた論集である。

まず本書が出来上がる経緯から簡単に記したい。本書は、大浦暁生中央大学名誉教授のもとに集まった主に中央大学大学院出身者を中心に、関係する研究者仲間を含みながら組織された研究者集団が、五年間研究してきた成果をまとめたものである。私たちはすでに、メンバーの多少の異動を経ながら、『ジャック・ロンドン』（三友社、一九八九年）、『「シスター・キャリー」の現在』（中央大学出版部、一九九九年）、『「アメリカの悲劇」の現在』（中央大学出版部、二〇〇二年）、『ウィリアム・スタイロンの世界』（中央大学出版部、二〇〇八年）と、研究の成果を発表してきた。それら表題を見ていただければわかるように、その主たる関心はアメリカ自然主義文学にある。

今回の研究は、主にアメリカ自然主義文学を研究してきたメンバーが、それぞれの成果を結集して、アメリカ自然主義文学の全体像を明らかにしてみようというのがその動機だ。研究会は三カ月に一度ずつ一堂に会し、それぞれの関心、研究成果を発表する形で進め、それを原稿の形に起こした。その結果が本書で、アメリカ自然主義文学というまとまりはあるが、多様な方向性を持った論集となった。その多様性こそが当研究会のたどり着いたアメリカ自然主義文学の見方と言えるだろう。

もちろん、アメリカ自然主義文学とは、一八九〇年頃から一九一〇年代にかけて、遺伝と環境による決定論を文学に応用したフランスのエミール・ゾラの影響のもとに書かれた作品群を指している。多くの文学史がその代表的作家として名前を挙げているのが、スティーヴン・クレイン、フランク・ノリス、ジャック・ロンドン、セオドア・ドライサーたちだが、のちのフォークナーなどの作家に比べてみると、その作品群が多様な解釈を拒むような印象を与えて、現在のアメリカ文学研究でそれほど脚光を浴びているとは言えないだろう。

しかしながら、アメリカ自然主義文学のアメリカ的環境へのこだわりがアメリカ独自の表象を作り出し、空間的時間的な広がりを与えて、アメリカ文学に多様性をもたらしてきたことは疑いない。確かに遺伝という要素を考えれば、その強い決定性のイメージが画一的様相を呈するだろうことは容易に想像がつく。ヨーロッパ人であろうがアメリカ人であろうが、親の形質を子どもが相続することに変わりはないからだ。しかし、ゾラの文学に比べてアメリカ作家たちの遺伝に対する依存度はさほど高いようには見えない。むしろ環境に対する関心が強いのがアメリカ自然主義文学の特徴だと言える。

アメリカ自然主義文学に描かれた環境そのものに焦点を当ててみると、環境決定論という一枚岩的解釈を強要するように見えながら、環境の多様性が問題であることに気づくだろう。開拓の進む西部、都市化する東部、そこでは階級差という環境が生まれ、そのうえで急速に進む時間的変化が多様な環境を生み出していく。アメリカ自然主義文学はアメリカ文学を形成する多様な環境に初めて注目した文学であり、多様なアメリカ文学の原形質としてその重要性は無視できない。一見すると一枚岩であり多様な解釈を拒否するように見えるアメリカ自然主義文学が、実は多様であり、多様なアメリカ文学の原形質を物語る。

本書はそのようなアメリカ自然主義文学の多様性と、その多様性ゆえに孕む可能性を「視線と探究」という視点で探ってみた。その結果、古くて新しいアメリカ自然主義文学に新しい光を当てることができたのではないだろうか。読者のご批判をお待ちする次第である。

なお、本書の引用文献の表記について触れておきたい。本書はアメリカの自然主義文学を扱っているが、本としては和書に徹した。そのため、各論文の引用文献については、英語の文献を引用した場合も日本語訳とし、引用のあとに丸括弧で、文献の筆者名のカタカナ表記（同じ筆者の文献が複数ある場合などは文献名の日本語表記）と引用ページの漢数字表記を示した。また、それが各論文の末尾に付けた文献リストのどの文献に該当するかを明確にするために、リストの中の該当する文献の末尾に、それぞれ亀甲括弧で、筆者名のカタカナ表記〔または文献名の日本語表記〕を示したことを記しておく。

最後に、多様性ゆえなかなかまとまらないメンバーを根気強く後押ししてくださった中央大学出版部の小島啓二さん、柴﨑郁子さんに心からの感謝を申し上げます。

編集委員会を代表して　中島好伸

	ドライサー『ヘイ・ラバ・ダブ・ダブ』 **ロンドン『三人の気持ち』** シンクレア・ルイス『メイン・ストリート』 F. スコット・フィッツジェラルド『楽園のこちら側』 ユージン・オニール『地平線のかなた』,『皇帝ジョーンズ』(上演，翌年出版)
1921年	(英)〔日英同盟廃棄〕〔マーガレット・サンガー，アメリカ産児制限連盟設立〕〔構造不況で失業者約600万人〕 ガーランド『中西部の娘』
1922年	〔炭鉱，鉄道ストライキ頻発〕(露)〔ソヴィエト連邦成立〕 **ドライサー『私自身の本』**(31年に『ニューズ・ペーパー・デイズ』と改題) **ロンドン『酒の力に頼らずとも，その他』** T. S. エリオット『荒地』 (英) ジェームズ・ジョイス『ユリシーズ』
1923年	〔最低賃金法が憲法違反と下される〕 **ドライサー『大都会の色彩』**
1924年	〔国別移民割当法成立(日本人移民禁止)〕 アーネスト・ヘミングウェイ『我らの時代に』
1925年	〔金本位制に復帰〕〔スコープス裁判(モンキー裁判)〕 **ドライサー『アメリカの悲劇』** フィッツジェラルド『偉大なギャッツビー』 ジョン・ドス・パソス『マンハッタン乗換駅』 エレン・グラスゴー『不毛の大地』

〔松村赳・富田虎男編著『英米史辞典』(研究社，2000年)，亀井俊介・平野孝編『講座　アメリカの文化・別巻1「総合アメリカ年表」』(南雲堂，1971年)，大橋健三郎・斎藤光・大橋吉之輔編『総説アメリカ文学史—資料編—』(研究社，1979年) 等を参考にした。〕

1915年　〔クー・クラックス・クラン（KKK）復活〕〔フォード車年間百万台生産〕
ロンドン『赤死病』,『星を駆ける者』
ドライサー『「天才」』
エドガー・L.マスターズ『スプーン・リヴァー詞華集』
ギルマン『ハーランド』

1916年　**ロンドン『大きな家の小さなご夫人』,『タスマンの亀』,『どんぐりを植える者』**
ドライサー『自然と超自然の劇』,『インディアナの休日』
カール・サンドバーグ『シカゴ詩集』
トウェイン『不思議な少年』

1917年　〔第一次世界大戦参戦（対独宣戦布告）〕〔アジア系移民制限法成立〕（露）〔ロシア革命，3月および11月に起こる〕
ロンドン『島々のジェリー』,『ジェリーの弟マイケル』,『人間の漂流』
エイブラハム・カーハン『デイヴィッド・レヴィンスキーの出世』
ディヴィッド・G.フィリップス『スーザン・レノックス』

1918年　〔第一次世界大戦終結〕〔治安法制定（21年撤廃）〕〔ガーヴィーのアフリカ帰還運動進展〕
ロンドン『赤い球体』
ドライサー『自由その他』,『陶工の手』（初演は21年）
キャザー『私のアントニーア』

1919年　〔金本位制停止〕〔禁酒法発効（33年撤廃）〕〔アメリカ共産党（労働者党）結成〕
〔鉄鋼ストライキ〕
ロンドン『王家のマットの上で』
ドライサー『十二人の男たち』
ジョン・リード『世界をゆるがした十日間』
シャーウッド・アンダーソン『ワインズバーグ・オハイオ』

1920年　〔国勢調査，人口１億を越える〕〔民間ラジオ放送開始〕〔婦人参政権発効〕〔カリフォルニア排日土地法実施〕〔サッコ，ヴァンゼッテイ事件（27年死刑）〕〔アメリカ社会党，大統領選でデブズを擁立し約92万票獲得〕〔パーマーの赤狩り起こる〕

ド車開発，翌年大量生産開始〕
ロンドン『鉄の踵』

1909年 〔全国有色人向上協会（NAACP）創設〕〔ピアリー北極点到達〕〔フロイトとユングがクラーク大学で講演〕
ガートルード・スタイン『三人の女』
ロンドン『マーティン・イーデン』

1910年 〔アメリカボーイスカウト団結成〕
ロンドン『バーニング・デイライト』，『恥さらし』，『革命，その他のエッセイ』，『泥棒』

1911年 〔タフト大統領，メキシコ革命で成立したマデロ政権を承認〕〔スタンダードオイル社とアメリカンタバコ社のトラスト解散〕
アンブローズ・ビアス『いのちの半ばに』
ロンドン『冒険』，『神が笑うとき』，『南海物語』，『スナーク号航海』
ドライサー『ジェニー・ゲアハート』

1912年 〔セオドア・ローズヴェルト，革新党結成〕
ドライサー『資本家』
ロンドン『高慢の家系，その他ハワイ物語』，『太陽の息子』，『スモーク・ベルユー』
ジェームズ・W. ジョンソン『もと黒人の自伝』

1913年 〔ウィルソン大統領，メキシコのウエルタ政権を不承認〕
ロンドン『ジョン・バーリコーン』，『奈落の野獣』，『月の谷』，『夜に生まれし者』
ドライサー『四十歳の旅行者』
ウィラ・キャザー『おお開拓者たちよ！』

1914年 〔第一次世界大戦勃発（アメリカは中立宣言）〕〔クレイトン反トラスト法制定〕〔パナマ運河開通〕
ターナー「西部とアメリカの理想」
ロンドン『エルシノア号の反乱』，『強者の力』
ノリス『ヴァンドーヴァーと獣性』
ドライサー『巨人』
ハーン『気まぐれ草』

ポール・L. ダンバー『神々のスポート』

1903年 〔商務労働省設置（1913年，商務省と労働省に分かれる）〕〔ライト兄弟初飛行〕〔パナマ反乱（コロンビアからの独立をアメリカ承認）〕
ウィリアム・E. B. デュボイス『黒人の魂』
ノリス『穀物取引所』，『小説家の責任』
ロンドン『野性の呼び声』，『奈落の人びと』
ジェームズ『使者たち』

1904年 〔シカゴ食肉業労働者ストライキ〕〔サンフランシスコーマニラ間に電信完成〕
ロンドン『海の狼』，『男たちの誓い』，『階級戦争』
ハーン『怪談』
ヘンリー・アダムズ『モン・サン・ミッシェルとシャルトル』
リンカーン・ステフェンズ『都市の恥辱』
アイダ・ターベル『スタンダード石油会社史』

1905年 〔世界産業労働者組合（I.W.W.）結成〕〔セオドア・ローズヴェルト大統領の仲介で米ポーツマスにて日露が講和条約（ポーツマス条約）調印〕（露）〔血の日曜日〕
ロンドン『試合』，『フィッシュパトロール物語』
ウォートン『歓楽の家』
トマス・ディクソン『クランズマン』

1906年 〔サンフランシスコ大地震〕〔純正食品・薬品法ならびに食肉検査法制定〕
ロンドン『白い牙』，『まん丸顔の男』，『女たちの嘲笑』
アプトン・シンクレア『ジャングル』
トウェイン『人間とは何か』
O. ヘンリー『四百万』

1907年 〔ジョージア州，アラバマ州禁酒法制定〕〔デ・フォレスト真空管発明〕
ロンドン『アダム以前』，『生命への愛』，『道』
ヘンリー・アダムズ『ヘンリー・アダムズの教育』
ウィリアム・ジェームズ『プラグマティズム』

1908年 〔日本人移民の制限（日米紳士協定）〕〔ヘンリー・フォードがＴ型フォー

ノリス『レディ・レッティ号のモラン』
クレイン『オープン・ボート，他冒険物語』
ジェームズ『ねじの回転』

1899年　（アフリカ）ボーア戦争勃発
ノリス『マクティーグ』，『ブリックス』
クレイン『アクティヴ・サーヴィス』，『戦争はやさし』，『怪物，その他』
ケイト・ショパン『目覚め』
イーディス・ウォートン『大いなる傾向』
ソースタイン・ヴェブレン『有閑階級の理論』

1900年　〔金本位制を採用〕〔社会党結成〕〔初の自動車ショー開催〕
セオドア・ドライサー『シスター・キャリー』
ノリス『男の女』
ロンドン『狼の息子』
クレイン「ホワイロンヴィル物語」，『雨の中の傷』
チャールズ・W. チェスナット『杉に隠れた家』
ライマン・F. ボーム『オズの魔法使い』
新渡戸稲造『武士道』（日本語への翻訳は1908年）

1901年　〔ノーザン・パシフィック鉄道株取引がもたらした金融恐慌〕〔US スチール社がユニオン，セントラル，サザン・パシフィックの各鉄道会社を傘下に巨大持ち株会社として発足〕〔マックレイカーによる腐敗摘発粛清運動始まる〕
ノリス『オクトパス』
ロンドン『彼の祖父たちの神』
クレイン『世界の偉大な戦い』
ブッカー・T. ワシントン『奴隷の身より立ち上がりて』
メアリー・W. フリーマン『労苦の報い』
（英）キプリング『少年キム』
（仏）ゾラ『労働』

1902年　（英）〔日英同盟成立〕
リース『スラムとの闘い』
ウィリアム・ジェームズ『宗教的経験の種々相』
ヘンリー・ジェームズ『鳩の翼』
ロンドン『ダズラー号の航海』，『雪原の娘』，『氷点下の子供たち』

フランク・ノリス『イヴァネル』
(仏) ゾラ『金(かね)』

1892年 〔エリス島に移民局設置〕〔ホームステッド・ストライキ〕〔ポピュリスト党結成〕
シャーロット・P. ギルマン「黄色い壁紙」
オリヴァー・W. ホームズ『エルシー・ヴェナー』

1893年 〔シカゴ万国博覧会〕〔経済恐慌〕〔酒場反対連盟結成, 95年全国組織化〕〔ハワイ併合調印, 発効98年〕〔エジソン映画発明〕
フレデリック・J. ターナー「アメリカ史におけるフロンティアの意義」
スティーヴン・クレイン『街の女マギー』
ヘンリー・B. フラー『絶壁に住む人びと』

1894年 〔コクシー軍, 失業者のワシントン大行進〕〔プルマン・ストライキ〕
トウェイン『間抜けのウィルソン』
(英) ラドヤード・キプリング『ジャングル・ブック』
(仏) ゾラ『ルルド』

1895年 〔自然保護, 歴史的建造物保護のためにナショナル・トラスト設立〕〔キューバ反乱〕〔アラスカ・クロンダイクゴールドラッシュ(99年まで)〕
クレイン『赤い武功章』,『黒い旗手, その他』
ガーランド『ダッチャー農場のローズ』

1896年 〔最高裁, 人種問題で「分離すれども平等」判決〕
(英) スペンサー『総合哲学体系』
クレイン『ジョージの母』
ハロルド・フレデリック『セロン・ウェアの破滅』
セアラ・オーン・ジュエット『とんがり樅の木の国』

1897年 〔ペンシルヴェニアその他で炭鉱ストライキ勃発〕〔最高裁, 鉄道運賃協定を反トラスト法違反とする〕〔最初の地下鉄ボストンで開通〕
クレイン『第三のすみれ』

1898年 〔米西戦争(フィリピン, グアム, プエルトリコ獲得)〕〔ハワイ併合〕
アーネスト・T. シートン『私の知る野生動物たち』(シートン動物記)

1883年　〔腐敗行為防止法による議会選挙での買収・饗応・脅迫を禁止〕〔ノーザン・パシフィック鉄道完成〕〔バッファロー・ビル「ワイルド・ウエスト・ショー」開始〕
トウェイン『ミシシッピ河上の生活』
（仏）ゾラ『ボヌール・デ・ダム百貨店』
（仏）ギ・ド・モーパッサン『女の一生』

1885年　〔東欧・イタリアからの移民流入し始める〕
トウェイン『ハックルベリー・フィンの冒険』
ハウェルズ『サイラス・ラパムの向上』
（仏）ゾラ『ジェルミナール』

1886年　〔ヘイマーケット事件〕〔アメリカ労働総同盟（AFL）結成〕
ジェームズ『ボストン人』，『カサマシマ公爵夫人』
（仏）ゾラ『制作』

1887年　〔インディアン一般土地割当法（ドーズ法）制定〕〔初の電車走行〕
（仏）ゾラ『大地』

1888年　〔ジョージ・イーストマン，最初のコダック・カメラ完成〕
エドワード・ベラミー『顧みれば』

1889年　〔ジェーン・アダムズ，シカゴにハル・ハウス設立〕
トウェイン『アーサー王宮廷のコネティカット・ヤンキー』
ラフカディオ・ハーン『チータ』

1890年　〔シャーマン反トラスト法制定〕〔ウンデッド・ニーでスー族大虐殺される〕〔フロンティア・ライン消滅〕
ハウエルズ『新興成金の危機』
イグネシアス・ドネリー『シーザーの記念柱』
ジェイコブ・リース『他の半分はいかにして生きているか――ニューヨーク・テネメントに関する研究』
（仏）ゾラ『獣人』

1891年　〔森林保護法制定〕〔国際著作権法成立〕
ハムリン・ガーランド『本街道』
ハウエルズ『批評とフィクション』

1871年	〔労働騎士団結成〕 ホイットマン『民主主義の展望』 （仏）ゾラ『ルーゴン家の運命』（ルーゴン＝マッカール叢書第一作）
1872年	トウェイン『苦難を忍んで』
1873年	〔経済恐慌始まる〕 トウェイン＆チャールズ・D. ウォーナー『金ぴか時代』
1874年	〔キリスト教婦人禁酒同盟設立〕〔グリーンバック党結成〕
1875年	〔スー族武力抵抗激化〕
1876年	〔ベル，電話実験成功〕〔社会労働党結成〕 トウェイン『トム・ソーヤの冒険』
1877年	〔南部再建終了〕〔アメリカ初の鉄道大ストライキ勃発〕 ヘンリー・ジェームズ『アメリカ人』 （仏）ゾラ『居酒屋』
1878年	ジェームズ「デイジー・ミラー」，『ヨーロッパ人』
1879年	〔エジソン，電球発明〕 ヘンリー・ジョージ『進歩と貧困』
1880年	〔農民同盟結成〕〔マッセル・スラウ事件（ノリス『オクトパス』の題材となる） （仏）ゾラ『ナナ』，『実験小説論』 （仏）ゾラ，モーパッサン，ユイスマンス他『メダンの夕べ』 トウェイン『宿無し外遊記』
1881年	〔サザン・パシフィック鉄道完成〕 ジェームズ『ある婦人の肖像』 ジョエル・C. ハリス『リーマスじいさん――歌と話』
1882年	〔中国人移民禁止法制定〕〔スタンダード石油会社，トラストを組織〕 ウィリアム・D. ハウエルズ『このごろのありふれたこと』

年　表

〔　〕は歴史的事象．南北戦争勃発の1861年からドライサー『アメリカの悲劇』が出版された1925年までの主な小説，詩，戯曲，評論，ノンフィクションを示す（必ずしも網羅的ではない）．
アメリカの著作以外のものは（英），（仏）等，頭に記す．ロンドン，ノリス，クレイン，ドライサーの著作は太字で示す．

1861年	〔南北戦争勃発〕 レベッカ・H. デイヴィス「製鉄工場の生活」 ハリエット・ジェイコブズ『ある奴隷少女に起こった出来事』
1862年	（英）ハーバート・スペンサー『第一原理』
1863年	〔奴隷解放宣言発布〕
1865年	〔南北戦争終結〕〔クー・クラックス・クラン（KKK）結成〕 ウォルト・ホイットマン『軍鼓のひびき』 マーク・トウェイン「ジム・スマイリーとその跳び蛙」（67年に「その名も高きキャラベラス郡の跳び蛙」と改題） （仏）ゴンクール兄弟『ジェルミニー・ラセルトゥー』 （仏）クロード・ベルナール『実験医学研究序説』
1867年	〔ロシアからアラスカ購入〕〔ハワード大学（黒人大学）設立〕 ホレイショ・アルジャー『おんぼろディック』 （仏）エミール・ゾラ『テレーズ・ラカン』
1868年	ルイザ・メイ・オルコット『若草物語』
1869年	〔大陸横断鉄道開通〕〔全国婦人参政権協会設立〕 トウェイン『無邪気な外遊記』 （仏）ギュスターヴ・フロベール『感情教育』

Descendant of the Sea Kings")……172
「グリーン・パーク」＜写真＞（"Green Park"）……169
「小さな簡易宿泊所」＜写真＞（"A Small Doss-house"）……172
「ユダヤ人の子どもたち」＜写真＞（"A Group of Jewish Children"）……174
農業小説……208　211
「恥さらし」（"Lost Face" 1908）……204　214　217
「比類なき侵略」（"The Unparalleled Invasion" 1910）……202　216　217
『氷点下の子供たち』（*Children of the Frost* 1902）……122
「文学的進化の現象」（"Phenomena of Literary Evolution" 1900）……118　125　126　128　132
『野性の呼び声』（*The Call of the Wild* 1903）……43　138　140　144　148　181
「私にとって人生とはどのような意味を持つか」（"What Life Means to Me" 1906）……139
「私はいかにして社会主義者になったか」（"How I Became a Socialist" 1903）……139　181
『われ以外に師を持たず』（*No Mentor but Myself 1979*）……119　125　131　133

[わ行]

ワイコフ，ウォルター（Walter Wycoff）……197
『働く人たち――西部』（*The Workers: The West* 1898）……197

リンカーン（Abraham Lincoln 1809-65）…… 73
ルーサー・バーバンク博物館 …………… 209
ルコント，ジョゼフ（Joseph LeConte 1823-1901）………………… 53　54　57　62
ルポルタージュ …… 163-165　176　183　194　196　198　199
レインズフォード，ウィリアム（Rev. William Rainsford 1850-1933）…………… 54
労働［賃労働］………………… 246　249　250
労働者階級 ………………………… 182　185
ローズヴェルト，セオドア（Theodore Roosevelt 1858-1919）……………… 183　216
ロティ，ピエール（Pierre Loti 1850-1923）………………………………… 96　97　100
ローランド・B.モリノー事件 ………… 234
ロシア革命 ……………………………… 194
ロマン主義 ………………… 60　61　98　107
ロマンス［歴史ロマンス］……………… 28　48　49　60　61　63　83
ロンドン，ジャック（Jack London 1876-1916）………… 43　108　115-134　163-165　168-170　173　175-197　199　254
　『アメリカの奈落』（*The American Abyss*）……………………………………… 197
　『海の狼』（*The Sea-Wolf* 1904）……… 140
　「黄禍論」（“The Yellow Peril” 1904）………………………… 202　213　216
　『狼の息子』（*The Son of the Wolf* 1900）…………… 116　119　122　130　138
　『大きな家の小さなご夫人』（*The Little Lady of the Big House* 1916）… 133　148
　「お春」（“O Haru”）……… 202　203　216
　『革命，その他のエッセイ』（*Revolution and Other Essays* 1910）………………… 138　150　158　159
　「革命」（“Revolution” 1908）…………… 151　159　188　190　191
　『神が笑うとき』（*When God Laughs* 1911）……………………… 144　145
　「背教者」（“The Apostate” 1906）………………………… 144-147　159
　『彼の祖父たちの神』（*The God of His Fathers* 1901）……………………… 122
　「極北のオデュッセイア」（“The Odyssey of the North” 1899）………… 115　122
　「クロンダイクの経済学」（“The Economics of Klondike” 1900）……… 197
　「社会主義とは何か」（“What Socialism Is” 1895）……………………… 155　158
　『ジャック・ロンドン農園アルバム』（*Jack London Ranch album* 1985）……………………………… 152-154
　「出版に漕ぎつける」（“Getting into Print” 1903）……………………………… 125
　『書簡集』…… 119　124　125　151　198
　『ジョン・バーリコーン』（*John Barleycorn* 1913）…………… 137　148
　『白い牙』（*White Fang* 1906）………………………… 211　214　216
　『雪原の娘』（*The Daughter of the Snows* 1902）……………………… 134　148
　「戦争」（“War” 1911）………………… 202　205　214　217
　『ダズラー号の航海』（*The Cruise of the Dazzler* 1902）……………………… 148
　『チェリー』（*Cherry*）…………………… 202　211-214　216
　「地の塩」（“The Salt of the Earth” 1902）……………………………………… 197
　『月の谷』（*The Valley of the Moon* 1913）………………… 148　211　212　216
　『鉄の踵』（*The Iron Heel* 1908）…………… 148　150　151　157　190
　「名前の問題」（“The Question of a Name” 1900）……………………………… 130
　『奈落の人びと』（*The People of the Abyss* 1903）……… 148　150　159　163-167　169　170　174-176　182　184　185　188-190　192-195　197-199
　「海の王者の子孫」<写真>（“A

［ や行 ］

［ ら行 ］

McElrath)‥‥29　37　38　54　55　59　60　63　64　95　98
マッセル・スラウ事件‥‥‥‥‥‥47　48　87
マルクス＝エンゲルス（Marx, Karl 1818-83 and Friedrich Engels 1820-95）‥‥‥‥‥‥138
『共産党宣言』（*Manifest der Kommunistischen Partei* 1848）‥‥‥‥‥138　185
マルクス主義‥‥‥‥‥185　197　238　239
ミルトン（John Milton 1608-74）‥‥‥240　255
『リシダス』（*Lycidas* 1637）‥‥‥‥‥240
民主主義‥‥‥‥‥‥‥‥‥‥‥‥‥‥‥58
椋鳩十（1905-87）‥‥‥‥‥‥207　216　217
村上春樹（1949-）‥‥‥‥‥‥‥‥‥‥157
「ジャック・ロンドンの入れ歯」（1990）‥‥‥‥‥‥‥‥‥‥‥‥‥‥‥‥‥‥‥‥157
村木明‥‥‥‥‥‥‥‥‥‥‥‥‥‥‥231
村山淳彦‥‥‥191　192　198　199　222　228　251　259
明白な運命‥‥‥‥‥‥‥‥‥‥‥‥‥‥58
メソジスト派‥‥‥‥‥‥‥‥‥‥‥‥‥25
メタファー‥‥‥‥‥‥‥‥246-248　252
メルヴィル, ハーマン（Herman Melville 1819-91）‥‥‥‥‥‥‥‥‥‥‥‥‥‥‥106
モーパッサン（Henri Rene Albert de Maupassant 1850-93）‥‥‥‥‥‥‥96　100
モダニズム［モダニスト］
‥‥‥‥‥‥‥‥‥237-239　243　255-257
モラリズム‥‥‥‥‥‥‥‥‥‥‥‥‥108

ヤーキーズ, チャールズ・タイソン（Charles Tyson Yerkes 1837-1905）‥‥‥‥‥‥223
ユートピア思想‥‥‥‥‥‥‥‥‥‥‥108
欲望‥‥‥‥‥‥‥‥‥‥‥‥‥‥223　229

『ライター』（*Writer*）‥‥‥‥‥‥‥‥125
ラスキン, ジョナ（Jonah Raskin）
‥‥‥‥‥‥‥‥181　190　191　197　199
ラスキン・クラブ‥‥‥‥‥‥‥‥‥‥139

リアリズム‥‥‥‥‥‥28　60　226　238　239
リーヴィ, アンドリュー（Andrew Levy）
‥‥‥‥‥‥‥‥‥‥‥‥‥‥118　122　123
『アメリカ短篇小説の文化と商業』（*The Culture and Commerce of the American Short Story* 1993）‥‥‥‥‥‥118　122
リース, ジェイコブ（Jacob A. Riis）
‥‥‥‥164-167　169　170　175　176　178　182-184　186　189　194　196　199
『スラムとの闘い』（*The Battle with the Slum* 1902）‥‥‥‥‥‥‥‥‥‥‥‥189
『他の半分はいかにして生きているか――ニューヨーク・テネメントに関する研究』（*How the Other Half Lives: Study Among the Tenements of New York* 1890）
‥‥‥‥‥164-166　176　182　183　196
「テネメントで働くボヘミア人煙草製造者」＜写真＞（"Bohemian Cigarmakers at Work in their Tenement"）‥‥‥‥‥167
「盗賊のねぐら」＜写真＞（"Bandits' Roost"）‥‥‥‥‥‥‥‥‥‥‥‥‥‥166
リースマン, ジーン・キャンベル（Jeanne Campbell Reesman）‥‥‥116　159　163　164　168　170　195-197　199
『写真家ジャック・ロンドン』（*Jack London: Photographer* 2010）‥‥‥‥‥163
リード, ジョン（John Reed 1887-1920）
‥‥‥‥‥‥‥‥‥‥‥‥194　198　199
『世界をゆるがした十日間』（*10 Days That Shook the World* 1919）‥‥‥‥‥194
リーハン, リチャード（Richard Lehan）
‥‥‥‥‥‥‥‥‥‥‥‥‥‥‥‥50　64
理想主義［理想主義小説］
‥‥‥‥‥99　100-102　104　105　107　108
リッピンコット社‥‥‥‥‥‥‥‥‥‥134
領土拡張論‥‥‥‥‥‥‥‥‥‥‥‥‥58

『シルヴェストル・ボナールの犯罪』(*Le Crime de Sylvestre Bonnard* 1881, ハーン訳 *The Crime of Sylvestre Bonnard* 1890) …… 96
ブレット, ジョージ (George Brett) …… 189
ブロドヘッド, リチャード (Richard H. Brodhead) …… 121
フロベール (Gustave Flaubert 1821-80) …… 97
プロレタリア [プロレタリア文学] …… 179 239
フロンティア [フロンティア消滅] …… 58 59 253
米国聖公会 …… 54
米西戦争 …… 253
ヘーゲル (Georg Wilhelm Friedrich Hegel 1770-1831) …… 247
『法哲学』(*Grundinien der Philosophie des Rechits* 1821) …… 247
ヘミングウェイ (Ernest Hemingway 1899-1961) …… 76
『武器よさらば』(*A Farewell to Arms* 1929) …… 76
ペルーソ, ロバート (Robert Peluso) …… 188 189 197 198
ベルナール, クロード (Claude Bernard 1813-78) …… 3
『実験医学研究序説』(*Introduction a L'etude de Experimentale* 1865) …… 3
ベロー, ソール (Saul Bellow 1915-2005) …… 237-240 243 255-257
『この日をつかめ』(*Seize the Day* 1956) …… 237-243 255-258
「ドライサーと芸術の勝利」("Dreiser and the Triumph of Art") …… 257
ベンサム (Jeremy Bentham 1748-1832) …… 53
ヘンドリックス, キング (King Hendricks 1900-70) …… 116
『ジャック・ロンドン:短篇の名匠』(*Jack London: Master Craftsman of the Short Story 1966*) …… 116
ヘンリー, オー (O. Henry 1862-1910) …… 116
ポー, エドガー・アラン (Edgar Allan Poe 1809-49) …… 123 126
ホートン・ミフリン社 …… 116
ホーボー …… 50
ボーア戦争 …… 44 164
戊辰戦争 …… 201
ホックマン, バーバラ (Barbara Hochman) …… 54 62 63
ホフスタッター, リチャード (Richard Hofstadter 1916-70) …… 51 53 61 63
ホメロス (Homeros) …… 48 75 240
『オデュッセイア』(*Odyssea*) …… 240
ホワイト, ウィリアム・H. (William H. Whyte 1917-99) …… 158
『組織のなかの人間』(*The Organization Man* 1956) …… 158
ホワース, ジョージ (George Howarth) …… 6
ホワース, ジョン (John Howarth) …… 6
本能 …… 43 79 80 89

[ま行]

マーカム, エドウィン (Edwin Markham 1852-1940) …… 208 209
マクミラン社 …… 189
マクリントック, ジェームズ・I. (James I. McClintock) …… 117 121
『白い論理』(*The White Logic: Jack London's Short Stories* 1976) …… 117
マクルア&フィリップス社 …… 131
マクルア, S. S. (S. S. McClure) …… 131
マシセン, F. O. (F. O. Matthiessen 1902-50) …… 222 224 226 227
マシューズ, ブランダー (Brander Matthews 1852-1929) …… 122 123 133
『短篇小説の哲学』(*The Philosophy of the Short-story* 1901) …… 122 123
マックレイカー [マックレイキング] …… 159 193
マッケルラス, ジョゼフ・R. (Joseph R.

バーバンク，ルーサー（Luther Burbank 1849-1926）……208−211
ハーン，ラフカディオ<小泉八雲>（Lafcadio Hearn 1850-1904）……96　100−111
『怪談』（*Kwaidan* 1904）……98
『気まぐれ草』（*Fantastics and Other Fancies* 1914）……97
『チータ』（*Chita: A Memory of Last Island* 1889）‥96　100　101　104　106　108
『フランス作家のスケッチと物語』（*Sketches and Tales from the French* 1935）……97
「理想主義と自然主義」（"Idealism and Naturalism" 1884）……99　105
「理想主義の将来」（"The Future of Idealism" 1886）……99
パイザー，ドナルド（Donald Pizer）……49　62　64
ハイ・モダニズム…239−241　243　255−257
ハイン，ルイス（Lewis Hine 1874-1940）……150
ハウェルズ，ウィリアム・ディーン（William Dean Howells 1837-1920）……28　60　128
『サイラス・ラパムの向上』（*The Rise of Silas Lapham* 1885）……65
橋本順光……213　217
ハスマン，ローレンス（Lawrence E. Hussman Jr.）……222
バタリック社……232
原田熙史……107
パラブル……126
ハリス，トマス・レイク（Thomas Lake Harris 1823-1906）……201　208
バレット，チャールズ・レイモンド（Charles Raymond Barrett）……122　124
『短篇小説の書き方』（*Short Story Writing* 1898）……122　124
パリントン，ヴァーノン（Vernon Louis Parrington 1871-1929）……238
ハワード，ジューン（June Howard）……42
バワリー<ニューヨーク>……9　67
反地方色文学……130
ハンティントン，コリス・P.（Collis P. Huntington 1821-1900）……59
ハンティントン図書館……195
反日主義者……202
反リアリズム……130
ヒューズ，ジョン・クリストファー（Jon Christopher Hughes）……98
『陰惨の時代――ラフカディオ・ハーンのシンシナティ新聞記事選集』（*Period of the Gruesome: Selected Cincinnati Journalism of Lafcadio Hearn* 1990）‥98
ビューティー・ランチ……208−211
ヒューマニズム……221　224　234
平川祐弘……100　103　104　108
ファウンテングローブ・ワイナリー……208　211
フィリップス，ジョン（John S. Phillips 1876-1938）……134
風俗小説……65
フーリエ（Francois Marie Charles Fourier 1772-1837）……108
フェイブル……126
フェービアン，ロバート（Robert Fabyan）……126
フォード<自動車王>（Henry Ford 1863-1947）……231
フォナー，フィリップ（Philip S. Foner 1910-94）……185　188　195　198
フォーレイ，バーバラ（Barbara Foley）…239
フォトジャーナリズム……165　195
フォトブック……163　164　175　194　196
福士久夫……257　259
ブク-スヴィエンティ，トム（Tom Buk-Swienty）……183　196　198
武士道……202−206　213−215　217
『ブックマン』（*The Bookman*）……118　125
フランス，アナトール（Anatole France 1844-1924）……96

[な行]

[は行]

トリリング，ライオネル（Lionel Trilling 1905-75）……… 238　239　256　257　259
『リベラル派の想像力』（The Liberal Imagination 1950）……………… 238　239
「文学的観念の意義」（"The Meaning of a Literary Idea"）……………………… 239
奴隷解放 ……………………………………… 73

長沢鼎 ……………………………… 201-215
ナカタ・ヨシマツ ……………………… 207
ナショナリズム …………………………… 61
ナポレオン（Napoleon Bonaparte 1769-1821）
　……………………………………………… 99
ナラティヴ …… 66　68　71　73　76　77　79　81　82　87　89　90　92
南北戦争 ………………… 36　42　70　170
二元論 …………………………… 85　89
ニコライ二世（Nicholai II 1868-1918）…… 216
日露戦争
　…… 195　201　202　206　213　216　217
新渡戸稲造（1862-1933）………… 213　217
『武士道，日本の魂』（Bushido The Soul of Japan 1908）………………………… 213
『ニュー・アイディア・ウーマンズ・マガジン』（New Idea Woman's Magazine）……… 232
ニュー・ジャーナリズム ………………… 195
ニューヨーク監獄協会 …………………… 183
ニューヨーク知識人 ……………………… 238
『ニューヨーク・トリビューン』紙（The New York Tribune）………… 9　22　182　196
ニューヨーク・プレス社 ………………… 22
ネイゲル（James Nagel）………………… 5
ノリス，チャールズ＜フランクの弟＞（Charles G. Norris 1881-1945）……… 44　63
ノリス，フランク（Frank Norris 1870-1902）
　…… 27-44　47　49-51　53-64　79　89　92　95　98　106　107　119　129　254
『イヴァネル』（Yvernelle: A Legend of Feudal France 1891）…………… 28　29
『ヴァンドーヴァーと獣性』（Vandover and the Brute 1914）………… 29　31-43
『オクトパス』（The Octopus: A Story of California 1901）…… 47　48　50-55　57　59　61　62　66　81　90　254
「鋼鉄の服」（"Clothes of Steel" 1889）
　……………………………………………… 29
小麦三部作（Trilogy of the Epic of the Wheat）…………………………………… 47
ノリス・コレクション（the Frank Norris Collection of Papers and Related Materials）……………………………… 32
『フランク・ノリスの文筆修業』（The Apprenticeship Writings of Frank Norris 1896-98）………………………………… 29
『マクティーグ』（McTeague: A Story of San Francisco 1899）…… 28　32-34　62　66　77　82　85　89　95　96　98
「ラウス」（"Lauth" 1893）…… 29-31　43

ハージャー，ファーン（Fern Harger）…… 215
ハースト（William Randolph Hearst 1850-1951）……………………………………… 164
『パーティザン・レヴュー』（Partisan Review）………………………………… 238
ハート，ジェームズ（James D. Hart 1911-90）
　……………………………………………… 32
ハート，ブレット（Bret Harte 1836-1902）
　………………………………… 121　124　130
「短篇小説の隆盛」（"The Rise of the Short Story" 1899）………………………… 124
ハーヴァード大学
　………………… 29　32　35　37　42　63

『ローマ』（*Rome* 1896）…………55　61

［ た行 ］

ダーウィン（Charles Darwin 1809-82）……54
ターナー，フレデリック・ジャクソン（Frederick Jackson Turner 1861-1932）…………55　58　59　61　64
　「西部とアメリカの理想」（"The West and American Ideals" 1914）…………61
ターベル，アイダ（Ida Tarbell 1857-1944）…………159
第一次世界大戦…………253
大東俊一…………107
第二次世界大戦…………237-239　256
『タイムズ・デモクラット』紙（*The Times-Democrat*）…………99
男性性…………120　140
ダンテ（Dante Alighieri 1265-1321）…………240
　『神曲』（*La Divina Commedia* 1308-21）…………240
短篇小説…………115-134
チェイス，リチャード（Richard Chase ?-1962）…………28
地方主義文学（リージョナリズム，ローカルカラー＜の＞文学）…………106　129
中世騎士道…………28
中世怪奇譚…………40
辻元一郎…………133
　『ポオの短篇論研究』…………133
『ディアボーン・インディペンデント』（*The Dearborn Independent*）…………213
T型…………231
帝国主義［帝国主義的］…………188　189　197
テイラー，コーラ（Cora Taylor）…………6
テイラー，フレデリック・ウィンスロー（Frederick Winslow Taylor 1856-1915）…140
デイリー・ニューズ社…………59
デヴァレル，ウィリアム（William Deverell）…………59　63
適者生存…………50　57
『デザイナー』（*Designer*）…………232
デニング，マイケル（Michael Denning）‥239
テネメント…………166　167　182
デモクラシー…………155　157
『デリニエーター』（*Delineator*）…………232
テンプル，ジーン（Jean Temple）……97　107
東郷平八郎（1848-1934）…………205
動物作家…………207
ドーデ（Alphonse Daudet 1840-97）…………97
戸川幸夫…………207
ドキュメンタリー…………163　164　194-196
ドライサー，セオドア（Theodore Dreiser 1871-1945）…………42　95　107　108　118　221-224　232-235　237　238　252-258
　『あけぼの』（*Dawn* 1933）…………223
　『アメリカの悲劇』（*An American Tragedy* 1925）……66　222-224　228　229　232-234
　『巨人』（*The Titan* 1914）…………223　232
　『禁欲の人』（*The Stoic* 1947）…………223
　『ジェニー・ゲアハート』（*Jennie Gerhardt* 1911）…………222-224　228　229　232
　『シスター・キャリー』（*Sister Carrie* 1900）…………42　65　66　95　222-224　228　229　232　237　243　247　253　255-259
　『資本家』（*The Financier* 1912）…………223　232
　『天才』（1911年版）（*The Genius*）……223
　『「天才」』（*The "Genius"* 1915）…………221-224　228　229　231-234
　『道楽者』（*The Rake*）…………234
　『とりで』（*The Bulwark* 1946）…………223
　『私自身の本』［『ニューズ・ペーパー・デイズ』］（*The Book about Myself* 1922, *Newspaper Days* 1931）…………223
　欲望三部作（The Trilogy of Desire）…223
トラスト…………56
トランプ，ドナルド（Donald Trump 1946- ）

新移民……………………………………146
進化論…………………………99　100　127
シンクレア，アプトン（Upton Sinclair
1878-1968）………………………………145
『ジャングル』（*The Jungle* 1906）
………………………………145　159
新自由主義………………………………164
人種主義者………………………………202
新庄哲夫……………………………197　199
神秘主義［神秘主義的］………………48　59
人民戦線…………………………………239
神話………………………………………238
『スクリブナー』（*Scribner's Magazine*）…183
スコフィールド，マーティン（Martin
Scofield）…………………………………132
『ケンブリッジ版アメリカ短篇小説入門』（*The Cambridge Introduction to the American Short Story* 2006）…………116
鈴木透……………………………………133
「短篇小説の独立宣言：ブランダー・マシューズの革新主義」……………133
スター，フレデリック（Frederick Starr）
…………………………………………106
スターリング，ジョージ（George Sterling
1869-1926）………………………………139
スタッズ（Clarice Stasz）…………152　155
ステフェンズ，リンカーン（Lincoln Steffens
1866-1936）………………………………159
ストランスキー，アンナ（Anna Strunsky）
……………………………………125　139
スナーク号………………………157　195
スペンサー，ハーバート（Herbert Spencer
1820-1903）…53　54　61　99　100　105
107　128
『社会学原理』（*Principles of Sociology*
1876-82）…………………………………107
『第一原理』（*First Principles* 1862）…107
『文体の哲学』（*The Philosophy of Style*
1852）……………………………………128
スミス，アダム（Adam Smith 1723-90）
…………………………246　247　259
『国富論』（*An Inquiry into Nature and Causes of the Wealth of Nations* 1776）
……………………………………246　259
スラミング………165　166　176　183　184
スラム……164-168　176-179　182-184　189
196　197
スレイヴ・ナラティヴ…………………142
世紀転換期…………………248　253　254
生存競争…………………………97　254
成長物語…………………………………254
関田かをる…………………………100　107
関根時之助………………………………207
セツルメント……………………………184
世良誓……………………………………207
『戦争と平和』……………………………62
『センチュリー』（*The Century Magazine*）
…………………………………………121
『戦友』（軍歌）……………………………74
ソノマ・カウンティ・ライブラリー……216
ゾラ，エミール（Emile Zola 1840-1902）
…………3　27　28　55　60　61　63　64
66　67　79　81　83　89　92　93　95-102
104-108
『エミール・ゾラ短編集』（ハーン訳 *Stories from Emile Zola* 1935）「風車小屋攻撃」（"The Fight at the Mill"）………98
『居酒屋』（*L'Assommoir* 1877）…4　28
78　88　91
『実験小説論』（*Le Roman Experimental*
1880）………………………………3　97
『制作』（*L'Oeuvre* 1886）………100　108
『大地』（*La Terre* 1887）………………108
「陪審団への宣言」（"Déclaration au jury"
1898）……………………………………108
『パリ』（*Paris* 1898）……………………55
『ルーゴン＝マッカール叢書』（*Les Rougon = Macquart*）……………………108
『ルルド』（*Lourdes* 1894）………………55
『労働』（*Le Travail* 1901）………………108

[さ行]

西郷隆盛……204　217
サザン・パシフィック鉄道会社……59
サッフォー（Sappho 7C. BC-6C. BC）……106
薩摩［薩摩藩<鹿児島>，薩摩武人，薩摩士道，薩摩士風］……201-205　207　211　213　214　217
薩摩藩英国留学生……201　208
サムナー，ウィリアム・グレアム（William Graham Sumner 1840-1910）……51　53　54
産業革命……138
『サンタローザ・プレス・デモクラット』紙（*The Santa Rosa Press Democrat*）……159
　「農園主たち，ロンドンのピッグ・パレスを笑う」……159
『サンフランシスコ・イグザミナー』紙（*The San Francisco Examiner*）……155
『サンフランシスコ・クロニクル』紙（*The San Francisco Chronicle*）……29
サンフランシスコ地震［大震災］……33
シーラー，チャールズ（Charles Sheeler 1883-1965）……150
シーン，エヴェレット（Everett Shinn 1876-1953）……226
ジ・エイト（the Eight）……226
自顕流……204-207　214
児童文学……207
ジェイコブ・リース・コレクション<ニューヨーク市博物館>……196
ジェームズ，ヘンリー（Henry James 1843-1916）……62　238　239
シェパード，イライザ・ロンドン<ジャック・ロンドンの姉>（Eliza London Shepard）……197
ジェンダー……129
市場［市場原理］……117　119　238　240-243　246-248　251-257
自然［環境］……55-57　74　89　90　120　253-255
自然主義［作家，小説，文学］……27　28　37　42　43　58　60　65-67　77　80　88　91　92　95　96　98-102　104-108　222　224　234　237-239　243　253-257
自然淘汰……140
ジフ，ラーザー（Larzer Ziff 1927- ）……222
資本［資本家］……188　223　232　251　252
資本家階級……190
資本主義……50　108　193　232　239　241　248　251-256
ジャーナリズム……194　195　198
社会小説……65
社会進化論［社会進化論的］……50　51　57　128
写実主義……66　67　81
『ジャック・ロンドン・ジャーナル』（*Jack London Journal*）……133
ジャック・ロンドン州立歴史公園……207
ジャック・ロンドン農園……151-154
ジャポニズム……121
社会改良主義［社会改良家］……165　176　182　183
社会主義［社会主義運動，社会主義者］……108　169　181-183　185　188　190　192-195　215
社会党……185
ジュエット，セアラ・オーン（Sarah Orne Jewett 1849-1909）……121
ジョイス，ジェームズ（James Joyce 1882-1941）……240
　『ユリシーズ』（*Ulysses* 1922）……240
象徴……66-68　73　74　77　79　88　93　238　242　243　251　253　254　256
叙事詩……52　53　61　62　82　83
女性性……129
所有……42　137　139　151　250
ジョンズ，クラウズリー（Cloudesley Johns）……117　124
シラキュース大学……9
ジレット＝ブラウン事件……234

[か行]

ガーランド，ハムリン（Hamlin Garland 1860-1940）……8　121
階級闘争……185
改良主義……185　190　194
カウリー，マルカム（Malcolm Cowley 1898-1989）……107
革新主義……184　238
革命……138　150　151　158　159　188　190-194　197
カドリップ，セルマ（Thelma Cudlipp 1892-1983）……232
亀山照夫……40　45
カリフォルニア大学デーヴィス校……210
カリフォルニア大学バークリー校……27　29　53　78
『カリフォルニアの士魂——薩摩留学生長沢鼎小伝』（1983）……215　217
環境……28　65　69　80　81　85　89　91　92
ガンドール，キース（Gandal Keith）……167　198
機械破壊（ラッダイト）……149
貴種流離譚……140
キャンベル，ドナ・M.（Donna M. Campbell）……129　133
キプリング，ラドヤード（Joseph Rudyard Kipling 1865-1936）……121　127　130
共産主義……108
キリスト教……37　98　183　185　197
金ぴか時代……42
グラハム，ドン（Don Graham）…49　61　63
グリアソン，ジョン（John Grierson）……196
クレイン，ウィル<スティーヴンの兄>（Will Crane）……10
クレイン，スティーヴン（Stephen Crane 1871-1900）…4　32　33　66　92　95　107　118　254
「青いホテル」（“The Blue Hotel” 1898）……17
『赤い武功章』（*The Red Badge of Courage* 1895）……7　13　66　71　77　79　88-90
「オープン・ボート」（“The Open Boat” 1897）……20　254
「怪物」（“The Monster” 1898）……6
『ジョージの母』（*George's Mother* 1896）……11
『第三のすみれ』（*The Third Violet* 1897）……6
『街の女』（*A Girl of the Streets*）……9
『街の女マギー』（*Maggie: A Girl of the Streets* 1893）……4　32　33　66　73　77　80　88　95
クレイン，メアリー・ヘレン<スティーヴンの姉>（Mary Helen Crane）……6
黒木為禎……201　202　205　213　214　217
クロンダイク<カナダ>……115　120　197
ケイディ，E. H.（Edwin H. Cady）……17
決定論……5　85　89　93　97
ゲットー……184
ケルト……106
ゴーチェ，テオフィル（Theophile Gautier 1811-72）……96-98
『クレオパトラの一夜とその他幻想物語集』（ハーン訳 *One of Cleopatra's Nights and Other Fantastic Romances* 1882）……96
ゴールドラッシュ……115　120
功利主義［功利主義的］……50　53
国際著作権法……123
国勢調査……253
郷中教育……204　205　207
個人主義……50
コメント……66　68-73　75　76　78-81　83　84　86-89　91　92
コモドア号……21
コンセンサス学派……238

索　引

[あ行]

アーネブリンク（Lars Åhnebrink 1915-66）……78
『アイテム』紙（*The Daily City Item*）……97
アイロニー［アイロニカル］……68-70　75　76　88
アサートン，フランク（Frank Atherton）……157
アシュカン・スクール……226
アップルガース，メーベル（Mabel Applegarth）……144
アランド，アレクザンダー（Alexander Alland）……196
アレゴリー……126
『アトランティック・マンスリー』（*Atlantic Monthly*）……115　120　121　130
イーストエンド<ロンドン>……164　167-170　184　189
イーストマン・コダック社……196
イェール大学……138
イエロージャーナリズム……253
イデオロギー……239
遺伝……3　28　65　80　89　91　92
イラストレーション……231
岩本巌……223
印象主義［印象主義的］……3　100
印象派……3
ヴァナキュラー［俗語］……176-178
ヴィクトリア朝……37　38　43
ウィリアムズ，ジェームズ（James Williams）……134
ウィリアムソン，ロジャー・S.（Rodger S. Williamson）……98
『ウーマンズ・ホーム・コンパニオン』（*Woman's Home Companion*）……144　159
『ウェーヴ』紙<サンフランシスコ>（*The Wave*）……29　30　59
ウェーヴ社……59
『ウェスタン・コムラッド』（*The Western Comrade*）……155
ウォーカー，フランクリン（Franklin Walker 1900-67）……63　95　96
ウォートン，イーディス（Edith Wharton 1862-1937）……124　133
　『大いなる傾向』（*The Greater Inclination* 1899）……124
　「詩神の悲劇」（*"The Muse's Tragedy"* 1899）……133
ウォルカット，チャールズ・チャイルド（Charles Child Walcutt 1908-89）……54　62　64　97
エイジー，ジェームズとウォーカー・エヴァンス（James Agee and Walker Evans）……194
　『さあ名高き人びとを称えよう』（*Let Us Now Praise Famous Men* 1941）……194
『エディター』（*Editor*）……125
エマソン（Ralph Waldo Emerson 1803-82）……126
エリオット，T. S.（T. S. Eliot 1888-1965）……239
　『荒地』（*The Waste Land* 1922）……239　240
『オーヴァーランド・マンスリー』（*Overland Monthly*）……29　31　32　115　120　130
オーエルバック，ジョナサン（Jonathan Auerback）……121　132　141　179　181　197　198
オールソップ，ケニス（Kenneth Allsop）……50　60　63
大浦暁生……199　240　258
大久保利通（1830-78）……205
小倉孝誠……98　108
お上品な伝統……33　37　43

小古間甚一 ―――――――――――――――― こごま　じんいち

中央大学大学院文学研究科博士前期課程修了。現在、名寄市立大学保健福祉学部教授。主にジャック・ロンドンを研究。共著に『ジャック・ロンドン』(三友社)、『「アメリカの悲劇」の現在』、『ウィリアム・スタイロンの世界』(以上中央大学出版部)、『文学・労働・アメリカ』(南雲堂フェニックス)など。

小林一博 ―――――――――――――――― こばやし　かずひろ

中央大学大学院文学研究科博士前期課程修了。現在、長野大学環境ツーリズム学部教授。主にアメリカの前世紀転換期を研究。共著に『ジャック・ロンドン』(三友社)、『「シスター・キャリー」の現在』、『「アメリカの悲劇」の現在』(以上中央大学出版部)、『読み解かれる異文化』(松柏社)、共訳に『近代への反逆』(松柏社)など。

後藤史子 ―――――――――――――――― ごとう　ふみこ

中央大学大学院文学研究科博士後期課程満期退学。現在、福島大学行政政策学類教授。特にセオドア・ドライサー、ジャック・ロンドン、アメリカ映画を研究。共著に『英米文学を読み継ぐ―歴史・階級・ジェンダー・エスニシティの視点から』(開文社出版)、『「シスター・キャリー」の現在』(中央大学出版部)など。

森　孝晴 ―――――――――――――――― もり　たかはる

中央大学大学院文学研究科博士前期課程修了。現在、鹿児島国際大学国際文化学部教授。主にジャック・ロンドンを研究。著書に『椋鳩十とジャック・ロンドン』(高城書房)、共著に『ジャック・ロンドン』(三友社)、『「アメリカの悲劇」の現在』、『ウィリアム・スタイロンの世界』(以上中央大学出版部)、『問い直す異文化理解』(松柏社)など。

中島好伸 ―――――――――――――――― なかじま　よしのぶ

中央大学大学院文学研究科博士後期課程中退。現在、白梅学園大学子ども学部教授。主にセオドア・ドライサーを研究。共著に『いま「ハック・フィン」をどう読むか』(京都修学社)、『「シスター・キャリー」の現在』、『「アメリカの悲劇」の現在』、『ウィリアム・スタイロンの世界』(以上中央大学出版部)など。

岡﨑　浩 ―――――――――――――――― おかざき　ゆたか

中央大学大学院文学研究科博士後期課程満期退学。現在、日本福祉大学社会福祉学部准教授。主にソール・ベローを研究。共著に『読み解かれる異文化』(松柏社)、『「アメリカの悲劇」の現在』、『ウィリアム・スタイロンの世界』(以上中央大学出版部)など。

執筆者略歴（掲載順：2014年３月現在）

大浦暁生 ―――――――――――――――――――――― おおうら　あきお

東京大学大学院修士課程修了。現在、中央大学名誉教授。アメリカリアリズム文学専攻。監修・共著に『名作への散歩道　アメリカ編』、『ジャック・ロンドン』（以上三友社）、『「シスター・キャリー」の現在』、『「アメリカの悲劇」の現在』、『ウィリアム・スタイロンの世界』（以上中央大学出版部）など。翻訳書にベロー『この日をつかめ』、スタイロン『ソフィーの選択』、スタインベック『ハツカネズミと人間』（以上新潮社）など多数。

齋藤忠志 ―――――――――――――――――――――― さいとう　ただし

中央大学大学院文学研究科修士課程修了。現在、成城大学社会イノベーション学部教授。特に、アメリカ自然主義作家、および南部作家を研究。共著に『ジャック・ロンドン』（三友社）、『「アメリカの悲劇」の現在』（中央大学出版部）、『読み解かれる異文化』、『問い直す異文化理解』、『新たな異文化解釈』（以上松柏社）など。

岡崎　清 ―――――――――――――――――――――― おかざき　きよし

中央大学大学院文学研究科博士前期課程修了。現在、札幌学院大学人文学部教授。主にアメリカ自然主義小説を研究。共著に『ジャック・ロンドン』（三友社）、『「シスター・キャリー」の現在』、『「アメリカの悲劇」の現在』、『ウィリアム・スタイロンの世界』（以上中央大学出版部）など。

中野里美 ―――――――――――――――――――――― なかの　さとみ

明治大学大学院文学研究科博士前期課程修了。現在、明治大学非常勤講師。アメリカ自然主義やその周辺を研究。共訳に『シャーロット・ブロンテ』（ミュージアム図書）、共著に『アメリカ黒人文学とその周辺』（南雲堂フェニックス）など。

横山孝一 ―――――――――――――――――――――― よこやま　こういち

中央大学大学院文学研究科博士後期課程満期退学。特にラフカディオ・ハーンを研究。現在、群馬工業高等専門学校准教授。共著に『実像への挑戦―英米文学研究』（音羽書房鶴見書店）、『講座 小泉八雲Ⅱ―ハーンの文学世界』（新曜社）、『英米文学を読み継ぐ―歴史・階級・ジェンダー・エスニシティの視点から』（開文社出版）など。

いま読み直すアメリカ自然主義文学　視線と探究

2014年3月28日　初版第1刷発行

監修者　大浦暁生
編者　アメリカ自然主義文学研究会

発行者　遠山　曉
発行所　中央大学出版部
東京都八王子市東中野742-1　〒192-0393
電話 042(674)2351　FAX 042(674)2354
http://www2.chuo-u.ac.jp/up/

装幀　松田行正＋日向麻梨子
印刷・製本　奥村印刷株式会社

ISBN978-4-8057-5176-3